Anja Saskia Beyer
Zeit der Pfirsichblüte

TINTE & FEDER

Das Buch

Annas Beziehung ist etwas eingefahren. Da kommt ein Mädelsurlaub mit ihrer besten Freundin Carina gerade recht. Dass es ausgerechnet nach Barcelona gehen soll, in die Stadt, in der Anna vor zwanzig Jahren die große Liebe und den größten Schmerz erlebt hat, passt ihr allerdings überhaupt nicht.

Aber dann stößt die junge Frau auf etwas Unfassbares und fährt mit ihrer Freundin nach Spanien, um ihrem Verdacht nachzugehen. Das mediterrane Lebensgefühl und die duftenden Pfirsichplantagen bei Barcelona verzaubern sie wieder sofort.

Anna begibt sich gemeinsam mit dem attraktiven Pablo, mit dem sie früher eine tiefe Freundschaft verband, auf Spurensuche. Aber kann sie ihm vertrauen oder ist er der Grund dafür, dass ihr Glück damals ein jähes Ende nahm?

Die Autorin

Anja Saskia Beyer studierte Theater-, Kommunikationswissenschaft und Werbepsychologie in München. Sie arbeitet erfolgreich als Drehbuchautorin und Dramaturgin für das Fernsehen. Seit 2013 schreibt sie auch Romane, darunter drei #1-Kindle-Bestseller und zwei #1-BILD-Bestseller, auch all ihre anderen Romane eroberten die Bestsellerlisten.

Die Autorin nimmt ihre Leser in »Mandelblütenliebe« und in »Das kleine Café am Meer« mit nach Mallorca, in »Erdbeeren im Sommer« sowie in »Die Sterne über Venedig« und in »Die geheimnisvollen Gärten der Toskana« nach Italien, in »Nelkenliebe« ins wunderschöne Portugal, in »Träume der Provence« ins malerische Frankreich. »Zeit der Pfirsichblüte« führt seine Leser nach Barcelona und zu den traumhaft blühenden Pfirsichfeldern dort in der Nähe.

Anja Saskia Beyer lebt mit ihrer Familie und ihrem Hund in Berlin.
www.facebook.com/AnjaSaskiaBeyer
www.Anja-Saskia-Beyer.com
www.instagram.com/AnjaSaskiaBeyer

ANJA SASKIA BEYER

Zeit der Pfirsichblüte

ROMAN

TINTE & FEDER

Deutsche Erstveröffentlichung bei
Tinte & Feder, Amazon Media EU S.à r.l.
38, avenue John F. Kennedy, L-1855 Luxembourg
Dezember 2020

Umschlaggestaltung: semper smile, München, www.sempersmile.de
Umschlagmotiv: © komkrit Preechachanwate / Shutterstock;
© WorldWide / Shutterstock; © JeniFoto / Shutterstock;
© VicW / Shutterstock; © Nataly Studio / Shutterstock;
© WiPhotoHunter / Shutterstock; © Maks Narodenko / Shutterstock;
1. Lektorat: Judith Zimmer, Hamburg
2. Lektorat und Korrektorat: VLG Verlag & Agentur, Haar bei München,
www.vlg.de
Gedruckt durch:
Amazon Distribution GmbH, Amazonstraße 1, 04347 Leipzig /
Canon Deutschland Business Services GmbH, Ferdinand-Jühlke-Straße 7,
99095 Erfurt /
CPI books GmbH, Birkstraße 10, 25917 Leck

ISBN: 978-2-49670-442-6

www.tinte-feder.de

Prolog

1997, Spätsommer, Barcelona, Spanien

Ihre Flucht hatte sich gelohnt. Das Meer glitzerte in der Sonne, die Wellen schaukelten sanft. Anna stand in Shorts und Sonnentop mit ihrem großen Rucksack auf dem Rücken da und sah fasziniert lächelnd auf das Wasser. Endlich Spanien, endlich raus aus der Enge ihres Elternhauses, aus einer konservativen Kleinstadt in der Umgebung von Köln. Ein neues Leben anfangen. Das Meer rief so viele Gefühle in ihr hervor. Hoffnung, Freude, aber auch eine undefinierbare Sehnsucht.

Anna strich sich ihre langen braunen Haare zurück. Hier in Barcelona wollte sie weiterstudieren. Eine Stadt am Meer, mit vielen Studenten, Cafés, Bars und einer langen Geschichte, was gab es Schöneres, dachte sie.

Dass die Geschichte eines Landes die eigene Geschichte derart beeinflussen kann, ahnte sie damals nicht. Dass die Zeit in Spanien, in diesem wunderschönen Land, das ein dunkles Geheimnis verbarg, ihr Leben verändern würde, sie als Mensch – auch in der Liebe.

1. Kapitel

2019, Barcelona, Spanien

Der salzige Duft des Meeres vermischte sich mit dem ihres Café con leche. Anna saß in einer belebten Beachbar am Strand von Barcelona. Das Meer zog ihren Blick wieder wie magisch an. Sie konnte kaum glauben, dass sie nach so vielen Jahren an diesen Ort zurückgekehrt war. Anna hob die Tasse an, ihre Hand zitterte leicht. Rasch nahm sie einen Schluck von ihrem Kaffee, wischte sich den Milchschaum von der Lippe und betrachtete eine Möwe. Diese zog ihre Kreise über dem Meer. Wie gern wäre sie ein Vogel, leicht und frei, nicht gefangen in dem täglichen Allerlei, in ihrer Gefühlswelt.

Es waren über zwanzig Jahre vergangen, seit Anna in Barcelona Germanistik studiert hatte, für ein Jahr. Ein halbes Leben schien das her. Was war aus ihren Träumen, aus ihren Vorstellungen vom Leben geworden? Hatte sie ihre Träume gelebt, ihre damaligen Ziele erreicht? Nein, dachte sie unwillkürlich und sofort sah sie sein Gesicht von damals vor sich. Leidenschaftliche, dunkle Augen. Ein markantes Kinn, samtene, gebräunte Haut und wilde, engelsgleiche Locken. Rafael. Allein sein Name weckte Gefühle in ihr. Sehr gemischte

Gefühle, die sie geglaubt hatte, längst verdrängt zu haben. Sie wollten damals Kinder haben, in einer Strandhütte leben, unkonventionell und frei. Jetzt besaß sie mit Viktor zusammen eine große Eigentumswohnung, lebte mittlerweile in München, beide arbeiteten viel, verbrachten ihre Urlaube in Resorts, in denen keine Kinder erlaubt waren, damit sich die Erwachsenen entspannen konnten. Anna wollte auf jeden Fall *kein* Kind, das war es nicht. Aber sie spürte es die letzten Jahre immer stärker: eine Unzufriedenheit, eine undefinierbare Sehnsucht, dass sich etwas in ihrem Leben ändern musste, ein Gefühl, das sie oft nicht schlafen ließ. Hier in der Sonne Barcelonas wurde ihr klar: Es war auch dieses Schuldgefühl, das sie geglaubt hatte, tief in ihrem Inneren verschlossen zu haben. Seit diesem Sommer in Barcelona vor über zwanzig Jahren. Es zerfraß sie innerlich, das wurde ihr gerade bewusst.

Hier in Spanien, am Meer, war dieses Schuldgefühl schon am ersten Tag mit einer solchen Wucht wieder hervorgeschossen, als würde eine große Welle über sie hereinbrechen und sie mit sich zurück ins Meer ziehen wie ein Krake.

Nie wieder hatte Anna spanischen Boden berühren wollen, das hatte sie sich damals geschworen. Danach. Nachdem sich ihr Leben für immer geändert hatte.

Und dann die alte Schachtel, die sie vor einer Woche hervorgeholt hatte. Die die Erinnerung wieder hervorspülte. »Du bildest dir das alles nur ein«, hatte Viktor gesagt. »Du bist überarbeitet, überspannt, siehst mal wieder Gespenster.«

»Hey!«

Anna zuckte zusammen, sah auf. Die Sonne blendete sie, sodass sie ihre Hand wie einen Schild über die Augen hielt. Ihre Freundin Carina stand lächelnd neben ihr, ihre extravagante Designer-Sonnenbrille auf der Nase, die blonden Haare zu einem wilden Zopf hochgebunden. »Die Toiletten sind top. Und hier gibt es Crema catalana! Soll ich uns welche bestellen? Mal sehen, ob sie noch besser schmeckt als zu Hause bei meinem kleinen Spanier um die Ecke. Anna?«

»Was?«

»Mal wieder geträumt? Ich hab Hunger! Auf *yummy* Karamell, ich liebe es. Und dann der Geschmack nach Vanille.« Carina lachte, setzte sich und winkte dem Ober. »Crema catalana, *por favor.*« Sie hob zwei ihrer Finger hoch. »Wenigstens bitte sagen kann ich auf Spanisch. Was heißt zwei?«

»Dos. Aber er kann sicher auch Deutsch.« Anna musste lächeln. »Bei Crema catalana kann ich auch nicht widerstehen.«

»Ich kenn dich doch, Süße.«

Wie gut es tat, ihre beste Freundin Carina an ihrer Seite zu haben bei dieser Reise in die Vergangenheit. Aber es sollte nicht nur das werden. Auch ein Freundinnenurlaub voller Spaß und neuer Eindrücke. Die beiden Frauen konnten unterschiedlicher nicht sein. Sie hatten sich in der PR-Agentur, in der sie beide arbeiteten, kennengelernt. Anna, die ruhige, tagträumerische, die sich um die Organisation und Büroangelegenheiten der Agentur am Empfang kümmerte, und Carina, die laute, extrovertierte, die als Textchefin das Sagen hatte. Oft trafen sie sich in der Kaffeeküche und tauschten sich aus. Nachdem Anna zu dieser verrückten Nudel Vertrauen gefasst hatte, erzählte sie Carina von ihrer Beziehung mit Viktor, die im Grunde gut lief, in der ihr aber seit ein paar Jahren das Prickeln fehlte. Carina berichtete von ihren Dates als Single und den verrückten Männern, die sie so im Nachtleben von München kennenlernte. Da Carina sehr attraktiv war mit ihren blonden Haaren und ihrem bronzenen Teint, hatte sie immer einen Verehrer am Start. Anna dagegen war eine Frau, nach der sich nicht jeder Mann umdrehte, wenn sie den Raum betrat. Sie trug ihre braunen Haare schulterlang, war eher klein, blass und in den letzten

Jahren hatten sich ein paar Pfunde zu viel auf ihre Hüfte geschlichen. Aber nur ein paar wenige, sie fühlte sich wohl. »Deine Schönheit erkennt man erst nach längerer Betrachtung«, hatte Viktor einmal gesagt und Anna hatte damals nicht gewusst, ob sie lachen oder schreien sollte. Danach beschloss sie, sich selbst zu mögen, wie sie war, dann konnte ihr nichts mehr passieren. Denn Viktors Sprüche hatten sie bis dahin manchmal durcheinandergebracht. Anna hatte sich viel zu selten dagegen gewehrt. Und das hatte Viktor dazu gebracht, des Öfteren halb scherzend zu ihr zu sagen: »Mit dir kann man auch alles machen, Kleine.«

Der Ober brachte die Crema und sagte etwas auf Spanisch. Dabei wandte er sich an Anna. Doch diese sah gerade wieder aufs Meer, dachte an Rafael, als sie ihn kennenlernte, an seine einfühlsame, liebevolle Art.

»Anna? Der Ober will, glaube ich, abkassieren, ich verstehe kein Wort.«

Anna horchte auf, der Ober wiederholte den Betrag auf Spanisch und Anna nestelte rasch ihr Portemonnaie heraus und zahlte. »Er kann wohl doch kein Deutsch.«

»Wie viel kriegst du?«, fragte Carina.

»Ich lad dich ein«, erwiderte Anna. »Weil ich jetzt so froh bin, dass du mit mir hier bist, das glaubst du gar nicht.«

»Oh, danke, hey, *ich* wollte doch nach Barcelona, weil ich meinen Spanier um die Ecke so liebe. Also gut, gern doch. Dann übernehm ich die nächste Rechnung. Ich freu mich tierisch auf unseren Mädelsurlaub.«

Anna nickte lächelnd. Hier in der Sonne Spaniens war sie sich wieder sicher, dass Viktor in dieser Sache recht hatte: Sie sah Gespenster, war überarbeitet, brauchte diese Auszeit in der Sonne am Meer dringend. Anna beschloss, etwaige Gespenster weiter zu verdrängen und den dringend nötigen Urlaub in der

Sonne mit ihrer Freundin zu genießen. Es konnte nicht sein, diese Ungeheuerlichkeit. Absurd geradezu.

Anna atmete durch, freute sich darauf, die Altstadt von Barcelona unsicher zu machen, in Bars zu gehen, Tapas und Paella zu essen und auf den Ausflug zu den wunderschön blühenden Pfirsichbäumen in der Gegend um Aitona. Sie freute sich auf die farbenprächtige Pfirsichblüte, die sie damals so fasziniert hatte und die in Deutschland kaum einer kannte. Um ihr Studium zu finanzieren, hatte sie auf einer Pfirsichplantage gearbeitet und dort Rafael kennengelernt.

Sofort dachte sie wieder an Viktor. Mit dem sie vor ihrem Abflug gestritten hatte. Doch sie wollte jetzt nicht mehr an ihn, an seine kleinen Respektlosigkeiten, denken. Und an die Frage, die sie schon länger beschäftigte: Liebte er sie überhaupt noch? Und was viel wichtiger war: sie ihn?

2. Kapitel

2019, München – eine Woche vor ihrer Reise

Der Sex mit Viktor war nicht mehr besonders leidenschaftlich. Aber vermutlich war das normal nach so vielen Jahren. Gestern war er damit angekommen, ob sie für ihn ein Krankenschwesterkostüm anziehen würde. Sie wusste nicht, was sie sagen sollte. Ob sie es wollte, erbat sich Bedenkzeit. Sprach darüber mit niemandem, nicht einmal mit ihrer besten Freundin Carina. Denn Anna war klar, was diese erwidert hätte: »Mach dich nicht so klein vor ihm. Nur weil er Anwalt ist und du Büroangestellte. Du bist eine super Office-Managerin.«

Anna saß im edlen Wohnzimmer ihrer Dachgeschosswohnung auf dem großen Lounge-Sofa, vor sich einen Koffer. Von der Wohnung hatte Viktor den Löwenanteil bezahlt, sie zahlte lediglich eine Art Miete. Trotzdem standen sie beide im Grundbuch, was Anna sehr großzügig von ihm fand. Aber eine gemeinsame Eigentumswohnung verband einen mehr als eine Mietwohnung, aus der man einfach so ausziehen konnte. Und ungefähr einmal im Jahr hatte Anna genau diesen Gedanken. Abhauen, alles zurücklassen, weg auf eine Insel oder sonst wohin. Sie waren nun schon neun Jahre zusammen. Einmal im Jahr nervte sie Viktors Art so sehr, dass sie sich nach einem anderen Partner oder dem Alleinsein sehnte. Aber dann ließ er sich immer wieder etwas einfallen, das sie beeindruckte, das ihr klarmachte, was für ein wundervoller Mensch er doch war. Zuletzt war es der Kauf einer Ziege gewesen. Einer Spende für Burundi, mit der sich eine Familie ein Jahr ernähren konnte. Anna, die ein gutes Herz hatte, beeindruckte das sehr, sodass sie sich wieder sicher war, was ihre Beziehung betraf. Und dann hatte er Sri Lanka gebucht, ein Luxusresort, *Adults only*. Nur für Erwachsene. Viktor hatte es von Anfang an gut gefunden, dass Anna wirklich kein Kind wollte. Und sie, dass er sich nicht danach sehnte. Sie beide arbeiteten viel, gönnten sich jedes Jahr einen großen Urlaub und meist zwei kleinere.

Anna sah nachdenklich auf den gepackten Koffer. Sie packte immer ein paar Tage im Voraus, um besser schlafen zu können. Enttäuscht dachte sie an das Telefonat gerade eben.

Viktor hatte aus der Kanzlei angerufen, dass sie Sri Lanka übermorgen leider canceln mussten, weil er einen extrem wichtigen Klienten bekommen habe. Anna hatte widersprochen, dass ihr gemeinsamer Urlaub ja wohl vorgehe, aber Viktor hatte schon alles storniert, die Kosten übernehme er. Mit ihr zu überlegen, was Anna nun mit den nächsten zwei Wochen Urlaub anfangen sollte, dafür hatte er leider keine Zeit, musste zu einem Termin.

Frustriert dachte Anna darüber nach, wie oft sie schon die zweite Geige gespielt hatte in seinem Leben. Oder war das bei erfolgsverwöhnten Männern normal? So viele Frauen steckten zurück, so viele lebten damit, dass der Mann oft sehr spät von der Arbeit kam und auch sonst ganze Wochenenden auf Dienstreisen verbrachte.

Je länger sie darüber nachdachte, wie wenig Zeit sie die letzten Jahre miteinander verbracht hatten, *quality time*, desto mehr spürte sie in ihrem Bauch einen Groll. Musste es so laufen? Musste man damit leben? Seit ein paar Jahren kamen ihr immer öfter solche Gedanken. Sie befand sich in der Mitte ihres Lebens, wenn sie, wie sie hoffte, sehr alt werden würde. Es war höchste Zeit, Bilanz zu ziehen und zu überlegen, wie sie die zweite Hälfte verbringen wollte.

Anna stand entschlossen auf, holte sich ein Glas Wein, trank einen Schluck und rief dann ihre beste Freundin Carina an. Sie verabredeten sich in ihrer Lieblingsbar in Neuhausen.

»Viktor wieder?«, hakte Carina noch am Telefon nach.

»Yepp.«

»Ich hab auch wieder eine ganz tolle Männergeschichte beizusteuern.«

* * *

Die Freundinnen saßen in der schummrigen Bar am Tresen und schlürften jede an einem Getränk. Carina hatte einen nichtalkoholischen Cocktail gewählt, Anna brauchte etwas Härteres. Ein Gin Tonic stand vor ihr. Musik lief im Hintergrund.

»Wieso lässt du das eigentlich immer mit dir machen?«, fragte Carina, nachdem Anna ihr von Viktors kurzfristiger Absage erzählt hatte.

»Was mit mir machen?«

»Wieso lässt du dich so behandeln?«

Anna starrte auf ihren Gin Tonic. Sie strich mit ihren Fingern über das kühle Glas, strich das kondensierte Wasser ab. »Es ist wohl wirklich ein wichtiger Klient.«

Carina nickte. »Du solltest wichtig sein für ihn. Wichtiger als alles andere. Ich weiß, du denkst jetzt, weil ich so gnadenlos bin mit Männern, bin ich alleine. Und du willst nicht Single sein, stimmt's?«

Anna dachte über die Worte ihrer Freundin nach. »Es geht nicht darum, dass ich nicht alleine sein möchte. Eine Beziehung ist eben nicht immer einfach. Ich kann sehr gut für mich sein. Das war ich vor Viktor auch. Aber er hat eben auch viele tolle Seiten, die ich liebe.«

»Und die wären? Und komm mir jetzt nicht mit der Ziege.«

Die Freundinnen sahen sich an und mussten losprusten.

Als sie sich wieder beruhigt hatten, sah Anna ihre Freundin an. »Er hat nur unseren Urlaub abgesagt, er hat keine Geliebte, er betrügt mich nicht oder so was.«

»Was macht dich da so sicher?«

»Carina!«

»Hey, ich sag dir nur, wie es in der Welt zugeht. Der Typ, den ich vorgestern in der U-Bahn kennengelernt habe, will mich vögeln, er betrügt seine Frau.«

»Bist du darauf eingegangen?«

»Nein, aber er hat gesagt, er betrügt sie, seit sie dreißig ist.«

»Er gibt also auch noch damit an?« Anna konnte es nicht fassen.

»Genau das habe ich auch gedacht. Und mich vom Acker gemacht.«

»Gut so.«

»Ich bin gerade eh ziemlich … na ja …«

»Was ist denn?«

»Lass uns erst mal über deinen Urlaub reden«, wehrte Carina ab.

»Den werde ich jetzt wohl auf Balkonien verbringen.« Anna seufzte. Sie liebte es, zu reisen, hatte sich schon sehr gefreut, mal wieder etwas anderes von der Welt zu sehen.

Carina stützte ihren Kopf auf die rechte Hand, sah sie an. »Was hältst du von einem Mädelsurlaub?«

Anna sah auf. »Mit dir? Immer. Aber du hast doch keinen Urlaub.«

»Den krieg ich schon, das weiß ich.«

»Der Esser gibt dir doch am liebsten nie Urlaub.«

Sie hatten unterschiedliche Chefs, kannten den jeweils anderen natürlich gut.

»Tja, diesmal wird er es tun.« Carina sah angespannt aus. Irgendetwas lag ihr auf der Seele. Und es musste etwas Wichtiges sein, denn normalerweise erzählte ihr Carina immer jede Kleinigkeit sofort.

»Was ist los?«, wollte Anna wissen.

Die Musik wechselte, ein Typ neben Carina rempelte sie aus Versehen an, entschuldigte sich.

»Also?« Anna legte die Hand auf den Arm ihrer Freundin. Sie spürte, wie Carina zitterte.

»Ich bin schwanger!«

»Nein.«

»Vom Esser.«

Sprachlos sah Anna sie an, musste schlucken. »Du nimmst mich auf den Arm.«

»Schön wärs.« Carina hatte noch nie so zerbrechlich ausgesehen.

»Er ist dein Chef, er ist verheiratet.«

»Ich weiß. Ich bin auch wirklich nicht stolz darauf, das kannst du mir glauben.«

»Wie ist es denn passiert? Ich meine, du hast mir gar nichts erzählt.«

»Ja, weil ich mich schäme. Das mit den Bienchen muss ich dir ja nicht erklären, aber …«

Carina stockte kurz. »Ich war betrunken. Wir haben mal wieder ewig gearbeitet in der Agentur, uns um Mitternacht noch eine Pizza bestellt und zwei billige Flaschen Rotwein.«

Anna schüttelte ungläubig den Kopf. »Dazu noch mit billigem Rotwein?«

»Ich sag ja, es ist mir echt peinlich. Und natürlich hatten wir kein Kondom dabei und ich hab gedacht, die Tage sind *safe*.«

»Sicher kann man sich nie sein. Entschuldige.«

»Yepp, und heute war ich beim Frauenarzt, weil meine Periode überfällig war. Ich dachte noch, dass es bestimmt so ein Hormonding ist. Ich mein, mit Ende 30 wird man ja nicht mehr so schnell schwanger.«

»Ach Mensch, Süße. Und was jetzt? Weiß Esser es?«

»Bist du verrückt? Er hat nach dem Sex gesagt, dass er seine Frau nie verlassen wird. Dass es ein Fehler war.«

»Idiot! Genau das, was eine Frau danach hören will.«

»Ja, aber ich mein, im Grunde wusste ich es. Und ich bin ja auch nicht verliebt in ihn. Ich will den gar nicht.«

»Aber trotzdem. Was jetzt?«

»Ich bin den ganzen Nachmittag durch die Stadt geirrt, hab mir nen Kopf gemacht.«

»Wieso hast du mich nicht sofort angerufen?«

»Ich hab erst mal Zeit für mich gebraucht. Bin an Spielplätzen vorbeigeschlichen, hab Mütter beobachtet. Du weißt, dass das Thema für mich eigentlich schon erledigt war, mit 39 und als Dauersingle. Und ohne festen Partner wollte ich nie ein Kind. Aber jetzt … jetzt ist irgendwie alles anders.«

Anna nahm ihre Freundin in den Arm, drückte sie fest. Sie spürte, wie diese Nachricht sie aufwühlte. Carina klammerte sich regelrecht an ihr fest. Nach ein paar Sekunden löste sie sich wieder, sah Anna entschlossen an.

»Aber nachdem ich diese Mütter heute beobachtet hab, wusste ich es plötzlich, was ich will.«

»Du willst es behalten?«

»Ja.« Carina lächelte jetzt. »Ich weiß, es wird verdammt hart alleine, aber in meinem Alter ist es vermutlich meine letzte Chance. Und ich hab immer gesagt, ich will das Leben in vollen Zügen genießen. Das heißt aber auch, dass ich alles mal mitgemacht haben will. Dazu gehören auch schwanger sein, Sodbrennen haben, Milchstau, Hängetitten …«

Anna musste lachen. »Reicht. Ich sehe, du weißt, was auf dich zukommt.«

»Na ja, nicht ganz. Sagen ja alle, dass man sich das nicht vorstellen kann, was das alles mit einem macht.«

Plötzlich fühlte sich Anna, als zöge ihr jemand den Boden unter den Füßen weg. Gefühle drängten sich hervor, die sie lange verdrängt hatte.

»Du sagst ja gar nichts.«

Anna schreckte auf. »Was? Was soll ich denn sagen?«

»Na so was wie: Hey, ich bin für dich da. Ich halte deine Hand, wenn du Presswehen hast und hechelst wie ein Dalmatiner.«

»Aber natürlich. Hey, ich hechle sogar mit dir. Wie der Dackel unserer Hausmeisterin.«

Carina lachte, dann beobachtete sie Anna genau. »Irgendwas hast du. Willst du was vom Esser oder wieso guckst du so?«

»Wie guck ich denn?«

»Keine Ahnung. Zersprengt, schockiert.«

Am liebsten hätte Anna gesagt: Genau so fühle ich mich. Aber sie konnte nichts sagen.

Rasch lenkte sie ab. »Und du willst wirklich mit mir in den Urlaub?«

»Ja, und wie. Es wird unser letzter Mädelsurlaub zu zweit werden. Die nächsten Jahre werd ich immer einen kleinen Schreihals mitschleppen müssen. Und dann willst du mich, also uns, bestimmt nicht mitnehmen.«

»Quatsch. Natürlich will ich das.«

»Trotzdem. Lass uns die Zeit noch mal so richtig genießen. Du pfeifst auf Viktor und wir lassen es uns gut gehen.«

»Ich denke über meine Beziehung nach und wir verbringen einen schönen Mädelsurlaub.«

»Siehst du, endlich lächelst du wieder. Und ich hab auch schon eine Idee, wohin wir fliegen. Barcelona, das ist meine absolute Traumstadt, da wollte ich schon immer mal hin.«

Annas Miene gefror.

»Was ist denn?«

Anna wusste nicht, was sie sagen sollte. Sie räusperte sich. »Du weißt doch, dass ich dort ein Auslandsjahr studiert habe. Nachdem ich zwei Semester in Köln studiert hatte, als ich zwanzig war.«

»Ist doch super, dann kannst du mir deine Stadt zeigen.«

»Ich ...« Annas Herz klopfte. »Ich würde aber lieber ... etwas Neues sehen.«

»Das kannst du danach wieder mit Viktor. Bitte, bitte, bitte, bitte. Ich finde es so cool, dass du dich da auskennst, dann sprichst du Spanisch und kannst mir die Ecken zeigen, in die die Touris gar nicht kommen.«

Anna spürte, wie ihre Hände schweißnass wurden. Sofort dachte sie wieder an Rafael. Lebte er noch dort? Würde sie ihm über den Weg laufen? Ziemlich unwahrscheinlich, so groß wie Barcelona war.

Carina sah sie verständnisvoll an. »Ah, wegen einer alten Liebe willst du da nicht mehr hin. Ich seh es dir an. Wow, der Typ scheint dich ja ganz schön geflasht zu haben, wenn er so viele Jahre danach noch so etwas mit dir macht.«

Anna lächelte schwach und nickte.

»Lass mich raten: ein heißer Spanier, der dich dann schnöde sitzen gelassen hat. Wie heißt er?«

»Rafael.«

»Rafael. Aber Anna, jetzt mal ehrlich, wie groß ist die Chance, dass er dir in dieser Millionenstadt über den Weg läuft. Und selbst wenn, würdest du ihn bestimmt gar nicht mehr erkennen. Bestimmt hat er Bierbauch und Glatze. Hey, das ist ... zwanzig Jahre her!«

Anna atmete durch. Ihr Herz schlug wild.

»Bitte, ich möchte so gern nach Barcelona. Die Bauwerke von Gaudí, diese geile Kirche… wie heißt die noch?«

»Sagrada Família.«

»Genau. Siehst du, du bist meine perfekte Fremdenführerin. Bitte, tu mir den Gefallen, lass uns nach Barcelona fliegen.«

Anna merkte, dass Carina nicht aufgeben würde. Und jetzt, nach der Nachricht, dass sie schwanger war, konnte sie ihr ja wirklich nicht ihren großen Wunsch abschlagen, mit ihr zu verreisen. Dennoch, sie konnte nicht. Fühlte sich, als habe jemand Betonklötze an ihre Beine gehängt.

»Wir machen gern einen Mädelsurlaub, in Italien, Frankreich oder auf Mallorca. Aber nicht Barcelona. Auf keinen Fall Barcelona!«

3. Kapitel

1998, März – Aitona, in der Nähe von Barcelona, auf einer Pfirsichplantage

In kurzen, ausgefransten Jeans-Hosen, die ihre schlanken, etwas staksigen, blassen Beine zeigten, und dem bauchfreien T-Shirt stand Anna da, blickte über rosarotfarbene Pfirsichfelder und hatte Mühe, ihren Mund wieder zu schließen. Von Barcelona, das sie jetzt ja schon ein paar Monate kannte, war sie bereits geflasht, aber dieses rosa Farbenmeer übertraf alles! Und wie es duftete. Sie fühlte sich wie auf einer rosaroten Wolke oder in eine Fantasiewelt hineinkatapultiert.

Die Ebene von Lleida blühte rosarot, genauer gesagt leuchteten die Farben von Rosa bis Pink in den schönsten Tönen. Eine spanische Kommilitonin, Jimena, hatte ihr gesagt, dass sie hier auf den Pfirsichfeldern Studenten suchten, die die Touristen betreuten. Sie hatte von der Pfirsichblüte erzählt und nicht übertrieben. So einen wunderschönen Anblick hatte Anna noch nie gesehen. Sie war aber auch noch nicht viel gereist. Aber als sie zu Hause erzählt hatte, dass sie in Barcelona ein Jahr Germanistik studieren wolle, hatte ihr keiner von dieser traumhaften Pfirsichblüte erzählt. Jede Wette, dass diese in Deutschland kaum bekannt war.

Mit dem Zug war sie in einer Stunde hier gewesen, wie von Jimena beschrieben. Reihe um Reihe standen die Pfirsichbäumchen in der Landschaft, die Sonne schien. Fast schon unwirklich schön sah es aus. Anna liebte zartes Altrosa, es sah so romantisch aus. Ein tiefer Seufzer entfuhr ihr. Im Gegensatz zu ihren Freundinnen zu Hause hatte sie noch keinen festen Freund gehabt, keinen Sex, und fühlte sich mit ihren zwanzig Jahren wie eine alte Jungfer.

Aber Anna gefiel bisher kein Junge so gut, dass sie sich vorstellen konnte, ihn streicheln zu wollen, von ihm berührt zu werden. Stattdessen träumte sie sich oft mit ihren Büchern in eine andere Welt oder in eine andere Person. Vielleicht lag es auch an ihrer streng katholischen Mutter, die ihr immer in den Ohren gelegen hatte, ja niemals ein leichtes Mädchen zu werden. Anna hatte als Kind nicht gewusst, was sie mit »leichtem Mädchen« meinte, und sich gefragt, ob ihre Mutter wohl wollte, dass sie dick wurde.

Irgendwann hatte sie es natürlich verstanden und es immer im Hinterkopf gehabt, wenn sich ein Junge mit ihr verabreden wollte. Was selten vorkam. Eigentlich nie. Anna träumte nur davon. Sie war viel zu schüchtern und strahlte das aus. Dann kamen auch noch ihre Zahnspange hinzu und eine Brille. Damit war jegliche Hoffnung dahin. In der zwölften Klasse wollte ein Mitschüler mit ihr ein Eis essen gehen, aber es handelte sich ausgerechnet um den Nerd der Klasse und Anna schüttelte reflexartig, stumm, den Kopf, als er sie fragte. Woraufhin er sich auch sofort wieder zurückzog und vermutlich nie wieder eine Frau nach einem Date fragte. Anna hatte sofort ein furchtbar schlechtes Gewissen, aber die Blicke der Mitschüler bestätigten sie darin, nicht ausgerechnet mit diesem Jungen ihr erstes Date zu verbringen.

Bis zum Abitur wurde aus der kleinen Raupe aber doch noch ein ansehnlicher Schmetterling. Die Zahnspange kam heraus, die Brille wurde durch Kontaktlinsen ersetzt. Aber dennoch hingen ihre mausbraunen Haare wie Spaghetti von der Stange. Anna hatte eine Mauer um sich gezogen, um es ihrer Mutter recht zu machen, um keine Schande über die Familie zu bringen, wie es ihr dauernörgelnder Vater einmal bezeichnet hatte. Ihre Eltern lebten sehr konservativ und erwarteten das auch von ihrer einzigen Tochter. Ihr Vater erwartete, dass sie nicht studierte, weil sie ja eh bald heiraten sollte. Heiraten? Anna fühlte sich schon seit Jahren wie in einer fremden Welt gefangen. Sie liebte ihre Eltern sehr, aber sie fühlte sich, als müsste sie aus der Enge der Kleinstadt ausbrechen, als bekäme sie keine Luft mehr, wenn sie bliebe. Die Idee mit dem Studium in Barcelona hatte eine Studienfreundin in Köln gehabt, die dann aber in letzter Minute einen Rückzieher machte. Als Anna schon alles in die Wege geleitet hatte, sich bereits mit ihren Eltern wegen ihres Auslandsjahres verstritten hatte, bereits etwas Spanisch gelernt hatte. Als ihre Freundin absagte, fühlte sich Anna, als stünde sie alleine in der großen weiten Welt. Noch nie war sie ohne Begleitung verreist, mit ihren Eltern immer nur an den Vierwaldstätter See. Und jetzt sollte sie ganz alleine nach Barcelona fliegen, sich ein bezahlbares WG-Zimmer suchen und dort studieren? Bei dieser Vorstellung brach ihr der Angstschweiß aus. Nachts lag Anna in der elterlichen Wohnung in ihrem Zimmer im Bett und bekam kaum Luft.

Als dann endlich der Abreisetag gekommen war und ihre Eltern, die sich inzwischen wieder einigermaßen beruhigt hatten, sie zum Zug brachten, spürte Anna, wie ihre Lungenflügel weiter wurden, wie mit jedem Kilometer aus dieser Kleinstadt heraus mehr Luft in ihre Lunge strömte. Ihr Vater hatte ihr ein

Zimmer besorgt. Bei einer alten Spanierin, nicht in so einer verlotterten WG, wo nur gekifft wurde, hatte er gesagt.

In Barcelona lernte Anna schon am ersten Tag an der Universität nette Leute kennen, fühlte sich frei und erleichtert. Und die alte Spanierin, bei der sie wohnte, Maria, entpuppte sich als eine zwar ältere Frau, aber im Geist war sie jung und forsch geblieben. Sie sprach zum Glück Englisch und die beiden hatten Spaß zusammen.

Die Monate vergingen wie im Flug, es war bereits Anfang März, Anna hatte sich gut eingelebt, als sie von ihrer Kommilitonin Jimena von diesem Nebenjob hörte. Da sie Geld brauchte, um abends in Barcelona in die Bars gehen zu können, wofür das wenige Geld ihrer Eltern nicht reichte, sagte sie die Stelle zu.

Hier stand sie also, betrachtete die rosafarbenen Pfirsichbäumchen, atmete ihren unglaublichen Duft ein, und wusste in ihrem tiefsten Inneren, dass sie dieses Land und die Zeit hier in Spanien lieben würde.

Naia, die Besitzerin der Pfirsichplantage, eine kleine, flinke Spanierin mit kurzen Haaren, führte sie auf der Plantage herum, erzählte ihr auf Englisch vom sogenannten *fruit tourism*, dem Fruchttourismus, der jetzt im März zur Baumblüte seine Hochsaison hatte. Es wuchsen hier wohl auch Nektarinen und Paraguayos, die kleineren platten Pfirsiche. Naia erklärte Anna, woran man erkannte, ob es sich um einen Pfirsich- oder einen Nektarinenbaum handelte. »Von außen siehst du es den Blüten nicht an. Aber wenn du sie etwas zerpflückst, sind die Stempel unterschiedlich. Haarig, dann ist es ein Pfirsich, unbehaart eine Nektarine.« Sie zeigte es ihr, pflückte eine Blüte von einem der Bäumchen und zupfte sie auseinander. »Und?«

»Nektarine?«, rätselte Anna.

Naia lachte, ein ansteckendes, tiefes Lachen. »Hier, das sind die Haare, ein Pfirsich. Noch bist du keine Fachfrau. Aber du wirst es schon lernen.«

Sie erzählte Anna weiter von den Touren, die sie anboten und die von Studenten betreut wurden. »Du wirst sie bald kennenlernen. Dann verkaufen wir noch allerlei Produkte aus Pfirsichen, Konfitüre, Likör, Tee, Pfirsichmark, Saft ...«

»Mmhm, ich liebe Pfirsichkonfitüre.«

»Du hast unsere noch nicht probiert. Du wirst sie vergöttern.«

Naia lachte wieder und Anna musste mitlachen. Vom Alter her hätte Naia ihre Mutter sein können, aber sie versprühte so viel Lebensfreude, ganz im Gegensatz zu ihren Eltern, die immer nur alles negativ und düster sahen.

Naia führte sie weiter und bekam dann einen Anruf auf ihrem Handy. Sie ging dran, unterbrach den Anrufenden dann kurz und sagte Anna, sie solle zu Rafael gehen und sich anlernen lassen. Sie deutete auf die nächste Reihe der Pfirsichbäumchen und ging mit dem Handy am Ohr weiter.

Anna trat zwischen den Bäumen hindurch und dann sah sie ihn. Einen jungen Mann in ihrem Alter, der nur eine an den Oberschenkeln abgeschnittene Jeans trug, sein braun gebrannter, schlanker Oberkörper war nackt, seine dunklen Haare hingen ihm ins Gesicht, weil er sich gerade nach etwas bückte.

Wieder einmal fühlte sich Anna so schüchtern wie an ihrem ersten Schultag im Gymnasium. Da sah dieser Rafael auf, blickte ihr in die Augen und lächelte, als hätte er gerade eine wunderschöne Frau gesehen. Anna schaute hinter sich, da er unmöglich sie meinen konnte. Denn sie fühlte sich so unscheinbar wie eine durchsichtige Maus. Männer hatten sich nie nach ihr umgedreht, immer nur nach ihren Freundinnen.

»Hola!«, sagte Rafael und da hinter ihr keine Schönheit stand, meinte er offenbar wirklich sie.

»Hola!« Anna lächelte und sie wusste genau, dass es schüchtern aussah. So oft hatte sie es im Spiegel geübt, frecher zu lächeln, weil ihr Vater sie immer wegen ihres Lächelns aufzog. Aber es klappte nicht einmal vor dem Spiegel, forscher zu lächeln.

Rafael kam näher und fragte etwas auf Spanisch. Da Anna aber noch kaum Spanisch sprach, das wollte sie hier ja lernen, antwortete sie auf Englisch, dass sie aus Deutschland komme und leider kein Spanisch spreche. In der Uni kam man zum Glück mit Englisch durch.

Rafael konnte Englisch und bot ihr sofort an, sie für die Touren anzulernen und ihr dabei ein paar Worte Spanisch beizubringen. Er strahlte sie an.

Überwältigt und sprachlos nickte sie nur. Versuchte sich erneut an einem Lächeln, sein Strahlen steckte an.

Und er duftete gut. Männlich, nach einem frischen Aftershave. Sein Geruch vermischte sich mit dem der Pfirsichblüten. Leicht benebelt folgte sie ihm durch die Reihen der Pfirsichbäume, hörte ihm zu, stolperte über einen Stein. Sofort fing er sie auf, hielt sie fest und blickte sie an. Er hatte dunkle Augen, schöne, gebräunte Haut, leicht hervorstehende Wangenknochen und volle Lippen. Anna wurde schwummrig. Das lag bestimmt an der vielen Sonne, die sie aus Deutschland zu dieser Jahreszeit nicht gewohnt war, und an ihrem Bauchgrummeln, sie hatte Hunger. Nein, sie hätte jetzt keinen Bissen hinunterbekommen. Fasziniert folgte sie Rafael, der erzählte gerade, dass der Pfirsichbaum zu der Familie der Rosengewächse gehöre und aus China über Persien nach Griechenland und dann durch die Römer nach Mitteleuropa gelangt sei. Anna hörte seiner angenehmen Stimme zu, beobachtete ihn immer wieder heimlich von der Seite, auch wie zart er die Blütenblätter berührte, und spürte, wie es in ihrem Bauch vibrierte. So musste sie sich anfühlen, die Liebe, genau so, leicht und frei, wie ein Schmetterling.

4. Kapitel

2019, März – Barcelona

Während Anna mit Carina durch die kleinen Gassen der Altstadt, durch das gotische Viertel von Barcelona zog, krampfte sich ihr Magen zusammen. Es fühlte sich an, als drückte ein Riese seine große Faust hinein.

Carina sprühte vor guter Laune, begeisterte sich für die kleinen Läden, in denen es die traditionellen katalanischen Produkte gab. Vor einem Geschäft, dem La Maual Alpargatera, blieb sie stehen, denn hier verkauften sie Schuhe! Espadrilles, diese lässigen und bequemen Sommerschuhe aus Baumwolle und Juteseil. Sie bewunderte die verschiedenen Modelle. »Wow, so schöne Farben und Muster, Anna, guck mal, sogar kariert.«

Aber Anna hatte jetzt keinen Sinn für Schuhe und nickte nur abwesend.

Sofort kam ein Verkäufer heraus, zündete sich eine Zigarette an, und erklärte Carina auf Englisch, dass Espadrilles ihren Ursprung in Katalonien hatten. »Damals wurden sie als Bauernschuhe gesehen. Espardenyes heißt es in Katalan und Alpargatas in Spanisch. Wir stellen sie von Hand her.«

»Wirklich? Wie schön, das wäre eine tolle Erinnerung an unseren Urlaub, Anna. Und Espadrilles kann man immer gebrauchen. Sie sind die perfekten Sommerschuhe.«

Anna nickte wieder nur, in Gedanken.

»Anna?«

Der Verkäufer redete weiter auf Carina ein, die ihm zu gefallen schien. »In diesem Geschäft waren schon einige Hollywoodstars und haben Espadrilles gekauft. Penelope Cruz, Tyra Banks, Jack Nicholson …« Er lächelte ihr aufmunternd zu.

Carina sah ihn hin- und hergerissen an, dann wieder forschend zu Anna. »Okay, Anna, ich geh kurz rein, die Muster sind der Hammer, du kannst ja hier warten, wenn dich Schuhe plötzlich nicht mehr interessieren.«

»Äh, ja.« Anna hörte ihrer Freundin an, dass sie langsam genervt war, weil Anna nicht mit ihr über das redete, was sie beschäftigte. Aber wie sollte sie es Carina nur erklären? Das, über das sie nicht reden konnte.

Die Sonne schien ihr ins Gesicht. Touristen drängten sich an ihr vorbei. Angespannt zog Anna den Zettel aus ihrer Jackentasche, auf dem sie ihre Rechercheinformationen notiert hatte. Das, was sie zu Hause gegoogelt hatte, was ein Anfang sein konnte für ihre Suche. Nur deshalb hatte sie eingewilligt, wieder hierherzukommen, weil sie Inez' Adresse herausgefunden hatte. Und das nach all der Zeit. Hoffentlich wohnte sie noch dort, oder vielleicht wussten die Nachbarn, wo sie Inez finden konnte.

Freudestrahlend kam Carina kurz darauf mit einem Stoffbeutel in der Hand wieder heraus. Anna steckte schnell den Zettel zurück in ihre Tasche.

»Guck mal, sind die nicht megahübsch?« Sie zog ein paar Espadrilles mit rosa Blümchen heraus. »Pfirsichblüten sind das, hat der Verkäufer gesagt.«

Anna musste schlucken. »Ach ja?«

Wieder sah Carina sie forschend an. »Jetzt rede endlich mit mir.«

Anna brachte keinen Ton heraus.

Carina hakte sie ein, zog sie weiter. »Wir gehen jetzt einen Kaffee trinken, essen ein paar Tapas dazu und du sagst mir endlich, was damals geschehen ist.«

Anna stolperte ihr hinterher. »Ich … er hat halt mit mir Schluss gemacht. Ende der Geschichte.«

»Von wegen. Die fängt gerade erst an, das spüre ich. Komm, es muss raus, das sehe ich dir an.«

»Es ist nichts, ich meine, ich sehe sicher nur Gespenster«, rutschte ihr heraus. Sofort biss sie sich auf die Lippe, wie sie es immer tat, wenn sie etwas gesagt hatte, ohne es zu wollen. Und das kam häufig vor. Besonders in jungen Jahren war es ihr oft passiert, mittlerweile hatte sie es im Griff – dachte sie zumindest.

»Gespenster? Wer sagt das? Das kommt doch nicht von dir?« Carina blieb stehen, sah sie verstehend an. »Viktor. So redet Viktor, hab ich recht?«

Anna sah zu Boden, betrachtete ihre Füße, die in leichten Turnschuhen steckten, und schüttelte den Kopf.

»Boah! Und ob. Anna, was ist los mit dir? Du bist schon seit einer Woche so seltsam. So kenn ich dich gar nicht.«

»Ich … ich bekomme meine Tage, da bin ich in letzter Zeit öfter total durcheinander«, wich sie aus. Sie konnte es Carina unmöglich sagen. Auf keinen Fall. »Die Hormone.«

Aber Carina ließ das nicht gelten, redete auf ihre Freundin ein, erst nach einer Weile, als sie merkte, wie stur Anna sein konnte, gab sie auf.

»Du bist sturer als der Hund meines Bruders. Wenn der nicht da hinwill, wo meine Schwägerin hinwill, kann sie zerren, so viel sie will.«

»Können wir nicht einfach unseren Urlaub genießen?«, versuchte es Anna zaghaft und bemühte sich, das Thema zu wechseln.

Carina schnaubte durch. »Wir gehen jetzt einen Kaffee trinken, essen ein paar Tapas dazu und du sagst mir endlich, was damals geschehen ist.«

Sie setzten sich in einem belebten Straßencafé in die Sonne, bestellten sich Café con leche, Carina entkoffeiniert. Dazu *sardinhas*, Oliven und *patatas bravas*. Anna fühlte sich schlecht. Carina surfte in ihrem Smartphone, die Sonnenbrille auf der Nase, schien verschnupft. Zu Recht, gestand sich Anna innerlich ein. Aber dennoch wagte sie es nicht, mit ihrer besten Freundin darüber zu reden. Die Stimmung blieb angespannt. Nicht einmal die köstlichen Tapas konnten Carina besänftigen.

Erst als sich ein attraktiver Enddreißiger an einen kleinen Tisch neben ihnen setzte und immer wieder zu ihnen herübersah, entspannten sich Carinas Gesichtszüge. Er sprach die Freundinnen an, wobei sofort klar war, dass er an Carina interessiert war und nicht an Anna. Fynn aus Schweden, er spielte Basketball, war blond, sehr groß und sehr muskulös. Noch dazu schlagfertig und amüsant. Anna hielt sich aus dem kleinen Schlagabtausch der beiden heraus, freute sich, dass Carina wieder auftaute, und während sich die beiden bestens unterhielten, dachte Anna aufgewühlt daran, was es bedeuten würde, wenn sie keine Gespenster sähe. Sie fröstelte unwillkürlich und das bei 22 Grad Celsius im Sonnenschein.

»Anna?«

»Was?«

»Er hat noch kein Hotel.«

»Wer?«

»Na wer wohl. Fynn.«

Fynn lächelte Anna jetzt an. Ein sehr nettes Lächeln, wie sie zugeben musste. Er schien in Ordnung zu sein, sofern man das von einem Menschen sagen konnte, den man gerade mal fünf Minuten neben sich sitzen hatte.

»Und das heißt?«

»Dass er doch bei uns in der Bettritze schlafen kann, oder?«

Anna sah ihre Freundin fassungslos an.

Fynn und Carina lachten los.

»Scherz. Er hat gerade online geguckt und es ist noch ein Zimmer in unserem Hotel frei.«

»Super.« Anna klang etwas lahm.

»Find ich auch. Wenn mit dir eh nicht viel los ist«, konnte sich Carina nicht zu sagen verkneifen.

Dann lächelte sie Fynn wieder an. Und da sah Anna es. Ein Fünkchen, das von ihm zu ihr geflogen war. Oder von ihr zu ihm? Wie sehr sie es der Freundin gegönnt hätte, endlich einmal Glück in der Liebe zu haben. Aber mit einer Urlaubsbekanntschaft, noch dazu aus Schweden? Und wenn er erfahren würde, dass sie schwanger war? Ob das gut ginge?

Aber die beiden scherzten gerade schon wieder so gutgelaunt, als würden sie sich schon etliche Jahre kennen.

Vielleicht war das sogar optimal, dass Carina diesen Mann kennengelernt hatte, dachte Anna. Dann konnte sie selbst sich auf ihre Suche konzentrieren und Carina wäre nicht allzu enttäuscht von ihr. Immerhin war sie jetzt doch mit ihr hierhergekommen. Nachdem Anna, nach ihrem Entschluss, einen Mädelsurlaub zu verbringen, den alten Karton hervorgekramt hatte, in dem sie ihre Barcelona-Erinnerungen von damals aufbewahrte. Seit damals, seit über zwanzig Jahren, hatte sie ihn nicht mehr geöffnet gehabt.

5. Kapitel

2019, München – eine Woche vor ihrer Reise

Nach einem anstrengenden Arbeitstag im Office der PR-Agentur saß Anna auf dem loungigen Designersofa ihrer Eigentumswohnung, hatte sich eine Flasche Rotwein geöffnet und die Beine hochgelegt. Bei gedimmtem Licht starrte sie auf eine Pappschachtel, die vor ihr auf dem Glastischchen stand. Es war spät, Viktor immer noch in der Kanzlei. Anna hielt das Glas Wein in der Hand, schwenkte es etwas, nahm den erdigen Geruch auf, stellte ihre Füße auf den Boden und wollte mit der freien Hand nach der Schachtel greifen. Sie zögerte. Hier hinein hatte sie als junge Frau nach ihrer Rückkehr aus Barcelona ihre Fotos gelegt. In eine Schachtel, in der sich einmal Pfirsichlikör befunden hatte, wie man an dem Aufdruck erkannte. Unter Tränen hatte Anna damals versucht, ihre Erinnerungen in diese Schachtel zu pressen, um sie für immer wegzupacken, so wie es ihr eine Kommilitonin, eine Psychologiestudentin aus Barcelona, geraten hatte. Anna trank erneut ein paar Schlucke, beugte sich wieder vor, stellte das Rotweinglas jetzt auf dem Couchtischchen aus Glas ab. Dann atmete sie durch, nahm die

Schachtel, stellte sie neben sich auf das Sofa, hob den Deckel vorsichtig an und sah hinein.

Fotos lagen unsortiert auf einem Notizbuch, in das sie damals ihre Gedanken geschrieben hatte. Anna nahm ein Foto heraus. Es zeigte die roséfarben blühenden Pfirsichbäume, diese wunderschönen Blüten, die sie damals so verzaubert hatten. Genauso schnell wie Rafael sie und sie ihn. Umso weniger hatte sie später verstanden, wie er sich ihr gegenüber so verhalten konnte. Sie legte das Bild zurück, zog ein anderes Foto heraus. Es zeigte Rafael von hinten, wie er ein paar Touristen auf der Plantage herumführte. Er trug ein ärmelloses T-Shirt, das seine muskulösen Oberarme betonte. Die Muskeln hatte er von der Arbeit in der Natur, denn seine Großeltern bauten in Andalusien Oliven an. Dort half er im Sommer in den Semesterferien aus. Seine Mutter dagegen war Oberärztin in einer Fachklinik für Gynäkologie, eine kühle, strenge Person, wie er einmal erzählt hatte. Rafael verbrachte viel Zeit bei seinen Großeltern, die ihn mehr oder weniger aufgezogen hatten. Ihnen hatte er seine herzliche, offene Art zu verdanken.

Anna dachte daran, dass sie nach ihrer Trennung damals lange keinem Mann mehr hatte vertrauen können. Denn wenn man im Ernstfall nicht einmal auf jemanden wie Rafael, diesen fröhlichen, offenen Menschen bauen konnte, auf wen dann? Anna traute ihrem gesunden Menschenverstand jahrelang überhaupt nichts mehr zu. Erst die letzten Jahre, seit sie viele Sachbücher über Glück und Achtsamkeit gelesen hatte, hatte sie wieder angefangen, auf ihr Bauchgefühl zu hören. Und seitdem hatte sie immer wieder Phasen, in denen sie die Beziehung zu Viktor insgeheim infrage stellte.

Die beiden Männer konnten unterschiedlicher nicht sein. Hatte sie sich nach der Enttäuschung mit Rafael extra auf einen ganz anderen Typ Mann eingelassen? Viktor war viel nüchterner, stand mehr im Leben, hatte Ehrgeiz und war nicht so ein

Tagträumer wie Rafael. Er gab ihr Halt, wusste viel über Politik und Wirtschaft, half ihr oft bei Entscheidungen. Denn Anna hasste es, sich entscheiden zu müssen. Im Drogeriemarkt stand sie manchmal vor dem Regal der Kosmetik und konnte sich gefühlt stundenlang nicht für eine Creme entscheiden. Eine Verkäuferin hatte sie sogar schon einmal angesprochen, ob sie einen Arzt rufen solle. »Nein, keinen Arzt, eher eine Portion Mut«, hatte Anna spontan geantwortet. Die Verkäuferin hatte lachen müssen. »Die Cremes beißen nicht.«

Wie peinlich ihr das gewesen war!

Anna hörte den Schlüssel im Schloss. Die Kiste voller Erinnerungen stand vor ihr. Viktor hatte eigentlich gesagt, er komme erst um Mitternacht. Hatte sein Geschäftsessen heute so kurz gedauert? Sie hörte seine Schritte im Flur, seine Stimme, die wie immer nach ihr rief. »Bist du da, Darling?«

»Ja, im Wohnzimmer.«

Rasch legte sie das Foto, das sie in Händen gehalten hatte, zurück, tat den Deckel auf die Schachtel und wollte sie neben das Sofa auf den Boden stellen, damit Viktor nicht gleich darauf aufmerksam wurde. Aber da betrat er schon den Raum und Anna zuckte etwas zusammen, sodass ihr die Kiste aus den Händen rutschte, der Deckel hinunterfiel und ein paar Fotos auf den Boden glitten. Schnell ging sie auf die Knie, sammelte sie ein. Viktor trat zu ihr, bückte sich, half ihr, die Fotos aufzusammeln. Auch das noch. Anna trat der Schweiß auf die Stirn. Hoffentlich fragte er jetzt nicht nach.

All die Jahre hatte sie alles verdrängt, nie mit ihm über diesen Sommer in Barcelona gesprochen, und auch jetzt wollte sie das nicht. Auf keinen Fall.

»Wer ist das denn?«, fragte er auch schon, hielt ein Foto in der Hand, stellte sich wieder aufrecht hin und starrte darauf.

Anna sprang sofort auf, wollte es ihm aus der Hand nehmen. Es zeigte sicher Rafael und sie.

»Den Typen hab ich vor mehr als zwanzig Jahren kennengelernt«, erklärte sie rasch und extra abfällig, um seine Eifersucht nicht zu schüren. Viktor hielt das Foto hoch, sodass sie nicht daran kam und sich wie ein Hund fühlte, der nach einem Stöckchen springen sollte. Aber den Gefallen tat sie ihm nicht.

»Viktor, gib es mir!«

»Das ist kein Typ.«

»Nicht? Okay, ein Mann.«

»Nein. Ein Baby.«

Sofort schossen ihr Tränen in die Augen.

»Ein neugeborenes Baby, in deinen Armen, und du sitzt da im Krankenhaus wie nach einer Geburt.«

Anna fühlte sich, als wiche all das Leben aus ihr, das sie die letzten Jahre gelebt hatte. Als würde die starke Frau, die zu sein sie mittlerweile gedacht hatte, wie eine Marionette ohne den Halt der Fäden zusammenbrechen. Sie ließ sich auf das Sofa zurücksinken, um nicht vor ihm auf die Knie zu gehen.

Schockiert sah er sie an. Damit, dass es wirklich die Geburt ihres Kindes gewesen war, hatte er wohl nicht gerechnet. »Anna, du hast ein Baby?« Seine Stimme klang tonlos.

»Ich hatte ein Baby«, flüsterte sie. Ein Schluchzen quälte sich ihre Kehle empor.

Erschüttert setzte sich Viktor neben sie, legte unbeholfen seine Hand auf ihren Arm. Aber es fühlte sich nicht nah an. Sondern ganz weit weg.

All die Erinnerungen schossen wieder in Annas Kopf, der dröhnte, als befände sich ein Schlagbohrhammer darin.

»Deshalb willst du keine Kinder. Weil du eines verloren hast?«, kombinierte er betreten.

Anna nickte, Tränen drängten sich hervor, gleichzeitig entfuhr ihrem Innersten ein jammernder Laut, sie beugte sich nach vorne, wiegte ihren Oberkörper hin und her und weinte. Viktor rieb mit seiner Hand überfordert über ihren Rücken, aber es störte, tat nicht gut. Anna wehrte ihn mit ihrem Arm ab, sie konnte im Moment keine Berührung ertragen. Schluchzend stand sie auf, entschuldigte sich und rannte in ihr gemeinsames Schlafzimmer. Dort machte sie die Tür so zu, dass es einen Laut gab, warf sich aufs Bett und versenkte ihr Gesicht in ihrem Kissen. Heulkrämpfe schüttelten sie, Anna versuchte, sie im Kissen zu ersticken. Aber es gelang ihr nicht, wie ihr offenbar auch nicht gelungen war, dieses große Trauma, diesen tief sitzenden Schmerz über die Jahre zu verdrängen. Er kam hochgeschossen wie ein Wal aus dem Meer, genauso schwarz fühlte er sich an, genauso mächtig und riesengroß.

Viktor klopfte an die Tür, fragte nett, ob er reinkommen dürfe, aber sie schrie »Nein!« und so zog er sich zurück.

Nach einer gefühlten Ewigkeit, es war bereits drei Uhr in der Nacht, setzte sich Anna auf. Stundenlang hatte sie nach dem ersten Weinkrampf einfach nur apathisch dagelegen, an die Decke gestarrt und diese Bilder von damals vor sich gesehen. Ihre Kleine, die Frucht ihrer großen Liebe, aber auch das uneheliche Kind, das sie ihren konservativen Eltern verschwiegen hatte. Sie hatte Angst gehabt, sie würden sie verstoßen, und so entschied sie sich, als sie schwanger war, ihr Baby in Spanien zur Welt zu bringen, ihren Eltern zu sagen, sie werde verlängern, und dann mit einem Enkelkind nach Hause zurückkehren. Anna hatte gehofft, dass ihre Eltern dem Charme der Kleinen erliegen würden. Aber so weit kam es nicht, denn die Kleine starb kurz nach der Geburt.

Mittlerweile zeigte der Wecker vier Uhr früh. Viktor hatte morgen einen wichtigen Termin, insofern ging Anna davon aus, dass er sich auf dem Sofa hingelegt hatte und schlief. Sie verspürte einen furchtbaren Durst. Benommen wischte sie sich über ihr tränennasses Gesicht, trat hinaus in den dunklen Flur, ging zur Küche, die offen ins Wohnzimmer ragte. Auch hier brannte kein Licht. Er hatte sich also hingelegt. Anna schlich zum Kühlschrank, öffnete leise das Hightech-Gerät und nahm eine angebrochene Flasche Mineralwasser heraus. Gerade als sie die Flasche an den Mund setzte, hörte sie ein Räuspern.

Da saß er, auf dem Sofa, im Dunkeln, genauso wie vorher.

»Anna, können wir bitte darüber reden? Wieso hast du mir nie etwas gesagt?«

Sie trank. Wie eine Verdurstende, wie eine Frau, die gleich zusammenbrechen würde.

»Anna! Wieso hast du mir all die Jahre nie etwas gesagt? Ich meine, was bin ich für dich? Ein netter Zwischenmann? Ein Halbfremder, mit dem man zwar das Bett teilt, aber nicht seine Gefühle und Geheimnisse?«

Mit schlechtem Gewissen sah sie ihn an. »Nein, ich wollte es dir sagen. Aber dann habe ich … den richtigen Zeitpunkt verpasst. Es war schon elf Jahre her. Es hatte nichts mit unserer Liebe zu tun.«

Er fuhr sich mit den Händen übers Gesicht.

»Ich …« Sie trat näher, die leere Flasche in der Hand, ihre Arme hingen nach unten. Genauso fühlte sie sich. Wie eine leere Flasche, nutzlos und hohl.

»Es tut mir leid.«

»Du hast ein Kind geboren und es ist nach der Geburt gestorben. Wie konntest du darüber hinwegkommen?«

»Ich werde nie darüber hinwegkommen. Aber ich habe auf meine Weise versucht, damit klarzukommen.«

Er sah sie nur an. Traurig, enttäuscht.

»Vielleicht habe ich ja deshalb nie etwas gesagt. Weil ich Angst hatte, dass du mich nicht verstehst.«

Viktor stand auf. »Im Moment verstehe ich dich wirklich nicht. Und jetzt leg ich mich besser in mein Bett, bevor wir uns noch etwas an den Kopf werfen.«

Wie immer, dachte Anna unwillkürlich. Immer, wenn es schwierig wurde, zog sich Viktor zurück. Er hatte es nie gelernt, mit Konflikten umzugehen, weil seine Mutter, die früh Witwe geworden war, ihn vor jedem Problem hatte beschützen wollen. Ihren einzigen Sohn. Vielleicht hatte Anna es ihm auch deshalb nie gesagt. Weil sie wusste, er wäre damit überfordert gewesen. Er hätte immer gedacht, dass sie sich insgeheim wieder ein Kind wünschte. Da war sie besser dabei geblieben, in seinen Augen die Frau zu sein, die keine Kinder wollte und dankend auf dieses Gebrüll, den Stress, die Unannehmlichkeiten verzichtete.

Wie liebend gern sie damals all das in Kauf genommen hätte. Anna legte sich aufs Sofa, nahm die Embryonalhaltung ein. Auf dem Glastisch lag das Foto mit ihr und ihrem Baby.

Nach dem Tod ihrer Kleinen hatte sie sich tatsächlich kein Kind mehr gewünscht. Noch einmal hätte sie keine Schwangerschaft überstanden, wäre stattdessen sicher vor Angst und Sorge gestorben. Nie wieder wollte sie diesen Schmerz spüren, den eine Mutter aushalten musste, die ihr Kind verloren hatte. Etwas Schlimmeres gab es nicht auf der Welt. Bei Nachrichten, in denen es um Mütter ging, die ihre Söhne im Krieg verloren hatten, bei Terroranschlägen oder durch andere schreckliche Ereignisse, litt Anna seitdem immer besonders mit. Nie wieder wollte sie das erleben müssen, diese furchtbare Angst. Anna hatte damals Panikattacken entwickelt. Bis heute überfielen sie diese manchmal aus heiterem Himmel in der U-Bahn oder mitten in einem Kaufhaus.

Rafael und sie hatten die Kleine Lorena, Lori, genannt. Es war Rafaels Idee gewesen und Anna hatte der Name sofort gefallen. Lori. Ihre kleine Lori. Wie gut sie duftete, wie schön sie aussah. Diese kleinen Hände, die süße Nase und ihr weicher heller Flaum auf dem Köpfchen.

Anna musste eingeschlafen sein. Die Sonne schickte ihre Strahlen in das großzügige Wohnzimmer, als schickte sie einen Gruß von Lori. Anna erschrak. Was dachte sie da? Bisher hatte sie solche Gedanken nie zugelassen. Aber gerade fühlten sie sich tröstlich an. Sie hörte Geräusche aus dem Bad, das Wasser in der Dusche lief.

Schlaftrunken setzte sie sich auf. Ihr ging es hundeelend, seit sie diese Schachtel geöffnet hatte, die Büchse der Pandora. Sie rappelte sich auf, strich sich das verknitterte Kostüm glatt, das sie seit gestern trug. Ihr Mund fühlte sich pelzig an. Sie nahm das Bild mit ihrem Baby vorsichtig in die Hand und betrachtete es. Wieder überkam sie dieses seltsame Gefühl von damals, als sie ihr das tote Baby gezeigt hatten. Das Gefühl, dass es nicht sein konnte, ihr Baby konnte doch nicht tot sein. Dann das Gefühl, schuld zu sein, dass sie ihm keine gute Mutter gewesen war, es nicht beschützt hatte in ihrem Leib. Anna und Rafael, die jung und naiv gewesen waren, hatten nicht nachgefragt, warum es so gekommen war. Hirnblutung. Sie hatten diesen Oberarzt mit der Nickelbrille nichts gefragt. »Sie haben vielleicht zu stark gepresst«, hatte er gesagt. Anna hatte es erst recht den Boden unter den Füßen weggezogen.

Sie hatte es geschafft, diese düsteren Erinnerungen und Schuldgefühle einigermaßen wegzuschließen, ähnlich wie manche Menschen sich nicht daran erinnerten, als Kind missbraucht worden zu sein. Doch mit dem Öffnen dieser Pappschachtel waren all die Selbstvorwürfe und das Gefühl der Ohnmacht und Schuld wieder da. Allerdings kam ihr diese Aussage heute merkwürdig vor. »Zu stark gepresst?« Konnte das wirklich zu einer Hirnblutung führen? Sie googelte, fand aber nichts darüber. Außer der Aussage, dass es nach Geburten wirklich zu Hirnblutungen kommen könne, die Ursachen jedoch meist unbekannt seien.

Anna hörte, dass das Wasser in der Dusche abgestellt wurde. Rasch legte sie das Foto wieder in die Kiste, setzte den Deckel vorsichtig darauf, strich darüber, als handelte es sich um die Decke eines Kinderwagens.

Viktor kam kurz darauf mit nassen, nach hinten gekämmten Haaren aus dem Bad. »Ah, guten Morgen, ausgeschlafen, Darling?«

Er klang, als wenn nichts geschehen wäre. Dabei gingen Anna die Bilder nicht mehr aus dem Kopf. Die Bilder in der Schachtel, die Bilder von damals.

Viktor trat zur Kaffeemaschine, bereitete sich einen Espresso zu wie jeden Morgen. »Du auch einen? Oder später im Büro?« Sie entschied das immer je nach Lust und Laune.

»Was?«

»Espresso?«

»Nein, danke. Ich trinke ihn im Büro.«

Sie stand auf, ging in Richtung Bad. »Ich spring schnell unter die Dusche und zieh mich um.«

»Okay, wir sehen uns heute Abend. Ich komme heute früher, ich bin für dich da, okay?«

»Ja, danke. Bis dann.«

Anna trat vor den Spiegel, sah ihr Spiegelbild, ihr Gesicht, an. Eine Frau mittleren Alters blickte ihr entgegen. Sie hatte sich gut gehalten, das hatten ihr schon einige bestätigt. Aber im Moment fühlte sie sich mindestens doppelt so alt wie sie war. Wie sie wohl als Mutter ausgesehen hätte? Bestimmt hätte sie nicht diesen akkuraten Haarschnitt gehabt, die gepflegten Hände und manikürten Nägel. Auch würde sie sicher kein Kostüm tragen und in einem Büro arbeiten. Sondern mit Rafael in Spanien leben und vielleicht bei seinen Großeltern auf der Olivenfarm. Oder auf der Pfirsichplantage bei Naia arbeiten. Wer wusste es schon, wie anders das Leben verlaufen wäre.

Lori wäre jetzt zwanzig gewesen, hätte vielleicht schon selbst ein Kind gehabt.

Anna seufzte, öffnete den Wasserhahn, ließ sich kaltes Wasser in die Hände laufen und erfrischte damit ihr Gesicht. Dann sah sie wieder in den Spiegel.

Schließlich zog sie sich aus, warf die Sachen auf den Wäschepuff, betrachtete sich erneut im Spiegel. Sie hatte ein paar Rundungen bekommen. Aber alles war wohlproportioniert und Viktor betonte immer, wie sehr er Frauen mochte, die etwas auf den Rippen hatten, besser als diese Hungerhaken. Anna musste sich wohlfühlen, deshalb riss sie sich zusammen, um nicht dick zu werden. Wie Rafael nach all dieser Zeit wohl aussah? Sie stieg in die Dusche, drehte das Wasser an und ließ es über ihr Gesicht und ihren Körper rinnen. Wie gut das tat. Im Hier und Jetzt leben sollte sie, hatte sie in diesem Glücksbuch gelernt. Nicht zu sehr in der Vergangenheit wühlen, Sachen abschließen, da man sie eh nicht mehr ändern konnte. Diese Ansichten gefielen ihr. Aber man konnte sie nicht immer umsetzen.

In der Agentur bereitete sie für ihren Chef und für sich erst mal Espresso zu. Wie gut dieser tat. Der Geruch der frischen Kaffeebohnen durchströmte den Empfangsbereich. Sie begrüßte die Mitarbeiter, die zur Arbeit kamen.

Carina kam angehetzt, wie immer etwas zu spät und wie immer bunt und schrill angezogen. »Hi, Süße, wir reden nachher.«

»Machen wir.«

Bisher hatten sie sich noch nicht für ein Land entschieden, nur für einen gemeinsamen Urlaub. Anna dachte an Barcelona, diese wunderschöne Stadt, die Pfirsichblüte, die sich jetzt im März gerade voll entfaltet haben musste. Wieder drängte sich das Foto von Lori vor ihr inneres Auge. Das einzige Bild ihrer Tochter. Wie sehr sie das bereute, nicht noch Tausende Fotos mehr von ihrem Baby gemacht zu haben, bevor die Ärzte und die ältere Krankenschwester mit dem Damenbart es für die Neugeborenenuntersuchung mitgenommen hatten.

Anna erinnerte sich an das Krankenhaus in Barcelona, das ihr so unheimlich vorgekommen war. Einer inneren Eingebung folgend, googelte sie danach. Mit Sicherheit war es ein ganz normales Krankenhaus, lichtdurchflutet, mit netten Ärzten und Krankenschwestern. Nur durch die Ereignisse hatte sie es als gruselig abgespeichert. Und diese ältere Krankenschwester, wie hieß sie noch, hatte so etwas Hartes, Verbittertes gehabt.

Anna stand am Empfang, nippte an ihrem Espresso, klickte sich mit der Maus durch ihre Suchergebnisse. Natürlich. Das Krankenhaus sah auf den Fotos ganz normal aus, wie jede moderne Klinik. Und doch irritierte sie eine Schlagzeile auf Google und sie blieb an einem Beitrag hängen: »Die Staatsanwaltschaft untersucht 76 Fälle von vermutlich gestohlenen Babys in Barcelona.« Darunter stand, dass bereits dreizehn Exhumierungen durchgeführt worden waren, die Ergebnisse der DNA-Tests noch nicht vorlagen. Schockiert starrte Anna darauf. Gestohlene Babys? Angespannt las sie weiter. Der Artikel stammte von 2013. Es waren zahlreiche Beschwerden bei der Staatsanwaltschaft in Barcelona eingegangen. Es wurde ermittelt, aber viele Spuren führten in Sackgassen, einige betroffene Privatkliniken hatten zum Beispiel schon geschlossen. Anna las den Text aufgewühlt noch einmal. Dann starrte sie auf den Monitor. Wie konnte das sein? Wieso sollten in Barcelona Babys aus Kliniken gestohlen worden sein? Noch dazu so viele? Die armen Mütter!

»Anna? Wo bleibt die Präsentationsmappe?« Ihr Chef, Chris, Ende zwanzig, ein Hipstertyp, strich sich über seine betont strubbeligen Haare. »Träumst du wieder?«

»'tschuldigung.«

»Bist du schon im Urlaub und trinkst im Geiste einen Cocktail am Meer?«, scherzte er. »Zwei Tage musst du noch durchstehen in der Agentur.«

»Ja …die Präsentationsmappe … hab ich fast fertig. Ich bring sie dir gleich.«

Sie duzten sich alle hier. Die Agentur war jung und hip. Anna kam sich fast wie seine Mutter vor. Sie trug hier am Empfang oft ein Kostüm, immer ein möglichst modernes.

Chris ging weiter und Anna versuchte, sich auf die Zusammenstellung der Präsentationsmappe zu konzentrieren. Dabei ging ihr dieser Text über die gestohlenen Babys nicht aus dem Sinn.

Als Carina, auf dem Weg zu einem Meeting, kurz zu ihr an den Empfang kam, wurde Anna klar, dass sie der schwangeren Freundin unmöglich von diesem Skandal erzählen durfte. Nicht, dass diese Angst um ihr Baby bekam. Schwangere reagierten bei solchen Themen äußerst sensibel. Und so behielt sie es für sich, versuchte, sich den Rest des Tages auf die Arbeit zu konzentrieren, was ihr nicht gelang.

Am Abend zu Hause bereitete sie sich rasch einen Ingwer-Zitronen-Tee und ein Käsebrot, da Viktor doch länger arbeiten musste, wie er geschrieben hatte. Dann setzte sie sich mit ihrem Laptop an den Esstisch und googelte weiter. Der Bissen Käsebrot blieb ihr fast im Hals stecken, als sie einen Artikel einer seriösen Zeitung las. Unter Franco, dem Diktator, der in Spanien seit Ende der 1930er Jahre bis in die 70er geherrscht hatte, fing das Ganze wohl an. Damals wurden regimekritischen Frauen ihre Babys direkt nach der Geburt weggenommen, den Müttern wurde gesagt, dass ihr Kind verstorben sei, und die Kinder wurden Familien gegeben, die Anhänger von Franco waren und die Kinder in seinem Sinne aufziehen würden. Wie konnten Menschen nur so etwas tun, dachte Anna entsetzt. Klickte mit der Maus weiter, las andere Artikel, aber sie alle bestätigten diesen Skandal, der sehr lange totgeschwiegen worden war. Erst 2011 wurde das alles durch eine junge Frau, die erfahren hatte, dass sie adoptiert worden war, so richtig publik. Vorher wurde es lange unter den Teppich gekehrt. Aber was Anna noch mehr schockierte: Nicht nur unter diesem menschenverachtenden Diktator, sondern sogar noch nach seinem Tod wurden in einem mafiösen System in Spanien ahnungslosen Müttern Babys weggenommen, ihnen gesagt, dass sie gestorben seien, bis in die 90er Jahre. Die Babys wurden an Paare mit unerfülltem Kinderwunsch verkauft. Anna spürte ihre Hände nicht mehr. Der Tee neben ihr war kalt geworden. Sie starrte auf die Wand gegenüber. Was, wenn man ihr Lori damals auch gestohlen hatte? Wenn ihre Tochter noch lebte?

Nein, dachte sie sofort. Absurd. Das hätte sie als Mutter doch gespürt, dass etwas nicht stimmte. Oder nicht? Außerdem hatte sie ja die tote Lori sogar gesehen. Gut, dass sie darauf bestanden hatte, sonst wäre sie jetzt wirklich durchgedreht. Anna erinnerte sich traurig an das kleine, leblose Wesen im Arm dieser älteren Krankenschwester, eingewickelt in weißes Leinen. Sie hatte das Köpfchen von der Seite gesehen, ein lebloses Ärmchen, das herunterhing. Ihre Gedanken rasten. Aber was, wenn es nicht ihre Lori gewesen war, kam ihr in den Sinn. Ihr Atem ging flach. Sie bekam eine Panikattacke, versuchte, sie wegzuatmen, wie sie es sich angewöhnt hatte.

Wie erstarrt saß sie schließlich da, dann recherchierte sie weiter. Mit kalten Fingern und trockenem Mund.

Anna fühlte sich, als würde sie ohnmächtig werden. Sie musste mit jemandem reden. Mit Carina auf keinen Fall. Einer Schwangeren von diesem Horrorszenario zu erzählen, wäre so gemein gewesen, das hätte ihr die Freundin nie verziehen. Viktor. Er war der Einzige, der jetzt von Lori wusste. Zu Rafael hatte sie schon lange keinen Kontakt mehr, wusste nicht einmal, wo er lebte.

Sie nahm ihr Handy, wählte mit zitternden Fingern Viktors Nummer. Es klingelte. Wieso nahm er nicht ab?

Endlich hörte sie seine Stimme. »Hi?« Er klang überarbeitet.

»Hi, ich bin's.«

»Ich weiß.«

»Kannst du doch jetzt kommen? Ich muss mit dir reden.«

Stille am anderen Ende der Leitung. »Anna, ja, ich muss hier noch die Akte fertig machen, dann komm ich.«

»Gut, danke, normal würde ich auch nicht so drängeln, aber … mir gehts nicht gut. Ich brauch dich jetzt. Einen klaren Kopf.«

Er klang nett. »Okay, weißt du was, ich nehm die Akte mit und erledige das später zu Hause. Ich mach mich auf den Weg.«

Im Notfall war auf ihn Verlass, das durfte sie nie vergessen. Auf Rafael damals dagegen nicht.

Keine halbe Stunde später betrat Viktor die Wohnung, ging sofort auf Anna zu. Sie hatte sich auf dem Sofa in eine Decke gemummelt. Er beugte sich zu ihr, küsste sie auf die Stirn, setzte sich neben sie. »Hey, Kleines, was gibt es?«

Seine Stimme klang sanft.

Anna wusste nicht, wie anfangen, zuckte die Schultern. »Es kommt gerade alles wieder hoch.« Sie presste die Lippen zusammen.

»Das versteh ich.« Er nahm sie in den Arm. Sie roch seinen unverkennbaren Duft, seinen Schweiß, ein bisschen Rauch. Vermutlich hatte sein Kollege wieder in der Küche geraucht.

Anna lehnte sich an ihn. Wie gut das tat. Dann löste sie sich, sah ihn an. »Ich habe etwas herausgefunden.«

»Ach ja? Und was?«

Sie atmete durch. »Ich konnte es erst selbst nicht glauben, dass das in Spanien passiert ist. Seit Franco schon. Diesem Diktator, du weißt schon.«

»Franco? Er hat viel Mieses gemacht, was genau meinst du?«

»Er hat regimekritischen Müttern direkt nach der Geburt ihre Babys klauen lassen, ihnen weisgemacht, dass sie gestorben seien, und sie regimetreuen Familien gegeben. Es wird geschätzt, dass 300 000 Babys gestohlen wurden, bis in die 90er-Jahre, weil es nach Francos Tod in einem mafiösen System weiterging.«

Er sah sie an. Langsam verstand er, was sie sagen wollte, schüttelte den Kopf. »Nein.«

»Was nein?«

»Nein, Anna, das glaubst du jetzt nicht im Ernst, oder?«

»Was?«

»Dass dir dein Baby damals auch gestohlen wurde.«

Sie biss sich auf die Lippe. »Und was, wenn doch?«

Er stand auf, zog sich sein Jackett aus, ging zur offenen Küche, holte sich ein Mineralwasser und kam zurück. »Das ist absurd. Wann war die Geburt?«

»1998. In den 90er-Jahren.«

Wieder schüttelte er den Kopf. »Nein. Anna, dein Baby ist gestorben, weil es eine Hirnblutung hatte. Das hast du mir doch selbst gesagt. Ich kann nur ahnen, wie schlimm das für eine Mutter sein muss, und dass man sich vielleicht an jeden Strohhalm klammert, wenn man so etwas hört. Aber ich glaube, du brauchst jetzt ganz viel Ruhe, musst das alles erst mal so richtig verarbeiten, nachdem du es so lange verdrängt hast. Mach eine Therapie, meditiere, keine Ahnung, was dir am besten hilft. Ich bin für dich da. Aber bitte steigere dich jetzt nicht in diese Geschichte rein. Du bist überarbeitet, überspannt, du brauchst jetzt einfach nur Ruhe.«

Anna sah ihn an. »Ich bin tatsächlich überspannt.«

»Wie gesagt, ich unterstütze dich in allen Therapien, aber bitte, du musst es akzeptieren, was geschehen ist – und verarbeiten. Und es war *nicht* deine Schuld.«

Sie hatte ihm nicht gesagt, dass sie sich schuldig fühlte. Wie kam er darauf? Anna biss sich auf die Lippe, dann brach es aus ihr heraus: »Und was, wenn Lori noch lebt?«

Er fuhr sich übers Gesicht. »Das wäre … krass … und natürlich wunderschön, aber das tut sie nicht.«

»Und was macht dich da so sicher? 300 000 Babys. 300 000 Mütter, die ahnungslos waren.«

»Das kann man kaum glauben.«

»Ja. Aber es ist so. Es steht in vielen seriösen Zeitungen, du kannst es googeln. Ich habe mehrere Artikel gelesen.«

Er nickte. »Ja, ich glaube schon, dass das passiert ist. In der DDR soll es auch vorgekommen sein.«

»Schrecklich. Diese Unrechtsstaaten waren so widerlich.«

»Da gebe ich dir recht. Und in Spanien ging es danach ja offenbar noch weiter. Wirklich unglaublich.«

Anna stand auf, überlegte. »Vielleicht bin ich tatsächlich überarbeitet und brauche Urlaub. Weißt du was, wo du unseren gemeinsamen Urlaub gecancelt hast, fahre ich mit Carina weg.«

»Oh, ja, das ist doch eine gute Idee.«

»Finde ich auch.«

»Und wohin soll's gehen?«

Sie sah ihm in die Augen. »Nach Barcelona.«

Er hielt ihren Blick, gefühlte Minuten. Dann nickte er. »Gut. Ja, mach das. Vielleicht ist es auch ein Weg, das alles zu verarbeiten. Damit abzuschließen. Es zu akzeptieren.«

»Genau. Und dort scheint die Sonne, es gibt leckere Tapas und das Meer. Es ist eine faszinierende Stadt, ich freue mich darauf.«

Viktor kam zu ihr, umarmte sie. »Ich wünsche dir, dass du bei der Suche das findest, was dich tröstet. Aber habt auch Spaß, so ein Freundinnenurlaub tut dir jetzt sicher gut. Und im Herbst fahren wir zwei nach Sri Lanka, versprochen. Tut mir leid, dass es gerade nicht geht.«

»Kein Problem. Vielleicht ist es sogar Schicksal, dass du nicht konntest und Carina mit Barcelona daherkam. Wer weiß das schon.«

Er drückte ihr einen Kuss auf den Mund. »Ich liebe dich, vergiss das nie.«

»Mach ich nicht.«

Seine Stimme wurde unsicherer. »Du triffst da dann auch deinen Ex?«

»Was? Nein, glaube ich nicht. Er ist damals auf und davon. Keine Ahnung, wo er sich aufhält. In Barcelona bestimmt nicht.«

Viktor nickte erleichtert. »Gut. Und selbst wenn. Denk daran: Einen Besseren als mich findest du nicht.«

Anna musste lächeln. »Ganz schön eingebildet, der Herr.«

Er grinste. »Wo ich so eine tolle Frau habe, kann ich das doch sein, oder?«

6. Kapitel

2019, Barcelona, wieder eine Woche später

Die Sonne schien, die Freundinnen schlenderten über die bekannteste Flaniermeile Barcelonas, Las Ramblas. »Ist Fynn nicht süß?«

»Er hat was, er passt zu dir.« Anna lächelte ihre Freundin an.

»Alter Schwede!«, scherzte Carina. »Wenn der erfährt, dass ich schwanger bin, ist er auf und davon.«

»Wer weiß. So schätze ich ihn nicht ein. Wobei man auf meine Menschenkenntnis leider nicht wirklich bauen kann«, fügte Anna hinzu.

Blumen- und Souvenirverkäufer säumten die Fußgängerzone, die sich mittig zwischen zwei parallel verlaufenden Straßen befand. An einem Kiosk gab es Zeitschriften, Postkarten, Touristenkitsch, ein Straßenmusiker spielte eine Flamencomelodie. Touristen und Einheimische bevölkerten die Ramblas, Anna mochte die Lebendigkeit, die diese Flaniermeile ausströmte. Das Leben spüren, das sollte man viel öfter bewusst tun.

»Also, jetzt führst du mich noch zu diesen Gaudí-Häusern und dann gehen wir wieder einen Kaffee trinken. *Descafeinado.* Das Wort hab ich schon gelernt. So schade, dass ich keine Sangria trinken darf. Wie erklär ich das nur Fynn, dass ich keinen Alkohol trinke?«

»Du nimmst ein Antibiotikum, wegen einer Mandelentzündung.«

»Ach, Anna, du bist einfach ein schlaues Mädchen!«

Anna lächelte. Sie betrachtete das rege Treiben der Menschen. Dann versuchte sie, sich zu orientieren. »Es ist über zwanzig Jahre her, dass ich hier war, ich glaub, ich brauch doch ein Navi. Außerdem gibt es mehrere Bauwerke, die Gaudí entworfen hat. Zehn fallen mir spontan ein.« Sie nahm ihr Handy heraus, googelte danach. La Sagrada Família, Park Güell, Casa Batlló, Casa Milà …«

»Eines würde mir schon mal reichen«, unterbrach Carina lachend. »Casa Milà klingt nett. Die Sagrada Família machen wir aber auch noch.«

»Okay, die Casa Milà ist ein Appartementkomplex an der Passeig de Gràcia. Eines der bekanntesten Gebäude von Gaudí, steht sogar auf der UNESCO-Liste.«

»Wow.«

»Es wird auch ›La Pedrera‹, der Steinbruch, genannt. Weil es so geschwungene Formen hat. Die Dachterrasse ist besonders toll.«

»Siehst du, ich wusste es, dass du eine perfekte Fremdenführerin bist.«

»Geht so.«

»Stapel nicht immer so tief, Anna. Du kannst mehr, als du denkst. Das geht vielen so, aber komischerweise machen sich gerade Frauen immer so klein.«

»Du hast recht. Damit ist jetzt Schluss.« Anna lächelte Carina an. Wie gut es tat, mit ihrer Freundin hier in der Sonne zu sein. »Und nach der Casa Milà gehen wir ans Meer. Das ist ja auch das Besondere an Barcelona, dass diese schöne Stadt direkt am Meer liegt und der Stadtstrand sogar wirklich zum Baden einlädt.« Anna fühlte sich hier in der Sonne Spaniens mit einem Mal so frei. Frei, wie lange nicht mehr. Ein Mädelsurlaub tat so gut, wieso hatten sie nicht schon längst einen unternommen?

Hier, unter diesem gigantisch blauen Himmel, kam Anna ihr Verdacht, was Lori betraf, tatsächlich etwas absurd vor. Vermutlich hatte Viktor recht und sie brauchte diese Auszeit bitter nötig, hatte sich in etwas hineingesteigert. Lori befand sich im Himmel, hatte es gut da oben, beschützt von all den Wolken. So hatte es sich Anna damals immer vorgestellt und so sollte es bleiben.

»Mmhm, guck mal, hier gibt es Eis!« Carina steuerte schon auf den Eisverkäufer zu.

»Nicht, warte, Carina.« Anna schloss zu ihr auf. »Offenes Eis in der Schwangerschaft, davon wird doch abgeraten. Wegen der Salmonellengefahr.«

»Ach, stimmt. Seufz. Dann brauche ich jetzt ein Törtchen oder so was.«

»Kriegst du.«

»Du bist ganz schön ängstlich, Anna.«

»Kann sein.«

Damals war sie es nicht gewesen. Hatte gedacht, es werde alles gut gehen.

»Wo gibt es denn leckere Törtchen?«

Wie gut, dass sie dank Carina immer wieder ins Hier und Jetzt befördert wurde. »Oh, da hat sich bestimmt einiges getan in den letzten Jahren. Lass uns einfach Barcelonas Pastisserias durchprobieren.«

Carina lachte. »Guter Plan. Wir futtern uns durch. Ich hab ja eine Ausrede, wenn mein Bauch kugelrund wird.«

»Und ich hab eh immer einen kleinen Damenbauch.«

»Ach komm, du bist genau richtig.«

Sie folgten dem Navi durch die Straßen der Stadt und standen schließlich vor der Casa Milà an der Einkaufsstraße Passeig de Gràcia im Viertel Eixample. Ein Appartementhaus mit geschwungenen Formen, ganz im typischen Stil des Architekten Antonio Gaudí. Carina sah begeistert hoch. »Genial, aber ich wette, es ist schwierig, in diesen Wohnungen einen Schrank aufzustellen.«

»In der Tat. Deshalb hat Gaudí auch mit seinem Auftraggeber Streit bekommen. Die Wohnungen waren damals schwer zu vermieten.«

»Kein Wunder«, erwiderte Carina lachend. Dann sah sie die vielen Touristen, die wohl darauf warteten, das im Haus befindliche Museum zu besuchen. »Du, da steht eine ganz schöne Schlange von Leuten an! Sollen wir da wirklich reingehen?«

»Wenn wir das wollen, sollten wir online buchen, ist billiger«, las Anna an ihrem Smartphone. »Die Dachterrasse ist toll. Da hat man einen genialen Ausblick. Und sie ist nur bei gutem Wetter auf.«

»Ach ja, ich weiß auch nicht … Wir könnten auch shoppen gehen.«

Anna lächelte. »Könnten wir auch. Ich war eh schon drin.«

»Und ich hab es jetzt immerhin von außen gesehen. Keinen Stress, das hab ich mir vorgenommen, und so eine Menschenschlange stresst mich.«

»Na dann, lass uns zum Meer gehen und dort einen Kaffee zu einem Törtchen trinken.«

»Perfekt. Ich bin gespannt, ob Fynn heute Abend wirklich bei uns im Hotel ist.«

»Klar ist er das. Er findet dich gut, das sieht man.«

Carina strahlte. »So ein kleiner Urlaubsflirt hat doch was. Ich muss ihm ja nichts sagen von dem da drin.« Sie deutete auf ihren Bauch. »Nach Barcelona werden wir uns ja eh nie wiedersehen.«

»Wer weiß.«

»Hallo? München – Stockholm. Ich sag nur: Braten in der Röhre.«

Die Freundinnen lachten. Wie unbeschwert man mit Carina sein konnte!

Am Meer angekommen, atmete Anna durch. Das Wasser glitzerte in der Sonne, am Strand sonnten sich bereits ein paar Hartgesottene in Bikini und Badehose, für März war es erstaunlich warm. Kinder spielten mit Förmchen und Schaufeln im Sand. Anna beobachtete sie. Es hieß immer, »Die Zeit heilt alle Wunden«, und es war auch etwas dran. Aber ganz würde diese Wunde niemals verheilen. Hier in der Sonne kam ihr alles so unwirklich vor. Viktor hatte sicher recht, sie sollte ihren Urlaub genießen und die Zeit hier nutzen, um alles zu verarbeiten und sich zu erholen.

Es war jetzt so lange her, natürlich würde sie Lori nie vergessen. Anna wollte das Beste aus ihrem Leben machen. Wer wusste schon, wie lange man hatte?

»Guck mal, die Bambu Beachbar sieht cool aus und ist ganz nah am Meer.« Carina deutete auf eine Beachbar, in der sich viele junge Leute tummelten, Cocktails tranken oder Tapas aßen. Palmen in Kübeln standen herum, eine Plane spendete Schatten.

»Oh ja, lass uns da hingehen.«

Sie setzten sich an einen Holztisch und studierten die Speisekarte, doch Annas Blick wanderte immer wieder zum Meer. Es besaß schon immer eine magische Anziehungskraft für sie. Wie gern würde sie am Meer wohnen, wie vermutlich viele andere Menschen auch. Und damals in Barcelona hatte sie mit Rafael genau das vorgehabt. Ihr Leben gemeinsam am Meer zu verbringen, bis ins hohe Alter. Wie viele Haken das

Leben schlagen konnte! Aber Anna hatte gelernt, dass man Veränderungen akzeptieren musste, als etwas Gutes, als einen Neuanfang sehen sollte, um glücklich und zufrieden zu werden. Was brachte es, ewig in der Vergangenheit zu stochern, ständig zu denken, was wäre gewesen, wenn …? Insofern sollte sie diese Reise vielleicht wirklich für sich nutzen, nicht in der Vergangenheit wühlen, nicht ihren verdrängten Schmerz zurück ins Sonnenlicht holen. Ihre Gedanken gingen hin und her, wie eine Zickzacklinie. So gern hätte sie sich mit Carina ausgetauscht, aber es ging nicht, auf keinen Fall.

Die Freundinnen bestellten sich jede einen Café con leche, Carina wieder *descafeinado*. Dann ging Carina zu den Toiletten. Seit sie schwanger war, musste sie noch öfter als sonst.

Die Sonne kitzelte Anna im Gesicht. Sie schloss für einen Moment die Augen, genoss die Wärme, die Laute der Menschen um sie herum, die Geräusche des Meeres, die ihr eine innere Ruhe gaben. Wie viele Menschen fühlten sich einsam, wie glücklich sie sich doch schätzen konnte, dies nicht zu sein! Mit Viktor, mit ihrer besten Freundin Carina. Mit einer Freundin zu verreisen war etwas ganz anderes als mit dem Partner. Anna beschloss, das von nun an jedes Jahr zu machen, wenn es irgendwie klappte.

Carina kam zurück. »Ich hab einen totalen Heißhunger auf Sardinen. Ich brauch jetzt unbedingt Sardinen.«

Anna lachte. »Kein Problem, Tapas gibt es hier auch.«

Carina nestelte einen Taschenspiegel heraus, kontrollierte ihr Augen-Make-up. Oder sollte sie ihrer Freundin doch erzählen, weshalb sie eigentlich herkommen wollte?

»Anna?«

»Was?«

»Was denkst du denn schon wieder?«

Anna zuckte unsicher die Schultern.

Carina beugte sich zu ihr, ihre Miene wurde ernst: »Weißt du was, wenn du mir nicht endlich sagst, was los ist, dann suche ich mir ein anderes Hotel. Denn unter guten Freundinnen sagt man sich alles. Und wenn du es nicht tust, sagt mir das, dass ich für dich nicht wichtig bin.«

Erschrocken schüttelte Anna den Kopf. »Was? Nein! Im Gegenteil. Weil du mir wichtig bist, kann ich es nicht sagen. Weil, weil du … schwanger bist.«

Carina runzelte die Stirn. »Du sagst es jetzt endlich. Ich bin schwanger, aber nicht gehirnamputiert. Und ich beiße nicht. Nur manchmal. Vorzugsweise Männer.«

Anna musste schmunzeln.

»Also, was hat dir dieser Rafael angetan?«

Sie zögerte, gab sich dann einen Ruck, denn sie wollte ihre Freundschaft nicht gefährden. Sie musste reden. Wollte ihr nichts von den gestohlenen Babys erzählen, aber von Rafael und Lori. »Also gut.« Dann begann sie, ihrer Freundin von damals zu erzählen, von sich als junger Frau und von ihrem Auslandsjahr in Barcelona.

7. Kapitel

1998, Aitona, Pfirsichplantage

Der Duft der Pfirsichblüten umwehte Anna. Sie konnte ihre Augen nicht von Rafael wenden. Dieser führte eine Gruppe Touristen durch die rosarot blühende Pfirsichplantage. Die Ahs und Ohs konnte man trotz der verschiedenen Sprachen hören. Anna folgte ihm, hatte von ihrer Chefin Naia gesagt bekommen, mitzulaufen, um von Rafael angelernt zu werden. Jetzt blieb er stehen, stellte sich vor der kleinen Gruppe hin und begann, den Leuten auf Englisch von dieser Frucht zu erzählen: »In China gilt der Pfirsich als Symbol von Unsterblichkeit …«

Anna versuchte, ihm zuzuhören, aber sie hing nur an seinen vollen Lippen, die sich bewegten, die Worte aber kamen nicht bei ihr an.

Fasziniert beobachtete sie diesen schönen Mann, der mit seinem Charme die Touristinnen verzauberte, der aber auch bei den Männern gut anzukommen schien. Und immer wieder wanderten seine Blicke zu Anna. Jedes Mal blieb ihr die Luft weg, jedes Mal konnte sie nicht glauben, dass er sie meinte. Nachdem er die Gruppe verabschiedet hatte, trat er zu Anna und lächelte sie an. Sie unterhielten sich auf Englisch.

»Ich konnte mich kaum konzentrieren«, sagte er.

»Du? Wenn, dann ja wohl ich!«, entfuhr ihr. Hatte sie das wirklich gesagt? Sie biss sich auf die Lippe.

Er lächelte. »Dir geht es genauso?«

Wie direkt er war. Anna war das von den deutschen Jungs nicht gewohnt.

»Du bist wunderschön.«

Wieder blickte sie sich unwillkürlich um, ob eine attraktive Blondine hinter ihr stand.

Er lachte. »Sehr charmant. Komm mit, ich zeige dir noch etwas.«

Mit Knien so weich wie Pudding folgte sie ihm. Er ging die Reihe der blühenden Pfirsichbäume entlang, bog rechts ab, dann wieder links, und mit einem Mal befanden sie sich an einer Holzhütte. Davor stand ein Fahrrad. »Komm, wir fahren wo hin.«

»Gern, aber welches Rad soll ich nehmen?«

Wieder lachte er, stieg auf, bedeutete ihr, sich auf den Gepäckträger zu setzen.

Das hatte Anna nicht mehr gemacht, seit sie ein kleines Kind gewesen war. Zögerlich setzte sie sich darauf, suchte nach einer Möglichkeit, sich festzuhalten, aber es gab keine, außer die Arme um Rafael zu schlingen. Er fuhr ruckartig los und sofort hielt sie sich an ihm fest. Spürte seinen schlanken Rücken, seine Muskeln, die sich bewegten. So fuhren sie durch diesen rosaroten Farbentraum, bis der Weg anstieg und Rafael Mühe hatte, vorwärtszukommen. Er gab auf. »Du musst absteigen, sonst kommen wir auf diesen Hügel nicht hinauf.«

Anna löste bedauernd ihre Arme, es hatte sich so gut angefühlt. Sie stieg ab, sah ihn an und auch er sah ihr in die Augen. Anna senkte ihren Blick, ging neben ihm her.

»Hat es dir gefallen?«, wollte er wissen.

»Oh ja«, rutschte ihr heraus.

»Ich meinte die Blüten.«

»Äh ja, ich auch.«

Sie schluckte, ging neben ihm her, während er das Fahrrad schob.

Endlich kamen sie auf dem Hügel, den man schon von Weitem gesehen hatte, an.

Die Aussicht war wirklich gigantisch.

»Wow!«

Eine kleine Kapelle thronte hier oben.

»Das ist die Ermita de San Juan de Carratalá, von hier aus hat man den besten Blick auf diese rosarote Welt.«

Er stand dicht neben ihr. Sie könnte sich jetzt an ihn lehnen, dachte sie. Ihren Körper zog es wie magisch zu ihm.

Rafael schien es ähnlich zu gehen. Zumindest kam er immer noch ein bisschen näher. Schüchtern ging sie weiter, auf die Kapelle zu, und ärgerte sich im selben Moment über sich selbst. Er folgte ihr, betrat die Kapelle. Ein kleiner Altar befand sich darin. Anna sah sich ehrfürchtig um. Bestimmt hatten hier früher Hochzeiten stattgefunden.

Rasch ging sie wieder hinaus in die Sonne, ließ ihren Blick über die rosafarbenen Blüten gleiten.

Wieder trat Rafael neben sie. Sie spürte seinen Atem, während er ihr erklärte, welche unterschiedlichen Pfirsichbäume sie da unten sehen konnte. In Annas Kopf kam nichts an. Sie hatte das Gefühl, als sei er voller Zuckerwatte. Klebrig und süß.

Die nächsten Wochen lebte sie wie auf einer rosaroten Wolke. Rafael hatte sich tatsächlich in sie verliebt, dieser wunderschöne Mann, der bei Naia und den Touristen so beliebt war. Und bei Inez und Pablo, den beiden anderen Studenten, die auf der Pfirsichfarm arbeiteten. Sie schienen sich schon aus der letzten Saison zu kennen, alberten viel herum, waren ein Paar, nahmen Anna auf, als wäre es das Natürlichste der Welt. Rafaels Freundin. Sie fühlte sich so stolz, immer noch so ungläubig darüber. Aber ihre Unsicherheit verschwand immer mehr, je öfter er Anna Komplimente machte, ihr seine Liebe schwor. Rafael, Inez und Pablo wohnten während dieses Studentenjobs oft auf der Farm und gingen nur ab und zu zur Uni. Auch Anna übernachtete jetzt dort, konnte bei Rafael schlafen. Mit ihm. Er war der erste Mann in ihrem Leben, und das, obwohl sie bereits zwanzig war. Sie hatte zunächst ein paar Wochen warten wollen, aber dann hielt sie es nicht mehr aus.

Seine Zärtlichkeiten brachten sie fast um den Verstand, sein Duft, seine Nähe, seine verwuschelten Haare am Morgen. Seine nackte Haut. Anna hörte die ganze Zeit die Stimme ihrer Mutter und ihres Vaters in sich. »Hauptsache, du wirst kein leichtes Mädchen.« »Kein leichtes Mädchen.« »Wehe, du wirst ein leichtes Mädchen.«

Nach einer Nacht am Lagerfeuer, das sie auf der Farm gemacht hatten, einiger Sangria und mit einem Bauch voller Schmetterlinge, legte sie sich zu Rafael ins Bett. Er war ganz Gentleman geblieben, hatte es akzeptiert, dass sie warten wollte. Aber heute Nacht setzte sie sich auf ihn, zog sich ihr Schlaf-T-Shirt aus, sodass er im Mondschein ihre kleinen Brüste sehen konnte. Es machte ihr nichts mehr aus, sie zu zeigen. Im Gegenteil. Es erregte sie. Und erst recht, wie er mit nacktem Oberkörper dalag, sie ernst ansah, mit seinen Händen über ihre Hüften strich, sie streichelte, sich aufsetzte, ihre Knospen berührte, als handele es sich um kostbare Blumen. Erst mit den Händen, dann mit dem Mund, mit seinen vollen Lippen. Anna sog scharf die Luft ein. Was machte dieser Mann mit ihr? Er weckte Gefühle in ihr, die sie nie für möglich gehalten hätte.

»Du darfst kein leichtes Mädchen werden«, säuselte eine Stimme in ihrem Hinterkopf. Aber mit einem Mal wusste Anna, dass sie auf ihre eigene Stimme hören musste, und die sagte ihr, dass sie sich diesem unglaublichen Gefühl hingeben wollte, diesen Mann spüren, seine Leidenschaft, seine Hände, seinen Körper. Und noch nie hatte sie sich so frei und leicht gefühlt wie in diesem Moment.

Die Tage vergingen so schnell, als flatterte ein Blütenblatt von einem Baum.

Anna pendelte zwischen der Universitat Autònoma de Barcelona und Aitona hin und her. Sie ließ Vorlesungen ausfallen, um Rafael zu sehen, starb fast vor Sehnsucht, wenn sie sich einmal einen Tag nicht sahen, und konnte sich beim Studium kaum konzentrieren.

»Ich liebe dich, kleine Anna«, sagte er immer mit diesem süßen Akzent. »Du bist so wunderbar natürlich.«

Inzwischen beherrschte sie die spanische Sprache schon besser und so unterhielten sie sich in einem Kauderwelsch aus Englisch und Spanisch. Abends saßen sie gern an der kleinen Kapelle mit Blick über die Pfirsichbäume, träumten davon, später zusammen in einer Hütte am Meer zu wohnen und gemeinsam alt zu werden. Anna hätte nicht glücklicher sein können. Die Ehe ihrer Eltern war eine Farce im Gegensatz zu ihrer Liebe. Wie konnten die beiden nur noch zusammen sein? Anna hatte zwar auch immer wieder ein schlechtes Gewissen, wenn sie an ihre Mutter und ihren Vater dachte, da sie mit Rafael zusammen war, ohne dass er ihr die Hochzeit versprochen hatte. Denn so konservativ waren ihre Eltern tatsächlich gestrickt. Je länger sie von zu Hause fort war, in diesem schönen Land, desto klarer wurde ihr, wie eingeengt sie sich in ihrem Elternhaus und der Kleinstadt gefühlt hatte. Viele Spanier waren zwar auch katholisch und konservativ, aber die spanischen Studenten, die Anna hier kennenlernte, lebten ein lockeres, leichtes Leben. Rafael ging kaum zur Uni, nutzte die Arbeit auf der Pfirsichfarm, um sein Konto aufzubessern, trank viel Wein, lachte gern und war verrückt nach Anna.

»Ihr zwei seid wirkliche Turteltäubchen«, sagte Inez, als sie an einem Morgen auf der Plantage standen und auf die ersten Touristen des Tages warteten. Anna sah verschämt zu Boden, dann wieder auf. Sie fing den Blick von Pablo auf, dem Freund von Inez. Dieser attraktive, groß gewachsene Spanier lächelte Anna verständnisvoll zu. Anna hatte schon öfter das Gefühl gehabt, dass ihm Inez' Direktheit und ihre laute Art manchmal unangenehm waren. Er schien auch eher der zurückhaltende Typ zu sein, wie Anna. Rafael legte seinen Arm besitzergreifend um Anna, zog sie zu sich und drückte ihr einen Kuss auf den Mund. Dann löste er sich und lachte. »Ich bin verrückt nach ihr, ich kann nichts dagegen tun.«

Anna freute sich innerlich unbändig. Noch nie war ein Mann verrückt nach ihr gewesen. Sie schmiegte sich an ihn. Die ersten Touristen kamen. Wieder fing sie einen Blick von Pablo auf. Er mochte sie und sie ihn. Eigentlich hätte er eine nettere Freundin als Inez verdient, dachte sie. Inez hatte eine Ausbildung als Hebamme und studierte jetzt Medizin. Aber das Studium fiel ihr schwer und sie spielte mit dem Gedanken, abzubrechen. Die Zeit auf der Pfirsichplantage wollte sie nutzen, um sich darüber klar zu werden. Ihre Laune war deshalb oft nicht die beste und sie ließ sie an Pablo aus. Der schien gutmütig zu sein, dennoch wartete Anna immer darauf, dass ihm die Hutschnur platzte. Da Rafael recht besitzergreifend war, konnte sie selten mit Pablo reden. Aber er schien ein feiner Kerl zu sein, studierte Kunstwissenschaft.

Die Tage auf ihrer rosaroten Wolke vergingen wie im Flug. Eines Morgens, sie hatte bei Rafael geschlafen, fiel ihr auf, dass sie ihre Periode längst hätte haben müssen. Anna betrachtete den schlafenden Rafael, der aussah wie ein Engel. Dabei rechnete sie nach. Und plötzlich wurde ihr heiß und sie wurde panisch. Hatte er doch nicht genug aufgepasst, so wie er es ihr versprochen hatte? Anna wusste von ihren Freundinnen zu Hause, dass diese Methode nicht gerade die sicherste war. Aber Rafael hatte ihr versichert, es immer so zu machen, und noch nie sei etwas passiert.

Nervös stand Anna auf, ging in dem kleinen Zimmer umher, blieb am Fenster stehen und sah hinaus. Ihr Blick ging über die Pfirsichbäume, die Blüte war bereits vorüber, aber immer noch gab es auf der Plantage genug zu tun für sie alle. Anna wurde immer panischer. Was, wenn sie jetzt schwanger war? Ihre Eltern würden ausflippen, sie verstoßen, sich bestätigt fühlen. Ein leichtes Mädchen, all ihre Vorhersagen hätten sich erfüllt.

Sie ging zu Rafael, rüttelte ihn aufgeregt wach. »Rafael, Rafael, wach auf. Ich brauch eine Apotheke.« Sie brauchte Gewissheit, sofort. Ihrer Berechnung nach war sie schon so weit, dass ein Test bestimmt schon Sinn hatte.

Rafael fuhr sich müde über die Augen und durchs Haar. »Was ist denn los?«

»Ich hab schon länger meine Tage nicht mehr, weißt du was für eine Katastrophe das wäre?«

Plötzlich war er hellwach, setzte sich auf. Die Nachricht sickerte langsam zu ihm durch. Er lächelte unsicher. »Ein Kind? Wir bekommen ein Kind?«

»Nein! Das darf nicht sein.« Anna schrie es fast. »Meine Eltern bringen mich um.«

»Aber es wäre doch schön.«

»Ja, aber … wir sind doch viel zu jung, haben kein Geld, wollen studieren.«

»Ach, das kriegen wir schon hin. Komm her.« Er zog sie zu sich, knutschte sie nieder und Anna freute sich über seine niedliche Reaktion. Vielleicht hatte er ja recht und es war einfach die natürlichste Sache der Welt, die Krönung ihrer Liebe. Anna beruhigte sich in seinen Armen wieder etwas und direkt nach dem Frühstück fuhren sie mit den Rädern zu einer Apotheke.

Die Apothekerin sah sie streng an. Wieder wurde Anna bewusst, was es bedeuten würde, schwanger zu sein. Auch die Spanier waren ein konservatives Volk. Nur weil Rafael so locker reagiert hatte, musste sie nicht glauben, dass dies alle in ihrem Umfeld tun würden. Sie waren ja auch nicht verheiratet!

Noch nie waren Anna ein paar Minuten wie die, die sie nun auf das Testergebnis wartete, wie eine Ewigkeit vorgekommen.

Schwanger. Zwei Streifen. Sie würde ein Baby bekommen. Ihre Gefühle fuhren Achterbahn. Aber das Glück überwog. Freudestrahlend nahm Rafael sie an den Hüften, hob sie hoch und wirbelte sie im Kreis. »Ein Baby, unser Baby, es wird sicher ein Mädchen werden, genauso schön wie du.«

Anna lachte unsicher. Sah ihn an, nachdem er sie abgesetzt hatte. »Ich bin so froh, dass du dich freust. Meine Eltern werden das gewiss nicht tun.«

»Dann sag es ihnen nicht. Erst mal zumindest.«

Anna überlegte. Solange sie das Jahr in Spanien war, konnte sie es verheimlichen. Dann würde sie verlängern und mit einem Baby nach Hause zurückkommen und hoffentlich wären ihre Eltern dann so entzückt von ihrem süßen Enkel, dass sie sich mit ihren Vorwürfen zurückhalten würden. Ein guter Plan. Genau so wollte es Anna tun. »Und deine Eltern?«

Anna wusste nur, dass seine Mutter Ärztin war, eine strenge, kühle Person, und sein Vater nach Rafaels Aussage ein Waschlappen. Sie wohnten außerhalb von Barcelona. »Ich sag ihnen auch erst mal nichts. Meine Mutter ist Gynäkologin, sie weiß immer alles besser und ist eher von der alten, harten Sorte.«

Anna sah ihn verblüfft an. »Du willst es ihnen nicht sagen?«

»Du doch auch nicht.«

»Das ist aber etwas anderes, ich bin ja eh noch länger hier. Und sehe meine Eltern in der Zeit nicht.« Sie hatten ihr gleich gesagt, dass sie in dieses Spanien auf keinen Fall reisen würden, um sie zu besuchen.

Rafael überlegte, wurde dann ernst. »Meine Mutter wird sich nur bestätigt fühlen. Sie findet, ich bin nicht *straight* genug. Habe keinen Biss. Sie wollte, dass ich Medizin studiere. Als klar war, dass ich eine Geisteswissenschaft studiere, hat sie gesagt, sie unterstützt mich nicht. In keinerlei Weise.«

Traurig sah Anna ihn an, strich ihm übers Gesicht. Sie merkte ihm an, wie sehr ihn das verletzt hatte. »Sie ist bestimmt auch stolz auf dich.«

»Auf was denn? Wenn ich jetzt noch mit einem Kind komme, fühlt sie sich bestätigt. Ich mach es wie du. Einem süßen Baby kann sie bestimmt nicht widerstehen.«

Er küsste Anna sanft auf den Mund. »Von unseren Eltern werden wir keine große Unterstützung bekommen. Aber wir schaffen das trotzdem, zusammen sind wir stark.«

»Ja, zusammen sind wir das.«

8. Kapitel

2019, Barcelona

»Lass mich raten, er hat dich sitzen gelassen, als du schwanger warst, der Schuft, und du hast dich dann … dagegen entschieden? Verstehe ich total.«

»Nein, so war es nicht.« Anna atmete durch, erzählte ihrer Freundin von den Wochen und Monaten ihrer Schwangerschaft, wie verliebt und eins sie gewesen waren. Wie sehr sich Rafael auf das Baby gefreut hatte. Als sie gehört hatten, dass es ein Mädchen werden würde, schien ihr Glück perfekt. Lorena wollte er sie nennen, nach seiner Großmutter. Lori. Sie planten, in einer einfachen Hütte am Meer zu wohnen mit Lori. Anna war damals zwar unsicher, ob es so eine idyllische Hütte am Meer in Spanien noch gab, aber Rafael versicherte ihr, solche Ecken zu kennen. Ein Tagträumer, ein wenig wie sie. Er wollte sein Studium aufgeben, arbeiten, was auch immer, auf jeden Fall wollte er seine kleine Familie selbst ernähren. Von seinen Eltern, die genug Geld hatten, wollte er partout nichts annehmen, hätte vermutlich aber auch nichts bekommen. Anna imponierte das. Sie hatte nichts dagegen, am Meer von Luft und Liebe zu leben. Hauptsache, sie war mit Rafael und ihrer

Lori zusammen. Schon nach kurzer Zeit in diesem warmen, offenen Land hatte sie sich nicht mehr vorstellen können, in die Enge und Kühle einer deutschen Kleinstadt zurückzukehren.

Sie stockte in ihrer Erzählung. Carina beobachtete sie.

»Und was ist dann passiert?« Ihre Stimme wurde einfühlsamer. »Du hattest eine Fehlgeburt?«

Anna schüttelte den Kopf. Tränen traten ihr unwillkürlich in die Augen, sie versuchte, sie wegzublinzeln, sah in Richtung Meer. Kinder spielten am Strand und nach und nach erzählte Anna ihrer Freundin alles in Kurzform. Von dem Moment, als die Ärzte ihr sagten, dass Lori eine Hirnblutung gehabt habe, von ihren Schuldgefühlen, dass sie das nicht hinterfragt hatte, ihr Baby nicht hatte beschützen können.

Carina hatte ihre Hand vor den Mund geschlagen, sah ihre Freundin fassungslos und erschüttert an. »Mein Gott, Süße, wieso hast du mir nie etwas von Lori erzählt?«

Hilflos schüttelte Anna den Kopf. »Wir haben uns so viele Jahre danach kennengelernt. Ich hatte das alles in eine Schublade gepackt und diese ganz fest zugemacht.«

»Du bist nicht schuld, Süße, für eine Hirnblutung kann keiner etwas«, versicherte Carina. »Bitte versprich mir eines. Lass uns offen zueinander sein. Wir sind doch Freundinnen. Du musst mir immer alles sagen, was dich bewegt.«

Anna sah sie zögerlich an.

»Da ist noch was, bitte sag es. Oder bin ich dir gar nicht wichtig?«

»Doch, natürlich. Gerade deshalb möchte ich es nicht sagen.«

»Anna!« Carina sah nun wirklich verletzt aus. »Bin ich deine Freundin oder nicht?«

Anna schluckte, erzählte aufgewühlt weiter. Von den Artikeln über die geraubten Babys, die sie jetzt erst entdeckt hatte.

Carina wurde immer blasser, aber sie dankte Anna, es gesagt zu haben. Unwillkürlich legte sie eine Hand auf ihren Bauch.

»Siehst du, und deshalb wollte ich dich nicht damit belasten«, erklärte Anna. »Weil du dir jetzt Sorgen um dein Baby machst. Aber das musst du nicht.«

Carina seufzte. »Ich weiß doch. Nein, es ist gut, dass ich weiß, was dich umtreibt, ehrlich.« Sie echauffierte sich über die Politik dieses menschenverachtenden Diktators Franco. Über die Ärzte und ihre Helfer, die den armen Müttern noch bis in die 90er-Jahre die Neugeborenen gestohlen hatten. »Wie können Menschen anderen Menschen so etwas antun? Einer Mutter ihr neugeborenes Baby stehlen?«

»Das war ein dunkles Kapitel in Spanien und es ist zum Glück vorbei«, stellte Anna fest.

»Ja, das ist es.« Carina legte ihre Hand auf den Arm der Freundin. »Anna, glaubst du wirklich, dass dir das passiert ist?«

»Ich weiß es nicht. Ich hatte damals ein seltsames Gefühl, dass es nicht sein konnte.«

»Dass man den Tod seines Kindes nicht wahrhaben will, das ist normal.«

»Ja, das stimmt.«

Anna spürte, dass Carina nicht glaubte, dass Lori noch lebte. Genauso wie Viktor.

»Du brauchst eine Auszeit, ist ja klar, dass dich das mitgenommen hat, dass es so vielen Müttern geschehen ist. Du leidest ja eh immer so mit, wenn irgendwo auf der Welt ein Unglück oder Unrecht geschieht.«

»Ja, das tue ich.«

»Siehst du. Bitte, steigere dich da jetzt nicht rein. Du machst dich nur unglücklich damit.«

Anna sah sie schweigend an.

»Manche Dinge sind so schrecklich, dass man sie nie vergisst. Du musst Lori auch nicht vergessen. Aber dein Leben weiterleben, für andere Kinder da sein, für deine Freundin, die schwanger ist und totale Panik schiebt, das alles alleine durchstehen zu müssen. Schreinächte, Kotzanfälle, die Wohnung voller Legos.«

»Ich bin für dich da«, versprach Anna. Die Freundinnen lächelten sich an.

»Danke. Ich hoffe, es erinnert dich nicht zu sehr an Lori.«

»Ja, aber wenn, ist es vielleicht auch nicht schlecht. Inzwischen weiß ich ja, dass verdrängen langfristig nichts bringt. Irgendwann ploppt alles wieder hoch, gehen Schubladen auf, die man so fest abgeschlossen hat. Das prophezeit dir jede Frauenzeitschrift«, fügte Anna bemüht scherzend hinzu.

»Oh ja.« Carina lachte. »Verdrängen war gestern, Konfrontationstherapie ist jetzt angesagt. Yoga hilft. Und Meditieren.«

»Kann ich ja anfangen, wenn ich zu Hause bin.«

»Und deinem Rafael die Leviten lesen, wo du schon mal hier bist.«

»Was soll das denn bringen?«

»Dir bringt es was, glaub mir. Der Frust und die Enttäuschung müssen raus.«

Anna zuckte die Schultern. »Ich glaube nicht, dass er noch in Barcelona lebt.«

»Und wenn doch? Weißt du was, wir fahren morgen zu dieser Pfirsichfarm, vielleicht weiß da jemand, wo er wohnt. Wir sind gerade in der Blütezeit da, ich würde dieses roséfarbene Farbenmeer unglaublich gern sehen.«

»Wirklich?«

»Ja. Die Plantage ist doch nur eine Stunde mit dem Zug entfernt, hast du gesagt.«

»Stimmt.«

»Na dann. Die typischen Sightseeingtipps von Barcelona kennt jeder, aber das bestimmt nicht.«

»Nein, nur wenige.«

»Also. Lass uns morgen dort hinfahren. Dann kannst du deine ehemalige Chefin fragen, ob sie weiß, wo Rafael wohnt.«

»Wenn Naia überhaupt noch dort lebt.«

»Das wird sich zeigen.« Carina lächelte ihre Freundin aufmunternd an. »Sieh diesen Urlaub als Auszeit, zur Erholung, aber auch als Gelegenheit für dich, die Vergangenheit zu verarbeiten. Schätze mal, das sollten wir alle hin und wieder. Uns Zeit dafür nehmen, gerade in unserem Alter. Wir *middle agers.*« Carina lächelte.

»*Aww*, du bist einfach die Beste.«

»Ich weiß.« Die Freundinnen nahmen sich in den Arm.

* * *

In ihrem Hotel, das mitten in der Altstadt von Barcelona lag, wollten sie sich für den Abend frisch machen. Carina hatte bereits geduscht, sie kam gerade mit einem Handtuch um ihren nackten Körper geschlungen aus dem Bad. »Du bist dran.«

»Okay. Wie ist die Dusche?«

»Nicht gerade viel Druck, aber es geht. Ne Zwei, würde ich sagen.«

Anna, die auf dem Bett lag, schwang sich auf und ging ins Bad. Dort wusch sie sich die Hände, betrachtete ihr Gesicht im Spiegel. Ob ihre Tochter ihr wohl ähnlich gesehen hätte? Sollte sie wirklich nicht in der Vergangenheit wühlen, keine Nachforschungen nach Lori anstellen? Jetzt, wo sie wieder hier war in Barcelona, musste sie es nicht sogar tun? Sonst würde sie sich zeit ihres Lebens Gedanken und Vorwürfe machen, oder? Anna beschloss, noch einmal mit Carina darüber zu reden. Ganz sicher würde die Freundin es verstehen und sie bei ihrer Suche unterstützen.

Anna zog sich aus, betrachtete sich erneut nackt im Spiegel. Unwillkürlich erinnerte sie sich an Rafael, der ihre Brustwarzen immer geküsst hatte, als wären sie das Kostbarste, was er je berührt hatte. Anna schloss für einen Moment die Augen und gab sich der Erinnerung hin. Sie spürte, wie die Vorstellung sie erregte, ärgerte sich über sich selbst. Rasch ging sie in die Dusche, stellte die Brause an und ließ kühles Wasser über sich laufen. Rafael hatte sie so tief enttäuscht wie kein Mensch sonst. Carina hatte recht. Anna musste ihm all das einmal ins Gesicht sagen, um ihren Frieden mit sich selbst zu schließen. Und nur darum ging es. Um sie, um ihr Wohlbefinden, um ihre Schuldgefühle, die er damals befeuert hatte. Denn auch er hatte nicht sicher gewusst, an was Lori gestorben war. Er hatte das mit der »Hirnblutung« einfach so hingenommen, ohne darauf zu bestehen, dass es genauer untersucht wurde. Er hatte sich partout geweigert, seine Mutter, die Gynäkologin, um ihre Meinung zu bitten, weil er seinen Eltern immer noch nicht »gebeichtet« hatte, dass er Vater geworden war. Das Wasser rann Anna übers Gesicht und mit einem Mal kam ihr ein Gedanke. Hatte er sowieso nie zu seinem Kind und zu ihr stehen wollen und Loris Tod war ihm gerade recht gekommen? So wie sie Rafael bis dahin kennengelernt hatte, konnte sie es nicht glauben, aber nach dem, wie er sich anschließend verhalten hatte, traute sie ihm mittlerweile einiges zu. Anna schloss die Augen. Wie weh es tat. So sehr hatte sie diesem Mann vertraut. Oder gab es etwas, warum er sich so verhalten hatte? Hatte sie ihm all die Jahre unrecht getan?

Sie öffnete die Augen wieder, wusch rasch ihre Haare, trocknete sich ab und ging, ebenfalls mit einem Handtuch um ihren nackten Körper, zurück ins Zimmer. Carina, immer noch halb nackt, stand auf dem Balkon und schien sich mit jemandem zu unterhalten. Anna hörte sie lachen. Neugierig folgte sie ihr. Dort auf dem Balkon nebenan stand Fynn, der schöne Schwede, und schäkerte mit Carina.

»Hey! Du Warmduscherin, bist du endlich fertig?«, fragte Carina aufgedreht.

Anna lächelte. »Ja, vermisst hast du mich ja nicht.«

»Geht so. Fynn hat das gut hingekriegt, das Zimmer neben uns zu bekommen, was?«

Anna nickte amüsiert und ging wieder hinein. Sie wollte die beiden nicht stören. Zum Glück konnte Fynn vom Balkon aus nicht ins Zimmer sehen. Sie zog sich an, dachte an Rafael, diesen Kerl, den sie so sehr geliebt hatte. Was, wenn er ein Geheimnis mit sich herumgetragen hatte, das der Grund für seine Reaktion war? Sie legte sich wieder aufs Bett.

»Anna, du siehst Gespenster«, rief sie sich selbst zur Vernunft.

Das Leben ist nicht immer gut und klar, manchmal sind Menschen verletzend und kaltherzig. Zu sehr hatte sie immer an das Gute im Menschen geglaubt. Vielleicht war ihr auch deshalb nie der leiseste Verdacht gekommen, dass man ihr Lori weggenommen haben könnte. Anna fuhr sich übers Gesicht. »Ich drehe mich im Kreis«, stellte sie für sich fest. »Lori lebt nicht mehr, aber ich, und ich möchte mein Leben ausschöpfen, nicht mehr unglücklich sein, sondern im Hier und Jetzt und mit vielen positiven Gedanken leben.« Bloß was, wenn sie das nur schaffte, wenn sie mit der Vergangenheit abschloss? So wie es Carina gesagt hatte?

Anna hörte, wie Carina Fynn auf dem Balkon antwortete, dass sie morgen gern mit ihm Kaffee trinken gehen würde. Aber dass sie mit Anna erst einen Ausflug machen wollte.

Vielleicht war es gar nicht schlecht, dass Carina diesen Fynn kennengelernt hatte. Dann hatte Anna Zeit für sich, Zeit, durch die Gassen Barcelonas zu schlendern, sich an jedes Detail von damals ganz in Ruhe zu erinnern und weiterzuforschen.

Nach einem schönen Abend mit Carina in einem köstlichen Tapas-Restaurant und dem Besuch einer Bar im Barri Gòtic, in der Altstadt, sanken die Freundinnen müde ins Bett.

»Schlaf gut, Annachen, und mach dir nicht so viele Gedanken.«

»Sagt sich so leicht.«

»Schon klar, wir Frauen neigen zum Gedankenkarussell. Aber du kannst es selbst stoppen, das weißt du.«

»Ja, steht in deinem Glückstagebuch, hast du mir ja erzählt.«

»Mach das endlich auch mal. Bei mir hat es wirklich was gebracht.«

»Okay, wenn wir wieder zu Hause sind.«

»Gut, *nighty night.*«

»Gute Nacht, schön, dass du mit mir hier bist. Alleine würde ich durchdrehen.«

»Ganz ruhig. Morgen gucken wir uns erst mal die Pfirsichblüten an, ich bin schon super gespannt.«

* * *

2019, Aitona, Pfirsichplantage

Der Duft umhüllte die Freundinnen wie ein liebliches Parfum. Sie standen am Eingang der Farm und Carina blickte überwältigt auf die Blütenpracht. Anna, die schon so viele Jahre nicht mehr hier gewesen war, konnte ihren Blick auch kaum abwenden.

»Ich habe die Farbe Rosa schon als kleines Mädchen geliebt, aber das ist wirklich ein rosa Traum.« Carina lächelte Anna an.

»Kein Wunder, dass du dich hier verliebt hast. Man kommt sich ja wirklich vor wie auf einer rosa Wolke.«

Die Erinnerungen holten Anna ein. Wie oft war sie diese Wege mit Touristen entlanggegangen, hatte ihnen von diesen besonderen Früchten erzählt. Es hatte Spaß gemacht, weil alle immer begeistert gewesen waren, weil sich auf ihre Gesichter immer ein Lächeln geschlichen und sie die Menschen glücklich gemacht hatte. Nein, nicht sie, die Blüten. Und der Duft. Hatte es wirklich mit diesem Umfeld zu tun gehabt, dass sie sich so sehr in Rafael verliebt hatte? Zu einem gewissen Teil vielleicht, aber vor allem mit diesem Mann, der so authentisch, leidenschaftlich und verträumt gewirkt hatte. Ein Seelenverwandter, ein guter Mensch.

Bitter dachte Anna daran, wie sehr sie sich in ihm getäuscht hatte.

»So, wo müssen wir lang?«

»Dort, zu dem Haus. Ich bin wirklich gespannt, ob Naia noch hier ist.«

In dem Moment ging die Tür auf und Naia, um einiges gealtert, aber immer noch attraktiv, trat heraus. Sie blickte die beiden Frauen an, kniff die Augen zusammen. Auf den ersten Blick erkannte sie Anna nicht, was ja kein Wunder war nach der langen Zeit und bei mindestens sechs Kilo und einigen Fältchen mehr. Außerdem trug Anna die Haare nicht mehr so lang wie damals.

Naia sprach sie auf Englisch an. »*Hello*, wir haben heute keine Führung, tut mir leid.«

Anna trat einen Schritt auf sie zu.

»Naia, ich bin es.« Naia runzelte die Stirn, schien in ihrem Gedächtnis zu kramen. »Anna.«

»Anna!«, rief sie freudestrahlend aus, kam auf sie zu und drückte sie fest. Diese kleine Frau, die so viel Kraft in ihren

Armen besaß. Dann löste sie sich wieder von Anna, musterte sie und redete auf Spanisch weiter.

»Du siehst gut aus. Gesund. Aber nicht ganz glücklich.« Wie damals konnte Naia den Gemütszustand eines Menschen sofort erkennen.

»Ja, aber das ist eine längere Geschichte. Es geht mir gut. Darf ich dir meine beste Freundin Carina vorstellen?«

»Hola! Schön, dass ihr hier seid. Wollt ihr einen Pfirsichlikör? Kommt rein.«

Anna wehrte lachend ab. »Nicht schon am Mittag, danke. Und Carina auch nicht. – Sie hat gefragt, ob du einen Pfirsichlikör willst.«

Naia sah Carina kurz forschend an. Die legte grinsend ihre Hand auf ihren Bauch. Naia nickte lächelnd und ging vor.

Sie betraten den Showroom, in dem die Verkostung der Pfirsichprodukte stattfand. Ein wenig hatte sich geändert, aber nicht viel. Es gab eine neue Vitrine. Damit auch Carina etwas verstand, redeten sie auf Englisch weiter. Naia bat sie, sich zu setzen. Sie ließ sie von einem köstlichen Pfirsichkuchen probieren. Dazu bereitete sie flink einen Kaffee.

Naia wollte alles wissen, wie es Anna die letzten Jahre ergangen war, wo sie lebte, ob sie verheiratet war, wie viele Kinder sie hatte.

Anna erzählte ihr, dass sie in München lebte, zusammen mit einem Mann, aber ohne Kinder.

Naia sah sie betreten an. Sie wusste ja von Loris Tod. »Ich war mir so sicher, dass ihr beide ganz schnell wieder ein Kind bekommt.«

Erstaunt sah Anna sie an. »Rafael ist damals gegangen. Ohne Erklärung, ich habe nie wieder von ihm gehört.«

Erschüttert nahm Naia ihre Hand. »Das wusste ich nicht. Ich dachte, ihr streitet nur.«

»Du hast also auch nie wieder etwas von ihm gehört?«

Sie schüttelte den Kopf. »Nein, ich dachte, ihr habt euch zurückgezogen, weil ihr Zeit brauchtet.«

»Nein. Er hat sich zurückgezogen. Nicht wir.«

Naia seufzte. »Das tut mir sehr leid. Ich weiß, wie es ist, von einem Mann verlassen zu werden. Von seiner großen Liebe.«

»Das tut mir leid.«

»Seitdem habe ich keinen Kerl mehr in mein Herz gelassen. Ich hoffe, du machst nicht den gleichen Fehler.«

Carina erklärte, die beiden einen Moment allein zu lassen. Als sie draußen war, schüttelte Anna nachdenklich den Kopf. »Ich hoffe nicht. Naia, hast du irgendeine Idee, wie wir Rafael finden können?«

Naia sah sie überlegend an. »Leider nicht. Tut mir leid. Dieser Schuft! Aber sag, wie ist es dir dann alleine in Deutschland ergangen?«

»Ich … habe mich bei meinen Eltern verkrochen, sie haben geglaubt, dass ich eine Depression hatte, kannten die Ursache nicht. Meine Mutter hat das nicht lange geduldet. Ich habe erst mein Studium fortgeführt, aber ich stand irgendwie immer neben mir, hab es dann abgebrochen und eine Ausbildung gemacht und arbeite jetzt in einem Büro am Empfang. Ich habe keine Kraft mehr gehabt, habe versucht, alles zu verdrängen, was mir auch eine Zeit lang ganz gut gelungen ist. Aber jetzt ist es alles wieder da.«

Naia nahm sie in ihre Arme. Sie duftete nach Pfirsich und Kuchen.

Dann löste sie sich wieder. »Jede Frau muss selbst herausfinden, was ihr in schweren Zeiten hilft.«

Anna nickte. »Ich glaube ich sollte wieder nach Carina sehen.«

»Mach das. Ich muss auch weiterarbeiten. Führe sie gern über die Plantage. Die nächste Führung ist erst wieder morgen früh. Aber du kennst dich ja aus.«

»Danke, Naia.«

»Gern. Und wenn ich etwas über Rafaels Verbleib herausfinden sollte, gebe ich dir sofort Bescheid. Ich frage mal rum. Bei Inez hatte ich damals so ein Gefühl, als verberge sie etwas vor einem.«

»Was meinst du damit?«

»Ich weiß es nicht. Sonst würde ich es dir sagen. Gib mir doch deine Nummer. Vielleicht fällt mir noch etwas ein und wenn ich etwas höre, melde ich mich.«

Das tat Anna. Der Gedanke ließ sie nicht los. Was konnte Inez damals vor ihnen verborgen haben? Anna wurde aus ihren Gedanken gerissen, bekam von Naia Pfirsichkonfitüre geschenkt. Anna bedankte sich, die beiden Frauen drückten sich zum Abschied und Anna ging hinaus zu Carina.

Die Freundin saß auf einer Bank, zog mit der Fußspitze Kreise im Kies.

»Hey.« Anna ging zu ihr, setzte sich neben sie.

»Hey, hat sie noch etwas über deinen Rafael gesagt?«

»Sie will sich umhorchen. Aber sonst nichts.«

»Schon seltsam, dass der Kerl so spurlos verschwunden ist. Erst schwört er dir seine Liebe, will das Kind, arbeitet hier ständig, und dann bricht er mit allem ab.«

»Für Männer ist es auch nicht leicht, wenn sie ihr Kind verlieren.«

»Du verteidigst ihn auch noch?«

»Na ja, so habe ich es mir all die Jahre erklärt.«

»Versteh ich. Trotzdem, irgendetwas steckt da dahinter.«

Anna pflichtete ihr bei. »Ich werde ihn weiter suchen. Jetzt, wo alles wieder da ist, muss ich der Sache auf den Grund gehen. Und ich muss Inez finden.«

»Wieso denn Inez? Deine Hebamme?«

»Ja, Naia hatte damals ein seltsames Gefühl bei ihr. Sie konnte es nicht näher erklären, aber ich findc, auf Gefühle sollte man hören.«

»Das sollte man. Unbedingt.«

»Du triffst dich aber nachher mit Fynn, darauf bestehe ich. Ich werde alleine weiterforschen.«

»Quatsch, du bist jetzt wichtiger.«

»Bitte, Carina, das ist total lieb, aber ich muss hier auch für mich sein, habe ich gemerkt. Das tut mir gut.«

»Okay. Dann darfst du das natürlich. Zeigst du mir jetzt noch die Blütenfarm?«

»Klar, sehr gern. Komm mit.«

Sie gingen die Wege zwischen den blühenden Bäumen entlang, sogen den Duft ein und betrachteten die kleinen Blüten aus der Nähe. Wie filigran und zart sie aussahen! Wie oft hatte Anna damals die Touristen hier hindurchgeführt! Ihre Erklärungen über den Anbau und die Pflege von Pfirsichbäumen kannte sie immer noch auswendig. Wie lange das in ihrem Gedächtnis geblieben war! Dabei hatte sie in letzter Zeit öfter das Gefühl gehabt, dass sie sich mit den Jahren Dinge schlechter merken konnte.

»Das Faszinierende an Pfirsichen ist, dass sie nicht nur köstlich schmecken, sondern auch extrem gesund sind und eine sehr große Heilkraft besitzen. Das haben unsere Vorfahren schon lange gewusst, inzwischen ist es auch wissenschaftlich erwiesen. Vereinfacht gesagt: Diese Frucht ist gut gegen Herz-Kreislauf-Erkrankungen, senkt den Cholesterinspiegel, hilft gegen Depression und, und, und. Wissenschaftler haben sogar herausgefunden, dass ein bestimmter Pfirsichextrakt bei Brustkrebs auf die aggressiven Tumorzellen tödlich wirkt, dagegen werden die gesunden Zellen, anders als bei der Chemo, verschont.«

»Das ist ja genial. Wusste ich nicht. Aber können wir jetzt bitte für den Rest des Tages schönere Themen behandeln?« Carina lächelte Anna bittend an.

»Natürlich. Der Pfirsich tut auch der Haut gut. Er wird für Massagecremes verwendet oder als Badezusatz. Es gibt auch tolle Gesichtscremes und -masken.«

»Das klingt doch schon viel besser.«

»Und dann gibt es noch tolle Rezepte. Ein Sommersalat mit Tomaten und Pfirsichen zum Beispiel. Oder leckere Pfirsichkonfitüre. Naia baut alles ökologisch an. Ich würde auch nur zu Biopfirsichen raten.«

»Ja, du hast recht. Schade, dass die Früchte gerade nicht reif sind. Jetzt hab ich natürlich einen totalen Heißhunger auf irgendwas mit Pfirsich.«

Anna lachte. »Kein Problem, Naia hat mir ihre Konfitüre mitgegeben, wir kaufen nachher ein frisches Brot und Butter und machen uns ein Pfirsichkonfitürenbrot.«

»Klingt perfekt.«

Sie gingen weiter. Erinnerungen stürmten auf Anna ein. Rafael, der von Touristinnen angehimmelt wurde, aber nur Augen für sie hatte, Inez, die immer etwas eifersüchtig wirkte, ihr Freund Pablo, dessen Blicke oft auf Anna ruhten. Damals hatte sie nicht darüber nachgedacht, aber jetzt, so im Nachhinein, wunderte sie sich darüber. Pablo war doch mit Inez zusammen gewesen, hatte aber ganz offensichtlich Interesse an ihr, Anna, gehabt. Doch sie hatte ihn nicht gesehen. Kein Wunder, dass Inez eifersüchtig auf Anna gewesen war. Auch weil sie Rafael bewunderte, das hatte sie einmal zugegeben.

»Ein Mann wie er, das wäre perfekt«, hatte sie gesagt. Was hatte sie vor ihnen verborgen?

Carina blieb plötzlich stehen, wirkte erschöpft. »Ich glaube, so schön es ist, aber mir reicht es heute.«

»Ja, natürlich. Gut, dass du es sagst. Lass uns zurückfahren.«

»Ich sage Fynn, dass wir besser morgen etwas zusammen trinken. Ich bin wirklich platt. Lass uns noch kurz was essen gehen und anschließend ins Hotel. Dann hast du morgen Zeit für dich, okay?« Sie zog ihr Handy heraus.

»Jetzt übertreib es aber bitte nicht. Im Vordergrund steht auf jeden Fall unser Urlaub.«

»Ich weiß doch. Aber es ist ja nicht schlimm, wenn wir mal etwas getrennt machen.«

»Nein, das ist es nicht.«

»Ich finde es gut, wenn du auf deinen Bauch hörst. Und ich wünsche mir für dich, dass du hier mit dieser Geschichte abschließen kannst. Verdrängen klappt nie für immer.«

»Das fürchte ich auch.«

9. Kapitel

Zurück in Barcelona kehrten sie in eine Tapasbar ein, um etwas zu essen. Es war ein langer Tag gewesen, Annas Beine schmerzten.

Carina räkelte sich. »Ich bin wirklich hundemüde, lass uns doch noch ein frisches Brot kaufen und das mit der Pfirsichkonfitüre als Nachtisch auf unserem Balkon im Hotelzimmer genießen.« Anna hatte ihr erzählt, dass ihre Mutter ihr als Kind immer ein Konfitürenbrot gemacht hatte, wenn sie sich verletzt hatte oder ihren Teddy nicht mehr fand.

»Gute Idee. Ich bin auch groggy.« Anna winkte dem Ober.

Mit dem frischen Brot unterm Arm schlenderten sie zum Hotel. Auf ihrem Balkon hatten sie zum Glück einen schönen Ausblick über die Stadt. Dort machten sie es sich gemütlich, bestrichen Brotscheiben mit der Pfirsichkonfitüre. Anna biss in eine davon. Es schmeckte herrlich. Genau wie früher. Naias Konfitüre war einfach die beste. Das Aroma der Pfirsiche erfüllte ihren Mund.

»Fynn scheint nicht im Zimmer zu sein, sonst hätte er doch schon längst herübergeschaut. Ob er jetzt wohl sauer ist, dass ich unser Date verschoben habe?« Carina sah man die Zweifel an.

»Das glaube ich nicht. Er ist sehr angetan von dir.«

»Ich hatte insgeheim gehofft, der Duft der Pfirsichkonfitüre zieht ihn doch noch an. Tja, ich weiß auch nicht, ich vertraue Männern einfach nicht mehr. Mein Ding. Du hast ja recht. Wenn er sich schon neben uns im Hotel einnistet, wird er schon nicht gleich die Nächste daten.«

»Genau. Du bist eine tolle Frau, da wäre er ja auch schön blöd.«

»Danke, Süße, das zu hören tut manchmal gut.«

Anna hatte sich in den letzten Wochen viel zu wenig Zeit für ihre Freundin genommen, musste sie feststellen. Carina schien sich einsam zu fühlen, mittlerweile hatte sie vom Singleleben die Nase voll, wie sie ihr offenbarte. »Bei jedem Date hab ich inzwischen doch die Hoffnung, es könnte Klick machen, aber was dann Klick macht, ist nur das Geräusch meines Kiefers, der nach unten fällt, weil die Typen so schamlos sind, nur mit mir in die Kiste wollen, ihre Frauen betrügen oder Dünnsinn reden.«

»Oh je, so schlimm?« Anna dachte an Viktor, wie gut sie es im Grunde hatte. Nur die Schmetterlinge, die fehlten ihr in letzter Zeit immer mehr. Aber gab es das überhaupt? Eine längere Beziehung, die immer noch ein Flattern im Bauch auslöste? Sie wagte es nicht, mit Carina darüber zu reden. Denn diese würde vielleicht sagen, sie solle sich von Viktor trennen. Nachdem sie noch eine Weile über Männer geredet hatten, verabschiedete sich Carina ins Bett. »Das muss die Schwangerschaft sein, ich bin doch sonst so eine Feiernudel und Nachteule.«

»Oder das Alter«, scherzte Anna. »Ich darf das sagen, ich bin zwei Monate älter als du. Und ich fühle mich gerade wie 95.«

Die Freundinnen lachten.

Dann machten sie sich bettfein und legten sich ins gemeinsame Bett.

»Gute Nacht, Süße, wir finden schon noch heraus, warum sich dein Rafael damals so obermies benommen hat.«

Sie hatten auf Annas Wunsch das Thema seit der Pfirsichplantage nicht mehr angeschnitten. Anna atmete durch. »Ja, vielleicht.«

Carina schlief sofort ein. Anna lag da und so viele Gedanken schwirrten in ihrem Kopf herum. So viele Bilder von diesem Tag. Barcelona, diese traumhafte Stadt, Naia, welch herzliche Frau, die blühenden Pfirsichbäume. Wie schön die Zeit damals gewesen war. Auch mit Inez und Pablo, zu viert waren sie so ein gutes Team gewesen. Sie waren jung und unbeschwert gewesen bis dahin.

Anna hatte sich nicht mehr an Inez' Nachnamen erinnert, aber Naia hatte ihn noch gewusst. Sanchez. Der half leider nicht weiter, gefühlt halb Spanien hieß Sanchez.

Anna zog jetzt aber trotzdem ihr Handy heraus und surfte im Internet, googelte nach Inez Sanchez. Wie erwartet. Es gab unzählige Frauen in ihrem Alter mit diesem Namen. Sie fand kein Bild, in dem sie die Inez von damals wiedererkannt hätte. So ein Mist. Frustriert legte sie ihr Handy weg, da kam eine Nachricht. Viktor. »Wo steht der Rotwein, den ich mal von meinem Vater bekommen habe?« Anna starrte auf die Nachricht.

Mehr hatte er ihr nicht zu sagen?

Sie antwortete: Im Keller im rechten Regal. Trinkst du jetzt noch Rotwein?

Immerhin war es schon 23 Uhr. Viktor ging unter der Woche immer pünktlich ins Bett, um ausgeschlafen zu sein.

Er antwortete: »Hab Gäste.«

Verblüfft starrte sie auf ihr Handy. Wen hatte er denn eingeladen? Sofort war ihre Neugierde erwacht. Sollte sie nachfragen? Aber dann klang es eifersüchtig und er hasste das.

Zu gern hätte sie jetzt mit Carina beraten, aber die atmete ruhig und glückselig.

Anna legte das Handy auf den Nachttisch und sich selbst wieder hin. Sie schloss die Augen. Aber im Gegensatz zu Carina fand sie keine Ruhe. Ihr wurde klar, sie konnte nur zu sich selbst finden, wenn sie es schaffte, mit der Vergangenheit abzuschließen. Anna überlegte fieberhaft, was sie tun könnte, um ihre Gedanken zu sortieren. Sie musste wissen, warum Rafael sich so schäbig benommen hatte. Und herausfinden, was das mit Inez war.

Da hatte sie eine Idee. Sie konnte zu der Wohnung gehen, in der Inez damals gelebt hatte. Es mochte zwar etwas unrealistisch sein, dass sie dort noch wohnte, aber immerhin hatte es sich um die Eigentumswohnung ihrer Eltern gehandelt, in der sie als Studentin eine WG gründen durfte.

Am nächsten Morgen schien die Sonne in ihr Hotelzimmer. Anna blinzelte. Urlaub, Spanien, wie gut es ihr ging. Noch dazu mit ihrer besten Freundin.

Carina streckte sich, wischte sich übers Gesicht. »Guten Morgen, guck mich nicht so genau an, ohne Schminke seh ich furchtbar aus.«

»Ach Quatsch. Ich finde dich schön so.«

Carina lächelte. »Schade, dass du kein Mann bist, ich würde dich glatt heiraten.«

Anna lachte. »Stattdessen triffst du dich heute mit einem schönen Schweden.«

»Alter Schwede, ja. Soll ich noch mal absagen?«

»Untersteh dich. Mir ist eingefallen, wo Inez damals gewohnt hat. Ich schlendere da mal hin und guck, ob es einen Hinweis auf sie gibt.«

»Soll ich nicht besser mitkommen?«

»Nein, brauchst du nicht. Wie gesagt, vielleicht ist es ganz gut, wenn ich ein bisschen Zeit mit mir verbringe.«

»Okay, aber sonst rufst du mich an, dann komme ich geflogen.«

»Klar doch.«

Carina schwang sich aus dem Bett, ging ins Bad, duschte. Nach einer Weile kam sie hübsch zurechtgemacht und duftend heraus.

»Du siehst toll aus.«

Sie fasste sich an den Bauch. »Zum Glück sieht man den noch nicht.«

»Nein, du hast einen super Bauch.« Die Freundinnen lächelten sich an.

»Ach, Anna.« Sie setzte sich zu Anna aufs Bett. »Jetzt wo ich das über dich weiß, seh ich dich irgendwie mit anderen Augen.«

»Oje. Inwiefern?«

»Nein, nicht oje. Überhaupt nicht schlimm. Im Gegenteil. Du bist noch stärker und taffer, als ich dachte. Dass du das alles mit dir selbst ausgemacht hast all die Jahre. Respekt. Ich glaube, ich wäre kaputtgegangen.«

»Du bist genauso stark. Und bist mir also wirklich nicht böse, dass ich dir nie etwas gesagt habe?«

Carina schüttelte den Kopf. »Jeder geht anders mit so was um. Ich finde es aber auch super, dass du dich dem Thema jetzt stellst und dem Typen die Ohren langziehen willst, weil er dich so hängen lassen hat. Ich bin stolz auf dich.«

»Okay, danke.«

»Und gleich treffe ich meinen heißen Schweden. Schließlich sind wir da, um das Leben zu genießen, oder?«

»Sind wir. Perfekter Plan.«

Carina stand auf, sah Anna an, zögerte.

»Sollen wir nicht doch wenigstens zusammen frühstücken? In dem netten Café nebenan?« Sie hatten das Zimmer ohne Frühstück gebucht, weil sie es lieber mochten, ein echtes spanisches Frühstück in einem Straßencafé in der Sonne einzunehmen.

»Nein, wirklich, geh mit Fynn frühstücken, macht euch einen superschönen Tag. Ich brauch noch etwas.«

»Okay, Süße.« Carina verabschiedete sich und Anna wünschte ihr ganz viel Spaß. »Genieß es wirklich. Jede Sekunde.«

»Das werde ich. Schließlich werde ich mit einem schreienden Baby nicht so schnell wieder einen Verehrer haben«, scherzte sie.

»Unsinn. Es gibt genug Männer in unserem Alter, die auch eine Frau mit Kind toll finden.«

Carina lächelte ungläubig, warf ihr einen Luftkuss zu und ging.

Anna blieb einen Moment liegen und dachte an Viktor. Er war der einzige Mann gewesen, der partout keine Kinder gewollt hatte. Warum eigentlich nicht? Was, wenn er nur mit ihr keine wollte? Wie oft hatte man gehört, dass einer, der keine Familie plante, mit der nächsten Frau sofort ein Kind bekam? Wieder dachte Anna darüber nach, ob ihre Gefühle füreinander ausreichten. Ob sie es je getan hatten? Mit den Jahren war er immer ein kleines bisschen respektloser ihr gegenüber geworden, hatte sich immer weniger für sie und ihre Gedankenwelt interessiert. Was, wenn es ihnen gerade so ging wie so vielen Paaren? Hatten sie sich auseinandergelebt und -geliebt? Hier in dieser kleinen Auszeit wollte sie sich auch die Zeit nehmen, genug darüber nachzudenken, in sich hineinzuhorchen, was sie vom Leben, von der Liebe, weiterhin wollte. Denn als *middle ager* war es höchste Zeit, die zweite Hälfte seines Lebens möglichst genau so und mit den Menschen zu verbringen, die einen glücklich und zufrieden machten. Sicher, manches in seinem Leben, wie Job und Gesundheit, konnte man nur begrenzt selbst beeinflussen, aber einiges eben schon.

Anna stand auf, ging ins Bad, zog ihr Schlaf-T-Shirt aus und stieg, ohne sich kritisch zu betrachten, unter die Dusche, genoss den erfrischenden Wasserstrahl, den zitronigen Duft ihres Duschshampoos.

Die Straßen Barcelonas füllten sich. Anna saß in einem gut besuchten Straßencafé in der Sonne, vor sich einen Café con leche und einen mit Olivenöl beträufelten Toast, darauf klein geschnittene Tomate und Knoblauch. Sie liebte dieses herzhafte spanische Frühstück, spürte der Geschmacksexplosion in ihrem Mund nach. Wie oft hatte sie es damals gegessen, zusammen mit Rafael auf der Pfirsichfarm bei Naia. Anna beobachtete die Menschen um sie herum, darunter eine Mutter mit einem kleinen Kind, und genoss ihr Alleinsein. Bisher hatte sie es nie gemocht, allein in ein Café oder Restaurant zu gehen, weil sie sich immer verloren vorkam. Aber jetzt, hier in der Sonne Spaniens, konnte sie es plötzlich genießen. Und sie beschloss, es zu Hause in München wieder öfter zu tun.

Nachdem sie ihren Kaffee ausgetrunken hatte, bezahlte sie und schlenderte weiter durch die Gassen Barcelonas. An Geschäften, Bars und Restaurants vorbei, betrachtete die Tapas, die in manchen Schaufenstern zu sehen waren, die Auslagen der kleinen Designergeschäfte oder Tabakläden. An einem Laden, in dem es verschiedene Olivensorten gab, blieb sie stehen. Sofort kamen ihr wieder Bilder in den Kopf. Rafael, der sie mit grünen Oliven und Manchego-Käse gefüttert hatte. Im Bett, nackt und nach dem Sex. Wie oft hatten sie danach erneut miteinander geschlafen! Nachdem er eine Olive in die kleine Vertiefung ihres Bauchnabels gelegt und sie mit dem Mund zurückerobert hatte. Wie sehr hatte sie ihn begehrt, wie leidenschaftlich hatten sie sich geliebt. Nie wieder, auch nicht mit Viktor, hatte sie sich so fallen lassen können, wurde ihr gerade bewusst.

Nachdenklich ging sie durch das Barri Gòtic, versuchte, sich zu erinnern, wo die Eigentumswohnung von Inez' Eltern gewesen war. Hier irgendwo in diesem Viertel, in einer dieser Gassen musste es sein. Sie hatten sich damals öfter nach der Uni bei Inez in der WG getroffen, um einen Café con leche zu trinken und dann gemeinsam zur Pfirsichplantage zu fahren. Rafael, Pablo, Inez und sie.

Aber nach all den Jahren sah alles so anders aus. Ladenbesitzer hatten gewechselt, Annas Obst- und Gemüsehändler, bei dem sie für sich und Rafael immer Obst gekauft hatte, gab es leider auch nicht mehr. Stattdessen hatte sich dort eine dieser Kaffeeketten breitgemacht.

Sie bog um eine Straßenecke und blieb nachdenklich stehen. Hier konnte es sein. Für einen Moment schloss sie die Augen, um sich zu erinnern. Dann öffnete sie diese wieder, schritt auf ein Haus zu, suchte das Klingelschild und las die Namen. Tatsächlich, Sanchez stand da. Zweiter Stock. Anna wusste zwar, dass es diesen Namen hier so oft gab, aber vielleicht hatte sie ja Glück, da es eine Eigentumswohnung der Sanchez gewesen war. Sie atmete kurz durch, dann drückte sie auf die Klingel.

Es tat sich nichts. Offenbar war niemand zu Hause. Enttäuscht sah sie sich um. Sollte sie warten? Es konnte Stunden dauern. Oder Tage. Vielleicht war es ja eine Ferienwohnung geworden, die gerade leer stand. Was ja in Barcelona nicht so unüblich geworden war. Anna drückte erneut auf die Klingel. Dann überlegte sie unentschlossen, wandte sich enttäuscht um und ging einen Schritt los. Da hörte sie plötzlich den Summer. Rasch drehte sich Anna wieder um und drückte die Tür auf. Ein kühler, gekachelter Flur empfing sie. Sofort erinnerte sie sich an das Grün der Fliesen. Ein etwas muffiger Geruch umfing sie. Irgendjemand hatte etwas mit Kohl gekocht. Anna ging die knarzenden Treppen hoch in den zweiten Stock. Die Tür war angelehnt, Inez oder wer auch immer schien einfach geöffnet zu haben. Vielleicht erwartete sie jemanden? Anna klopfte an die Tür und fragte auf Spanisch, ob jemand da sei. Niemand antwortete. Sie klopfte erneut, hörte Schritte und dann öffnete sich die Tür und ein großer Mann in ihrem Alter stand da und sah sie irritiert an. Sein Oberkörper war nackt und muskulös, die schwarzen Haare verwuschelt, als wäre er gerade aufgestanden. Mit dunklen, warmen Augen blickte er sie forschend an. »Hola?«

Sie erkannte ihn. Pablo! Inez' damaliger Freund. Wie sehr er sich verändert hatte. Die Sonne hatte seine Haut gegerbt, so muskulös war er früher nicht gewesen. Er sah viel besser aus als damals. Reifer, erinnerte sie an George Clooney.

»Kann ich Ihnen helfen?«, fragte er auf Spanisch. Offensichtlich hatte er sie nicht erkannt. Wie sehr musste sie gealtert sein, durchfuhr es Anna.

Sie räusperte sich und sagte auf Spanisch: »Hola. Ich bin's, Anna.«

Man konnte förmlich sehen, wie die Erinnerung bei ihm zurückkam. Ein Strahlen ging über sein Gesicht. »Anna! Das gibt's ja nicht. Wie kommst du denn hierher? Ich meine … komm rein, komm …«

Er bedeutete ihr, einzutreten, herzlich, einladend, als hätte er all die Jahre auf sie gewartet.

Anna betrat die ehemalige WG, in der offenbar nur noch Pablo wohnte. Oder er mit einer Partnerin? Nach Kindern sah es zumindest nicht aus. Keine kleinen Jacken an der Garderobe, keine Legosteine oder Turnbeutel auf dem Boden, wie sie es von ihren Freundinnen kannte. Er führte sie den weiß gehaltenen Flur entlang, dessen Decke türkis gestrichen war. Ein Kronleuchter hing von der Decke. Er führte sie weiter ins Wohnzimmer, in dem ein karamellfarbenes Stoffsofa stand, vor einem großen, flauschigen Teppich. Ein antik aussehender

Tisch mit modernen Stühlen gegenüber. Beeindruckt sah Anna sich um.

»Schön hast du es hier. Geschmackvoll.« Viel gemütlicher als ihr eigenes Zuhause mit Viktor, durchfuhr es sie. Denn Viktor liebte Designstücke und mochte einen kühleren, moderneren Stil.

»Danke. Wow, wie schön, dich zu sehen! Setz dich. Ich bin ganz durcheinander. Magst du etwas trinken?«

»Gern ein Wasser.«

Er deutete auf einen Stuhl, ging zu der offenen Küche, holte eine Flasche Wasser und zwei Gläser. »Einen Café con leche dazu?«

»Ich hatte gerade erst einen.«

»Aber keinen von Pablo. Den wirst du lieben.«

Sie lachte. »Also gut. Gern.«

Während sich Pablo zu einer edlen Kaffeemaschine umwandte und einen Kaffee zubereitete, betrachtete sie seinen durchtrainierten, breiten Rücken. Der Wohnung nach zu urteilen, arbeitete er nicht als einfacher Handwerker, hatte seine Muskeln also eher vom Sport. Da die Kaffeemaschine laut zischte, sagten beide einen Moment nichts, sahen sich nur immer wieder lächelnd an. Er kam ihr sofort wieder so vertraut vor, unglaublich. So viele Stunden hatten sie damals zu viert zusammen verbracht, eine echte Clique, die sie später so schmerzlich vermisst hatte.

Anna sah sich wieder neugierig im Wohnzimmer um. Auch dieser Raum wirkte nicht, als würde er mit einer Frau zusammenleben. Insofern schien er mit Inez nicht mehr liiert zu sein, denn wenn, hätten sie doch zusammengewohnt.

Der Duft des Kaffees erfüllte den Raum. Pablo brachte die beiden Kaffeetassen, setzte sich Anna gegenüber, betrachtete sie lächelnd und sichtlich fasziniert. »Anna, du bist noch schöner geworden.«

»Ach was«, erwiderte sie auflachend. »Ich bin älter geworden.«

»Wir alle. Ich mag Frauen, die etwas reifer sind. Sie duften dann noch besser – wie ein reifer Pfirsich«, scherzte er.

Sie lächelte, nahm einen Schluck, verbrannte sich ein wenig den Mund. Dann stellte sie die Tasse wieder ab, sah ihn an. Seine freundlichen, funkelnden Augen. Ein warmes Gefühl durchströmte sie. Sie erinnerten sie an die dunklen Augen ihres Teddybären als Kind.

»Was führt dich her? Die Sehnsucht nach mir wird es nicht sein.«

»Wer weiß?«, kokettierte sie. Denn mit einem Mal wurde ihr klar, dass sie Pablo vermisst hatte. Seine ruhige, gütige Ausstrahlung. Wieso nur hatte sie zu ihm den Kontakt abgebrochen, nachdem sie so übereilt nach Deutschland zurückgekehrt war? Sie waren doch Freunde gewesen.

»Du warst damals einfach verschwunden.« Seine Stimme klang enttäuscht. »Ich wäre für dich da gewesen.«

»Ich weiß. Ich … in meiner Erinnerung ist die Zeit ein schwarzes Loch, ich glaube ich bin einfach abgereist, nachdem mich Rafael verlassen hatte.«

»Es tut mir sehr leid, was du erleben musstest.«

»Danke.«

»Hast du bei deinen Eltern Trost gefunden?«

»Ich habe ihnen nur gesagt, dass mich ein Mann verlassen hat. Mehr nicht.«

»Verstehe. Hast du weitere Kinder bekommen?«

»Nein. Ich hätte das … nicht mehr gekonnt.«

»Du bist aber verheiratet?«

»Nein. Ich bin in einer Beziehung, aber … ich weiß nicht, ob es noch richtig ist.«

Er nickte, als wüsste er, wovon sie sprach. Er wirkte erleichtert.

»Hast du noch Kontakt zu Rafael?«, platzte es jetzt aus ihr heraus.

Pablo sah auf, als verstünde er jetzt, weshalb sie hier war. Dann schüttelte er den Kopf.

Jegliche Hoffnung zerbrach.

»Nein, tut mir leid, Anna, du also auch nicht?«

»Nein. Er ist damals abgereist und hat sich nie wieder gemeldet.«

»So ein Mistkerl.«

»Jepp. Und zu Inez?«

»Ich habe mich ein paar Monate danach von ihr getrennt. Sie wurde immer mehr … wie ein Eisblock.«

»Oh, und dann wohnst du in dieser Wohnung, der Wohnung ihrer Eltern?«

»Ja, mit ihrem Vater hab ich mich immer gut verstanden. Sie ist damals nach Andalusien gegangen, hatte also keinen Bedarf, und so habe ich die Wohnung gemietet. Seit damals. So eine günstige Miete bekomme ich nie wieder.«

»Verstehe. Dann weißt du nicht, ob sie noch etwas von Rafael gehört hat?«

»Nein. Kann ich mir auch nicht vorstellen. Es gab eine Situation, vor seiner Abreise, da sind die beiden heftig aneinandergeraten. Ich habe nicht verstanden, weshalb, und sie wollten es mir beide auch nicht sagen. Rafael war außer sich, hat sie hasserfüllt angesehen, angeschrien, wäre ihr beinahe an die Gurgel gegangen. Ich konnte ihn gerade noch davon abhalten.«

Anna bekam einen Kloß im Hals. Er war Inez beinahe an die Gurgel gegangen? Was war damals geschehen?

10. Kapitel

1999, März – Barcelona

Anna befühlte mit ihren Händen ihren Schwangerschaftsbauch, spürte Tritte. Es sei ein lebhaftes Kind, hatte Inez, die netterweise ihre Hebamme sein würde, gesagt. Anna saß neben Rafael im Auto, der zur Radiomusik pfeifend seinen alten Seat durch die Straßen Barcelonas steuerte. Inez und Pablo unterhielten sich auf dem Rücksitz. Die Sonne schien, der Himmel war strahlend blau, Passanten hinderten Rafael daran, rasch voranzufahren. Anna erhaschte einen Blick, den Inez und Rafael über den Rückspiegel tauschten. Eine Wehe durchfuhr Annas Körper, ließ sie zusammenzucken. »Aaah!« Sie hatte nicht stöhnen wollen, aber es war ihr herausgerutscht. Diese Schmerzen, mit dieser Stärke hatte Anna nicht gerechnet. Und es würde sich steigern. Wie konnte ein Mensch das aushalten?

Inez legte von hinten eine Hand auf ihre Schulter und redete jetzt auf sie ein. »Atmen, so wie wir es geübt haben. Ein und wieder aus, ganz ruhig, du schaffst das.«

Schaffe ich das, fragte sich Anna insgeheim. Ihre Mutter hatte schon immer behauptet, dass sie besonders wehleidig sei. Vielleicht war sie das wirklich. Anna war davon überzeugt, dass Menschen Schmerzen unterschiedlich stark spürten und verarbeiten konnten. Und spätestens jetzt wusste sie wieder: Sie gehörte zu der Kategoric »hochsensibel, sehr schmerzempfindlich«.

Rafael legte ihr kurz die Hand auf den Oberschenkel. Sie trug ein Sommerkleid, fühlte sich bereits verschwitzt, wehrte seine Hand ab.

»Hey.« Er warf ihr einen Blick zu. »Hab ich was falsch gemacht?«

»Nein, nein.«

Inez mischte sich ein. »Bei einer Geburt wollen viele Frauen nicht angefasst werden. Gerade nicht von ihrem Partner.«

»Aber von mir ja wohl schon«, sagte Rafael und sah Anna kurz an.

»Bitte nicht«, entfuhr es Anna.

»Wieso nicht? Ich möchte dich nur beruhigen.«

Anna wusste nicht, was erwidern.

»Jetzt lass sie doch einfach, Rafael«, hörte sie Pablos tiefe Stimme von hinten.

»Was geht das denn dich an?«, erwiderte Rafael etwas angepikt.

»Nichts, aber ich sehe doch, dass es Anna gerade einfach zu viel ist.«

Dankbar drehte sich Anna kurz zu Pablo um. Der lächelte ihr aufmunternd zu. Und dieser warme Blick gab ihr Kraft.

Du schaffst das, hatte er gesagt und sie mit seinen dunklen Augen angesehen. Und plötzlich wusste sie, dass sie es durchstehen würde. Für Lori, für ihre Tochter, die sie jetzt schon so sehr liebte. Auch wenn sie noch nicht einmal geboren war.

Rafael sagte nichts mehr, die Musik im Radio dudelte. Anna sah im Außenspiegel, wie Inez Pablo küsste. Dem schien das nicht sonderlich recht zu sein, hier im Auto, auf der Fahrt zur Klinik.

»Wieso kommst du eigentlich mit?«, fragte Rafael jetzt Pablo.

»Ich hab gesagt, er soll mitkommen«, wandte Inez ein. »Beim ersten Kind dauert es erfahrungsgemäß lange, dann kann ich mit Pablo immer mal wieder im Klinikgarten in der Sonne sitzen.«

Rafael sagte nichts mehr, fuhr, musste bremsen, als eine alte Frau die Straße überqueren wollte. Er trommelte nervös mit den Fingern aufs Lenkrad. »Wieso haben wir eigentlich kein Blaulicht«, witzelte er bemüht.

Anna atmete die ganze Zeit tapfer, aber die nächste Wehe tat wieder unendlich weh.

»Oh Mist, ich hab kaum noch Benzin!«, fiel Rafael jetzt mit einem Blick auf die leuchtende Anzeige ein.

»Was?«, entfuhr es Anna ungläubig.

Inez lachte auf. »Typisch Rafael. Das fällt dir jetzt auf?« Anna war alles andere als zum Lachen zumute.

»Die Anzeige leuchtet eigentlich immer. Ich tanke nie viel, keine Kohle. Und dann fahr ich immer bis zum letzten Tropfen, heute wohl keine so gute Idee.«

Pablo konnte es nicht fassen. »Also wenn meine Freundin schwanger wäre, hätte ich genug getankt, das weiß ich.«

»Ja, du!« Die Rivalität der beiden Männer hatte sich in der letzten Zeit spürbar verstärkt. Anfangs war das Anna nicht aufgefallen, aber je länger sie mit Rafael zusammen war, desto distanzierter gingen die beiden Freunde miteinander um. Beide schienen eifersüchtig zu sein. Pablo merkte offenbar, dass Inez Rafael gut fand. Aber Anna hatte jetzt wirklich andere Sorgen. Ging es ihrem Baby gut? Es tat so verdammt weh.

»Da, da musst du abbiegen!«, rief Inez jetzt.

Rafael riss das Steuer herum und schaffte gerade noch die Kurve.

»Eigentlich solltest du gar nicht fahren, als werdender Vater bist du nicht zurechnungsfähig«, stellte Pablo von hinten fest.

»Ich bin immer zurechnungsfähig, Kumpel.« Rafael gab Gas. So plötzlich, dass sich Anna mit der rechten Hand am oberen Haltegriff festhielt.

Endlich waren sie, nach einem Stopp an einer Tankstelle, an der Frauenklinik angekommen.

Rafael parkte unkonventionell auf dem Klinikgelände, stieg aus, ging um den Wagen herum und half Anna heraus. Inez und Pablo hatten währenddessen den Fahrersitz nach vorne geklappt und waren aus dem Wagen gekrabbelt.

Inez nahm das Zepter in die Hand. »Da hinten müssen wir hin. Komm, Anna. Geht es?«

»Muss ja.« Anna atmete, versuchte, ruhig zu bleiben, aber die Nervosität wuchs. Und plötzlich vermisste sie ihre Mutter. Ihre Eltern wussten immer noch nicht, dass Anna ein Kind bekam, dass sie Großeltern wurden. Sie wollte es ihnen erst nach ein paar Monaten sagen, wenn sie mit Lori nach Deutschland reisen würde, um ihre Eltern zu besuchen. Aber im Moment fühlte sich dieser Plan falsch an.

Wie gern hätte sie jetzt ihre Mutter bei sich gehabt.

Eine warme Hand umschloss die ihre. Rafael drückte sie, gab ihr einen Kuss auf den Mund. »Ich bin bei dir, *mi amor.*«

Inez leitete die beiden weiter zur Anmeldung, Pablo verkündete, draußen zu warten. Zum Abschied nahm er Anna in den Arm und flüsterte ihr ins Ohr, an sie zu denken. »Du bist stark, das weiß ich.«

Wieder war sich Anna nicht sicher. Sie kannte starke Frauen, aber sie gehörte definitiv nicht dazu.

Die etwas ruppige Krankenschwester an der Anmeldung hieß sie ein Formular auszufüllen, was Rafael erledigte, dann geleitete Inez die beiden in ein Untersuchungszimmer.

Die nächsten Stunden fühlte sich Anna wie auf einem Schiff, das haltlos bei Sturm im offenen Meer auf den Wellen schaukelte. Rafael hielt die ganze Zeit ihre Hand, bis auf die Momente, in denen er sich einen Kaffee holte.

Inez arbeitete routiniert und professionell, aber so, als wären sie nicht befreundet. Anna hatte sie noch nie so distanziert kennengelernt. Vermutlich wollte sie Anna einfach das Gefühl geben, in professionellen Händen zu sein. Einmal kam ein Arzt, stellte fest, dass es gleich losgehen werde, dann waren die drei wieder allein. Es tat höllisch weh, so sehr, wie Anna es nie für möglich gehalten hätte. Rafael tupfte ihr die schweißnasse Stirn ab, flößte ihr Tee ein, sang ihr sogar manchmal etwas auf Spanisch vor. Seine Berührungen wollte sie nicht, was ihn verletzte, das sah sie ihm an. Als die Presswehen anfingen, war kein Kreißsaal frei. Inez versuchte, Anna zu beruhigen. Plötzlich ging die Tür auf, eine ältere Krankenschwester kam herein und verkündete, dass jetzt doch ein Kreißsaal frei geworden sei, sie sollten sich beeilen. Anna dachte, es werde ein Bett hereingeschoben, aber sie musste zum Kreißsaal laufen, mitten zwischen zwei Presswehen. Rafael, der sehr lieb zu ihr war, stützte sie dabei.

Und dann ging alles ganz schnell, die Schmerzen wurden unerträglich, die ältere Krankenschwester gab unwirsche Anweisungen, Rafael stand neben ihr, wurde immer aufgeregter, und Inez arbeitete konzentriert. Die Herztöne des Kindes wurden schwächer, ein Arzt wurde gerufen. Hektik, das Piepen der Herztöne, in Anna stieg Panik auf. Doch nach einem raschen Dammschnitt von Inez, den Anna vor Wehenschmerz kaum spürte, kam ihre kleine Lori auf die Welt. Kurz darauf schrie sie leise und gurrend, die Nabelschnur wurde abgeklemmt. Lori sah verschmiert aus, aber so goldig und klein, und wurde Anna auf den Bauch gelegt. Während ihr Lori von Inez an die Brust angelegt wurde, stellte Anna fest, dass der Schmerz nicht sofort vergessen war, wie es immer beschrieben wurde. Aber Loris Anblick, die Wärme, die Anna dabei durchströmte, überwog. Wie klein und zierlich ihre Tochter war und wie sanft sie an ihrer Brust nuckelte. Auch Rafael schien sofort verliebt, nahm ihre kleine Hand in die seine. »Sie sieht mir so ähnlich. Meine Nase und mein Kinn hat sie, und bestimmt meinen untadeligen Charakter«, scherzte er. Sie lachten, überglücklich, erleichtert, voller Liebe.

Nachdem Lori getrunken hatte, wollte die ältere Krankenschwester das Baby mitnehmen, um es zu untersuchen. »Moment, bitte. Rafael, kannst du schnell ein Foto von mir und Lori machen? Das erste.«

»Beeilt euch«, sagte Inez angespannt. Anna wunderte sich. Jetzt war doch alles überstanden, Inez schien unterzuckert zu sein. Sie hatte einmal gesagt, dass sie schlechte Laune bekomme, wenn sie mehrere Stunden nichts zu essen bekam.

»Ja, warte, ich hab's gleich.«

Rafael, der extra einen Fotoapparat eingesteckt hatte – immerhin hatte er daran gedacht –, fokussierte Anna mit Lori auf dem Arm und es machte »klick«.

Wie gut die Kleine duftete. Anna spürte sie an ihrem Körper.

Die ältere Krankenschwester, Schwester Magdalena, drängelte, warf Inez einen Blick zu.

Diese wandte sich an Rafael. »Rafi, bist du endlich fertig?«

Er ließ die Kamera sinken. »Was hast du denn, Inez?«

»Die Kleine muss untersucht werden. Am besten sofort.«

Anna und Rafael sahen sich an. Anna wandte sich an Inez. »Du bist unterzuckert, stimmt's? Wenn du etwas essen gehen möchtest, mach das gern.«

Inez nickte nur, nahm Anna Lori ab, reichte sie ernst Schwester Magdalena. »Hier.«

Anna betrachtete Lori von Weitem verzückt. Wie ruhig sie war. Was für ein kleiner Engel. Inez folgte Schwester Magdalena und sie verließen den Raum.

Rafael trat zu ihr, sah sie glücklich an. »Du hast das richtig toll gemacht.« Dann drückte er ihr erst überschwänglich, dann zärtlich einen Kuss auf den Mund. Er löste sich wieder, lächelte sie an.

»Findest du?«

»Du bist die beste Mama der Welt.«

»Schauen wir mal.« Anna lächelte. Sie hoffte es so sehr, dass sie eine gute Mutter werden würde. Besser als ihre und auch als die von Rafael. Er hatte bisher nicht viel Gutes über seine Mutter berichtet.

Die Zeit verging und sie wunderten sich, wo die Schwester mit Lori blieb. »Sieh doch mal nach«, sagte Anna zu ihm. Gerade, als er zur Tür wollte, ging diese auf und Schwester Magdalena und ein Arzt traten mit ernsten Mienen ein.

Annas Herz blieb stehen. Sie sah sofort, dass etwas geschehen sein musste. »Wo ist Lori?«, hauchte sie.

»En el cielo«, antwortete Schwester Magdalena auf Spanisch und bekreuzigte sich.

»Was heißt das?«, fragte Anna Rafael panisch.

»Im Himmel«, flüsterte er.

11. Kapitel

2019, Barcelona

Die Bilder von damals hatten sich wieder vor ihr inneres Auge gedrängt. Pablo sah sie mit besorgter Miene an. Anna fuhr sich mit den Händen übers Gesicht. »Verdrängen bringt nichts, hat meine Freundin Carina gesagt«, flüsterte sie. »Und wie recht sie damit hat, weiß ich jetzt. Seit ich hier bin, kommt es alles wieder hoch.« Von dem Verdacht, dass Lori vielleicht gestohlen worden war, erzählte sie ihm nicht.

Seine Stimme klang sanft. »Man muss schlimme Erlebnisse verarbeiten und dann nach vorne sehen. Das musste ich auch erst lernen.«

Was meinte er damit? Was hatte er erlebt? Der Duft von Kaffee strömte in ihre Nase.

»Es war meine Schuld«, entfuhr ihr aufgewühlt. »Ich hätte merken müssen, dass es Lori nicht gut ging.«

Er sah sie an. Schüttelte den Kopf. »Es war nicht deine Schuld. Wenn sie wirklich eine Hirnblutung hatte, war es nicht deine Schuld.«

»Meinst du?«

Er nickte. »Die Ärzte haben es doch gesagt.«

»Ich vertraue Ärzten nicht mehr.«

»Das verstehe ich.« Er setzte sich zu ihr.

»Meine Großmutter ist wegen eines Arztfehlers gestorben«, erklärte Anna. »Weil der eine dies sagte und der andere das. Ich hätte auf mein Bauchgefühl hören müssen. Auf mein Gefühl als Mama.«

»Wieso hat Rafael nicht seine Mutter gebeten, mit den Ärzten und euch zu reden? Damit ihr euch nicht schuldig fühlen müsst. Sie war doch eine Koryphäe als Frauenärztin in Madrid. Er hat mir damals von ihren Erfolgen erzählt.«

»Er wollte es nicht. Lori war tot. Sie wusste auch noch gar nicht, dass er ein Kind gehabt hatte. Er war sich sicher, dass sie es als viel zu früh für ihren Sohn empfunden hätte, Vater zu werden.«

»Wow, das dachte er von ihr?«

»Ja, wie gesagt, er hat nicht sonderlich gut von ihr geredet.«

Pablo schlürfte an seinem Café con leche, schlürfte daran, sah sie mit seinen dunklen, warmen Augen an.

»Es tut mir so unendlich leid für dich, Anna.«

Mit einem Mal schossen Anna Tränen in die Augen. Sie hatte die ganze Zeit versucht, ihre Contenance zu wahren, aber damit war es jetzt vorbei. Pablo hatte so eine Art, in sie hineinzuschauen, in ihr Innerstes, ganz tief. Er stand auf, trat zu ihr, ging in die Knie, legte seinen Arm um sie, zog sie zu sich und umarmte sie fest.

Anna ließ ihren Tränen freien Lauf. Es war ihr zwar unangenehm vor diesem fast fremden Mann, aber er strahlte diese Vertrautheit aus, die von damals geblieben war. Und er roch wie früher. Eine Mischung aus Aftershave und Sommer.

Nachdem sie sich wieder gefangen hatte, löste sie sich aus seiner Umarmung, wischte sich die Tränen von der Wange und strich eine Haarsträhne zurück. Sein Gesicht so nah. Seine

Augen, seine dunklen, schönen Augen. Anna stand abrupt auf. »Entschuldige, normal weine ich nicht so schnell.«

Pablo stand ebenso auf. »Weinen ist nichts Schlimmes, im Gegenteil. Die Trauer muss raus.«

Anna sah ihn an. Ihr wurde bewusst, dass sie seit damals kaum noch geweint hatte, versteinert worden war, fast wie in einem Märchen. »Ich habe seitdem fast nie mehr geweint. Ich schäme mich so.«

»Wieso das denn? Jeder geht anders mit seiner Trauer um. Du hast so reagiert, wie es für dich am erträglichsten war.«

»Meinst du? Es kommt wie ein Boomerang zurück. Und genauso fühle ich mich. Als hätte mich der Boomerang am Kopf getroffen.«

Er stand jetzt vor ihr und nickte. »Du schaffst das. Du bist stark.«

»Das hast du mir damals auch gesagt, kurz vor der Geburt.«

»Daran erinnerst du dich?«

»Natürlich.«

»Ich dachte immer, du siehst mich nicht.«

Anna schluckte. Im Grunde hatte er ja recht. »Ich habe damals nur Rafael gesehen, das stimmt. Aber er hat mich maßlos enttäuscht.«

»Ich hätte mich niemals so verhalten.«

»Ich weiß. Aber hast du eine Idee, wieso er sich so verhalten hat?«

»Nein, beim besten Willen, *no*.«

»Ich möchte es herausfinden.«

Er zögerte kurz. »Ich werde dir dabei helfen.«

»Wirklich?«

Wieder nickte er. »Du bist eine wundervolle Frau, Anna. Ich gebe zu, dass ich es auch anbiete, um Zeit mit dir zu verbringen.«

Erstaunt sah sie ihn an. Diese Direktheit. Sie erinnerte sich daran, an damals. Pablo hatte auch da schon öfter einen direkten Spruch gemacht. Sie mochte das. Nicht immer dieses Herumlavieren, um den heißen Brei reden, wie es viele taten.

»Danke, aber hast du überhaupt Zeit? Ich meine, du arbeitest doch sicher.«

»Ja, aber im Moment habe ich Zeit.«

»Was arbeitest du denn?« Sie setzte sich wieder. Er tat es ihr gleich. »Ich bin Arzt.«

»Oh, entschuldige, ich bin aber auch ein Tollpatsch und lasse keinen Fettnapf aus.«

»Kein Problem. Es gibt wirklich einige Ärzte, die nicht besonders einfühlsam sind.«

»Inez hat doch Medizin studiert und nicht du oder habe ich das falsch in Erinnerung?«

»Nein, hat sie, und ich habe es später angefangen. Im Gegensatz zu Inez habe ich das Studium durchgezogen.«

»Oh, schön. Und sie hat es nicht durchgezogen? Sie wollte es doch unbedingt?«

»Ja, fand ich auch seltsam. Aber das hat sie mir noch irgendwann geschrieben, und dass sie geheiratet hat. Dann hatten wir keinen Kontakt mehr.«

Anna dachte nach. »Und was für ein Arzt bist du geworden? Ich meine, welche Fachrichtung?«

»Kardiologe. Also Fachmann fürs Herz.« Er lächelte. »Und im Moment *between jobs*. Ich fange erst im Mai meine neue Stelle in einem Hospital hier in der Stadt an.«

»Das ist ja großartig. Ich meine, für mich. So lange bin ich zwar nicht in Barcelona, aber dann kannst du mir die nächsten Tage vielleicht wirklich helfen, hier nach einer Spur zu suchen, die mich zu Rafael führt.«

»Ja, und ich mache es gern. Ich würde ihm nämlich auch gern ein Wörtchen sagen. Dich nach so etwas so hängen zu lassen. Etwas Schlimmeres gibt es nicht.«

»Er wird seine Gründe gehabt haben.«

»Wieso verteidigst du ihn?«

»Ich … weiß es nicht.«

»Liebst du ihn immer noch?«

Sie horchte in sich hinein. Tatsächlich wühlte es sie jedes Mal auf, wenn sie an ihn dachte. War das Liebe?

»Nein, ich liebe ihn nicht mehr.«

Sie sah ihm seine Erleichterung an. »Weißt du was«, sagte er, »ich weiß, wo Rafael früher immer gekellnert hat. Vielleicht haben die noch Kontakt zu ihm. Und ich möchte dir etwas zeigen. Das kann man gut miteinander verbinden. Vielleicht kennst du es ja noch nicht. Rafael hat dir damals nicht so viel gezeigt von Barcelona, richtig? Ich erinnere mich, dass du dich mal beschwert hast.«

»Richtig. Wir waren mehr bei Naia auf der Pfirsichfarm, an der Uni oder im … egal. Was möchtest du mir zeigen?«

»Lass dich überraschen. Es ist auf jeden Fall ein *must see* von Barcelona. Von Bildern oder aus Erzählungen kennst du es sicher.«

»Ich bin gespannt.«

Anna liebte Überraschungen, aber sie dachte an Carina. »Ich kann aber nicht so lange, ich bin nämlich mit meiner besten Freundin im Urlaub. Sie trifft nur heute einen Schweden, der auch in unserem Hotel wohnt. Aber später wollten wir uns wieder im Hotelzimmer treffen und essen gehen.«

»Verstehe. Wenn es zu spät wird, machen wir das morgen. Ich liefere dich auf jeden Fall rechtzeitig im Hotel ab. Wollen wir los?«

12. Kapitel

Gespannt lief Anna neben Pablo durch die belebten Straßen des Stadtteils El Raval, der an das Barri Gòtic angrenzte. In dieses ehemalige Künstlerviertel gingen viele Studenten, Musiker und Kunstliebhaber, wie Anna von damals wusste, und genau das strahlte dieser Stadtteil immer noch aus.

»Nachts sollten Touristen hier ein wenig aufpassen«, erklärte Pablo gerade.

»Oh, tatsächlich?«

»Tags und am Abend ist es okay und ich bin ja bei dir.«

»Mein Beschützer«, scherzte sie. Aber tatsächlich empfand sie das auch. Und er roch gut. Neben ihm fühlte sie sich wohl, traute ihm durchaus zu, sie bei einem Überfall zu beschützen. Viktor dagegen hatte nur dagestanden und es geschehen lassen, als sie beide einmal in Tunesien von einer Diebesbande ausgeraubt worden waren. Sie wusste noch, wie enttäuscht sie damals von ihm gewesen war.

Sie kamen in die Carrer de l'Hospital. »Hier in diesem Restaurant hat Rafi zuletzt gekellnert«, erklärte Pablo. Sie standen vor dem Restaurant El Jardí. Durch die Gitterstäbe des Zauns sah man in einen lauschigen kleinen Innenhof, in dem ein paar Mittagsgäste saßen. Er war sogar ein wenig begrünt und das mitten in der Stadt. »Wie schön.«

»Ja, ich war lange nicht hier, aber es ist toll.«

Sie spazierten durch den Innenhof und betraten das Restaurant. Pablo ging auf einen Ober zu und fragte nach Rafael. Der Ober kannte ihn nicht, verwies ihn an die Chefin, eine kleine, korpulente Spanierin in den Fünfzigern mit großen roten Ohrringen. Sie erinnerte sich an Rafael.

In Anna keimte Hoffnung auf. Doch wurde diese sofort wieder zunichtegemacht, als die Chefin auf die Frage, ob sie wisse, wo er sich aufhalte, den Kopf schüttelte. »Leider nein.«

Pablo wandte sich an Anna. »Wollen wir trotzdem hier ein paar Tapas essen? Ich muss gestehen, ich verhungere.«

»Gern.« Mittlerweile hatte sie wieder Hunger bekommen und diese kleine Oase inmitten der Stadt lud zum Verweilen ein.

Pablo bestellte und Anna konnte es kaum glauben, wie köstlich alles schmeckte. Sie aßen Thunfisch-Empanadas mit Mojo verde, Fleischbällchen in Dattel-Tomaten-Soße, Chorizogarnelen und Birne umwickelt mit Serranoschinken. Dabei unterhielten sie sich ausgelassen und fröhlich, sparten die Vergangenheit aus, erzählten sich aus ihrem jetzigen Leben. Pablo war Single. Von seiner letzten Lebenspartnerin, einer Kardiologin, hatte er sich vor vier Monaten getrennt, weil sie sich auseinandergelebt und -geliebt hatten. Wie bekannt Anna das vorkam. Und sie spürte, wie erleichtert sie war, zu hören, dass er Single war. Mehr wollte er über seine Ex aber nicht erzählen, mehr interessierte sie auch nicht an der Geschichte. Sie redeten darüber, wie viel man in ihrem Alter über das Leben nachdachte, dass es höchste Zeit war, jetzt nachzujustieren. Dieser Mann faszinierte Anna immer mehr, brachte sie zum Lachen, sie genoss seine Nähe und fühlte sich immer stärker zu ihm hingezogen.

»Ich habe so viele Patienten in meinem Alter, die nicht auf ihre Gesundheit achten, zu viel Stress im Job haben, kaum Sport machen. Jedes Mal, wenn ein Patient stirbt, mache ich mir solche Vorwürfe, dabei habe ich manche nur einmal gesehen. Die meisten davon haben nicht auf die Warnsignale ihres Körpers geachtet.«

»Ja, das ist leider so. Man fühlt sich immer noch jung und unverwundbar. Mit Ernährung beschäftigt man sich im Alltag viel zu wenig. Für Sport findet man immer eine Ausrede. Welchen Sport machst du? So durchtrainiert warst du damals nicht.« Er hatte einen tollen Body, was man durch sein Hemd hindurch sah.

Pablo lachte. »Stimmt, war ich nicht. Ich gehe fast jeden Morgen joggen, am Meer entlang, und wenn es irgendwie möglich ist, gehe ich noch ins Fitnessstudio. Allein schon für meinen Rücken muss ich das.«

»Ja, der liebe Rücken. Den spüre ich auch immer wieder.«

Er lächelte sie an. »Und du? Welchen Sport machst du?«

»Oh, ich schätze, ich habe einigermaßen gute Gene. Ein bisschen Pilates, aber nicht regelmäßig. Ich will wieder mehr tun.«

Sie sahen sich an. Seine Hand lag nah bei ihrer. Eine große, schöne Hand. Ihr Herz klopfte. Würde er die ihre gleich berühren? Was dachte sie da?

»Was machen wir denn jetzt, um Rafael zu suchen«, lenkte sie ab.

Pablo setzte sich auf, überlegte. »Da fällt mir schon noch was ein. Aber im Moment habe ich leider keine Idee.«

»Schade.« Sie sahen sich intensiv in die Augen. Anna lächelte ihn an. »Jetzt ist es doch später geworden als gedacht. Ich glaube, ich muss jetzt mal wieder, meine Freundin wartet bestimmt schon.«

»Dann war der Schwede eher langweilig«, scherzte er und fügte hinzu: »Okay, hast du heute Abend nach eurem Abendessen noch einmal Zeit?«

Anna fühlte sich geschmeichelt. Aber wie sollte sie das vor Carina rechtfertigen? Wollte sie das überhaupt? Doch ihr Herz schlug schneller, und ihr wurde klar, dass sie ihn sehr gern wiedersehen wollte.

»Du musst das nicht jetzt entscheiden. Rede mit deiner Freundin. Vielleicht will sie ihren Schweden ja auch noch auf einen Absacker treffen.«

»In Ordnung.« Sie lächelten sich an und sie sah ein Funkeln in seinen Augen. Dann bat Pablo um die Rechnung, bestand darauf, sie einzuladen, und brachte sie zu ihrem Hotel zurück.

* * *

Anna öffnete mit der Schlüsselkarte die Tür ihres Hotelzimmers und wie sie erwartet hatte, war Carina noch nicht zurück. Sie zog ihre Turnschuhe aus, legte sich aufs Bett und starrte an die Decke. Was tat Pablo nur mit ihr? So durcheinandergebracht hatte sie schon lange kein Mann mehr und schon gar nicht in so kurzer Zeit!

Sie dachte an Viktor, wunderte sich, dass sich ihr schlechtes Gewissen in Grenzen hielt. Aber es gab ja auch nichts, was sie sich hätte vorwerfen müssen. Schließlich hatten sie sich nicht berührt oder gar geküsst. Im selben Moment wurde Anna klar, wie sehr sie sich das wünschte. Wie sich dieser Mann wohl anfühlte? Wieso hatte sie ihn damals so gar nicht gesehen? Rafael war lauter als er, immer schon der Mittelpunkt des Geschehens gewesen. Ein Kerl wie Pablo hatte gegen Rafael keine Chance gehabt. Mittlerweile mochte sie aber eher die leiseren Typen, die, denen man vertrauen konnte, die nicht wegliefen, wenn es Probleme gab. Ob Pablo so einer war, konnte sie zwar nicht sicher wissen, aber ihr Gefühl sagte ihr, dass er zu den Guten gehörte.

Anna kuschelte sich in ihr Kissen, sah sein Gesicht vor sich, seine vollen Lippen, seine starken Hände.

Sie musste eingeschlafen sein.

Carina saß neben ihr auf dem Bett und streichelte lächelnd über ihren Arm. »*Hello!* Alles klar bei dir, Süße?«

»Was? Ja, alles gut. Und bei dir?«

Carinas Wangen sahen rosig aus, sie lächelte. »Ich sage nur, wow, alter Schwede!« Sie lachte.

»Hey, du siehst ja ganz verschossen aus.«

»Bin ich auch. Hätte ich nie gedacht, dass das so schnell gehen kann, aber Fynn ist einfach die perfekte Mischung aus sexy, provokant, lustig, albern und ernst und cool.«

»Klingt wirklich gut.«

»Und er findet mich gut. So richtig. Er ist auch ganz geflasht, sagt er.«

»Toll, ich freu mich für dich.« Anna rappelte sich auf, strich sich eine Haarsträhne zurück.

»Das heißt jetzt aber nicht, dass ich nix mehr mit dir machen will, das ist schließlich unser Mädelsurlaub«, versicherte Carina schnell.

»Ich weiß, aber ich hab vollstes Verständnis, wirklich. Und ich hab auch jemanden getroffen.«

»Was?« Carina setzte sich neugierig zurecht. »Doch nicht Rafael?«

»Nein, aber Pablo.«

»Äh, welcher Pablo?«

»Der damalige Freund von Inez, der vierte in unserer kleinen Clique damals.«

»Ah, super. Und? Weiß er, wo Rafael steckt?«

»Nein, leider nicht.«

»Und diese Inez aber schon, oder?«

»Er hat sich damals bald von ihr getrennt, wohnt aber noch in der Eigentumswohnung ihrer Eltern. Inez könnte man also herauskriegen.«

»Na, dann mach das, sie weiß bestimmt was von deinem Ex.«

»Ja.«

Anna sah vor sich hin.

Carina stupste sie an. »Hey, was denkst du schon wieder? Willst du deinen Ex jetzt doch nicht mehr sehen?«

»Doch, klar will ich wissen, wieso er sich so schäbig verhalten hat. Und Pablo ist auch sauer auf ihn und will mir bei der Suche helfen ...«

Carina sah sie forschend an, dann lächelte sie verstehend. »Alles klar, du findest diesen Pablo gut, hab ich recht?«

Anna musste ertappt lächeln. »Irgendwie schon. Aber ich bin in einer Beziehung, schon vergessen?«

»Nö. Aber so wie dich Viktor immer wieder behandelt, solltest du dir alle Optionen offenhalten. Und vor allem sagt das doch auch was, dass du Augen für einen anderen hast.«

»Meinst du?«

»Meine ich. Wenn man seinen Schatz noch superduper findet, kriegt man bei einem rassigen Spanier trotzdem keine leuchtenden Augen.«

Anna seufzte.

»Sagt die Beziehungsexpertin«, fügte Carina ironisch hinzu.

»Genieß doch einfach einen kleinen Urlaubsflirt, mehr muss ja erst mal nicht passieren. Und wenn doch ... was glaubst du, was Männer immer so machen.«

»Du desillusionierst mich.«

»Ich weiß, du glaubst an die Liebe fürs Leben. Aber mal ehrlich, sieh dich in München um. Oder sonst auf der Welt. Man kann ja schon glücklich sein, wenn man eine schöne Beziehung für ein paar Jahre hat.«

Anna stand auf. »Wir gehen jetzt schön zusammen essen und falls du danach noch mal deinen Fynn treffen willst, würde ich Pablo Bescheid sagen, dass ich Zeit hab. Er wollte mir etwas zeigen. Sonst aber nicht.«

Carina lächelte. »Super Idee. So machen wir es.«

Die Freundinnen schlenderten eingehakt über die Ramblas, auf denen abends noch mehr los war als am Tag. Spanier und Touristen zeigten sich, hatten sich schön zurechtgemacht, dufteten gut, Straßenmusiker scharten Menschen um sich. Carina lotste Anna weiter zum Plaça Real. Dort ergatterten sie einen Tisch, im Kane Room, einem laut Internet für seine Köstlichkeiten bekannten Restaurant. »Mensch, haben wir ein Glück.«

Attraktive Menschen saßen hier in der Abendsonne, tranken Wein oder Sangria, aßen Meeresfrüchte oder Paella. »Mmhm, die Paella sieht gut aus, die nehme ich auch.«

»Gute Idee. Oder darf ich Meeresgetier nicht in der Schwangerschaft?«

»Besser nicht.«

»Dann fische du meine Getiere raus.«

Anna nickte und bestellte.

Carina entschuldigte sich anschließend. »Tut mir leid, wenn ich dich jetzt immer an damals erinnere, wenn ich von meinem Baby rede.«

»Das ist kein Problem, wirklich. Ich hatte ja danach einige Freundinnen, die Kinder bekommen haben. Klar, im Moment ist alles wieder so präsent. Aber wehe, du schwärmst mir nicht mehr von deinem Baby vor.«

Carina lächelte erleichtert. »Gut, dann schwärme ich dir von dem Kleinen und von Fynn vor, das hast du jetzt davon.«

Sie erzählte Anna, was für einen trockenen, selbstironischen Humor Fynn hatte, was für ein Blödel er oft war. »Und seinen schwedischen Akzent mag ich auch.«

»Woher kann er denn so gut Deutsch?«

»Von seiner Oma, die kam aus Buxtehude.«

»Süß.«

Kurz darauf wurde die Paella gebracht. Sie duftete herrlich und sah köstlich aus. Carina fischte alles Meeresgetier aus ihrer Paella und tat es auf Annas Teller.

Der Geschmack erinnerte Anna an damals. Naia hatte auf der Farm einmal eine riesige Pfanne Paella für ihre Mitarbeiter gekocht, sie waren nach getaner Arbeit alle an einem langen Tisch vor dem Haus gesessen und hatten geschlemmt und gelacht. Anna dachte an Pablo, der ihr damals gegenübergesessen und sie immer wieder angesehen hatte. Hatte er sie wirklich damals schon anziehend gefunden? Sie war wohl schon immer eine Meisterin im Verdrängen gewesen. Wenn sie jetzt ehrlich zu sich selbst war, musste sie sich eingestehen, dass sie dieser Mann reizte, mehr als Viktor. Und das erschreckte sie.

Nachdem die Freundinnen gegessen und weiter über Fynn und Pablo geredet hatten, verabschiedeten sie sich zu ihrem jeweiligen Date. Carina sah Anna an: »Wer hätte gedacht, dass das ein Mädelsurlaub mit so vielen Kerlen wird?«

»Ich ganz sicher nicht.«

Carina lächelte, drückte Anna und ging beschwingt in Richtung Hotel.

Pablo wartete auf Anna bei den Ramblas, wie per WhatsApp verabredet. Er stand bei einem Blumenverkäufer, kaufte gerade eine roséfarbene Blume, drehte sich zu Anna und ging lächelnd auf sie zu. In seiner legeren, aber gut sitzenden beigen Hose und seinem weißen Leinenhemd sah er verdammt gut aus. Fast zu gut. Anna ärgerte sich sofort über sich selbst. Viktors ständige Kritik an ihr hatte Früchte getragen. Ihr Selbstbewusstsein brauchte dringend einen Schub. Pablo reichte ihr die Blume, eine zarte Blume, die ganz sicher nicht lange ohne Wasser auskommen würde. »Sie hat mich an dich erinnert.«

»Oh, wie schön, danke.« Angetan nahm sie die Blume entgegen. »Aber sie braucht Wasser.«

»Wir stellen sie gleich in der Bar von einem Freund in ein Wasserglas. Dort holen wir sie anschließend wieder ab.«

»Anschließend?«

»Ja, ich wollte dir doch etwas zeigen. Komm.«

Neugierig folgte sie ihm, die Ramblas entlang, vorbei an Menschen, die sich für den Abend schön gemacht hatten.

»Mir ist noch etwas eingefallen«, sagte Anna. »Wie wir Rafael finden können.«

»Ja? Mir auch. Sag du zuerst.«

»Deine Vermieter, Inez' Eltern, sie können dir den Kontakt zu Inez vermitteln, und sie weiß vielleicht, wo er lebt – und ich würde auch gern mit ihr sprechen.«

Er drehte sich zu ihr, lächelte. »Da hatten wir den gleichen Gedanken. Genau das wollte ich dir vorschlagen.« Dann wurde er wieder ernster. »Auch wenn ich nicht mit Inez reden möchte. Aber dir zuliebe tue ich es.«

»Danke.« Sie beobachtete ihn von der Seite. Er hatte Grübchen, ein markantes Kinn.

Kurz darauf kamen sie an der Bar seines Freundes an, Pablo stellte Anna vor und sie sah, wie sich die beiden einen Blick zuwarfen, à la »hübsche Eroberung«. Anna fühlte sich geschmeichelt. An ein Weinfass gelehnt tranken sie ein Glas *vino* und spazierten dann weiter durch die Gassen Barcelonas. Der Himmel hatte sich mittlerweile rosarot gefärbt. Die Sonne fing an, unterzugehen, und tauchte die Altstadt Barcelonas in ein wunderschönes Licht. Um diese Jahreszeit wurde es rasch frisch, aber Anna hatte zum Glück eine Jacke dabei und zog sich diese über. Touristen gingen vor ihnen her. Sie rochen nach verschiedenen Parfums und Duschgels. Auch Pablo duftete gut. Anna genoss es, von ihm durch diese faszinierende Stadt geführt zu werden, nicht auf ihr Handynavi schauen zu müssen, bei dem sie sich eh immer verlief. Jedes Mal, wenn sie es benutzen musste, ging sie in die falsche Richtung, drehte ihr Handy und hatte keine Ahnung, in welche Richtung sie laufen sollte. So ein bisschen fühlte sich Anna in ihrem Leben gerade wie der wackelnde Pfeil auf ihrem Navi.

In ihren Urlauben mit Viktor musste sie sich zwar auch nie darum kümmern, wie sie zu einer Sehenswürdigkeit oder sonst wohin gelangten. Dafür zog Viktor sie immer mit ihrer Orientierungslosigkeit auf. Eigentlich wurde es höchste Zeit, ihren Weg selbst zu finden.

Pablo führte sie an einer pittoresken Gasse vorbei. Anna stoppte entschlossen. »Führt diese Gasse auch zu unserem Ziel?«

»Äh … ja.«

»Dann lass uns die nehmen«, sagte sie. »Sie sieht sehr nett aus, finde ich.«

Pablo sah sie an, lächelte und stimmte zu. »Es ist tatsächlich der schönere Weg. Ein Tick länger, aber was macht das schon. Wir müssen dann eh noch die Metro nehmen.«

Mit der Metro waren sie zur Station Espanya gefahren. Anna konnte sich schon denken, wohin er sie führte, von diesem magischen Spektakel hatte sie schon gelesen. Aber tatsächlich war sie mit Rafael nie dort gewesen. Rafael hatte die Zeit mit ihr lieber im Bett verbracht.

»Anna?« Pablo sah sie amüsiert an. »Ich liebe es, wenn du so in Gedanken bist.«

Anna lächelte entschuldigend. »Wirklich? Das mögen nicht viele.«

»Ich schon.«

Und er bohrte auch nicht nach, wie Viktor immer. Anna merkte selbst, dass sie viel zu sehr verglich. Sie verbot sich selbst, dies weiter zu tun. Denn Pablo war einzigartig, besonders.

Der Plaça Espanya, am Fuße des Berges Montjuïc, war ziemlich belebt und befahren. Im Kreis führte der Verkehr um den malerischen Zentralplatz, mehrere große Straßen gingen von diesem Kreisverkehr ab. Pablo sah auf die Uhr und erklärte, sie müssten sich beeilen. Er nahm sie einfach bei der Hand, rannte los, die Avinguda Reina Maria Cristina entlang. Anna rannte überrumpelt mit, hatte jedoch Mühe, mit dem trainierten Jogger an ihrer Seite mitzuhalten. Doch seine warme Hand gab ihr Energie und so rannten sie lachend – und Anna keuchend – weiter, an den venezianischen Türmen vorbei. Nach kurzer Zeit konnte sie aber partout nicht mehr, löste ihre Hand aus seiner, stützte sich heftig atmend auf ihren Knien ab und lachte. »O Gott, ich muss dringend mehr Sport machen.« Pablo grinste. »Na ja, als Kardiologe bin ich da sehr dafür.«

Als Anna wieder normal atmete, gingen sie weiter den Hügel hinauf, bis zum Font Màgica, dem magischen Brunnen.

»Die Lichtshow fängt heute um acht an. Aber dank unseres phänomenalen Sprints kommen wir gerade noch rechtzeitig.«

Es hatten sich bereits viele Menschen auf den Treppen um den Brunnen versammelt, um der magischen Lichtshow beizuwohnen.

»Oh, ganz schön voll.«

»Im Sommer erst. Komm.« Wieder nahm er einfach ihre Hand, um sie durch die Menschenmenge zu lotsen. Anna musste lächeln. Dieser Mann wusste, was er wollte. Im Gegensatz zu ihr. Wie sehr sie ihn darum beneidete. Hoffentlich würde dieser Urlaub in Spanien etwas in ihr anstoßen, ihr Klarheit bringen, für ihr weiteres Leben.

Pablo hatte eine Lücke auf den Stufen entdeckt, führte Anna dorthin. Sie setzten sich, da es so voll war, eng nebeneinander. Anna spürte seinen Atem, seine Wärme. Die Lichtshow ging an. Wasserfontänen schossen in die Höhe, abwechselnd ein Wasserstrahl hier und dort, beleuchtet durch bunte Lichter, untermalt von Musik. Pablo beugte sich zu ihr, flüsterte: »Freddie Mercury und Montserrat Caballé«. Fasziniert betrachtete Anna dieses wunderschöne Farbspektakel, genoss die Musik, die romantische Stimmung. Was hatte sie für ein Glück in ihrem Leben, all das erleben zu dürfen. So viel von der Welt sehen zu dürfen. Wie oft wurde aus einer Veränderung etwas Gutes. Anna lehnte sich gegen Pablo und der legte sofort seinen Arm um ihre Schulter. Sie lauschte der Musik, betrachtete diese magische Wassershow und fühlte sich glücklich und eins mit ihm.

Als die Show zu Ende war, strömten die Leute auseinander und Pablo und Anna saßen immer noch da.

»Lass uns auch gehen«, sagte Anna. Nicht dass er sie gleich noch küsste.

Pablo löste seinen Arm von ihrer Schulter, stand auf und half ihr galant hoch. Dann ließ er ihre Hand los, lächelte sie an und ging vor. Er schien zu verstehen, in welchem Konflikt sie sich befand. Er schien es zu respektieren.

Ein paar Meter weiter blieben sie stehen. »Hast du noch Lust auf einen kleinen Spaziergang? Wir können uns eine Flasche Wein kaufen und noch weiter auf den Montjuïc gehen. Ich kenne eine Stelle, von der man eine faszinierende Aussicht über Barcelona hat. Im Dunkeln sieht man unten die Lichter der Stadt und über sich die Sterne.«

»Klingt wundervoll.«

»Ist es auch. Erst recht mit dem richtigen Menschen.«

Sie sahen sich an. In Annas Bauch kribbelte es. »Genieß es, Süße«, hatte Carina gesagt. »Wir haben nur dieses eine Leben.«

Wie recht sie hatte. Man sollte gerade die besonderen Momente genießen, aber auch die alltäglichen.

»Also gut.«

In einer kleinen Bar erstand Pablo einen *vino tinto* und sie gingen weiter den Hügel hinauf, teils über Rolltreppen.

Pablo erzählte ihr, dass im Parc de Montjuïc 1929 für die Weltausstellung Paläste, Pavillons und verschiedene Stadien erbaut worden waren, auch Parks und einen botanischen Garten hatte man angelegt. Es sah wundervoll grün aus.

Am Castell de Montjuïc kamen sie zu einer Wiese, von der aus die Sicht über die Stadt wirklich überwältigend war. Pablo stellte die Weinflasche in der Wiese ab, holte aus seiner Lederjacke zwei Pappbecher, die er vorher offenbar eingesteckt hatte, breitete seine Jacke auf der Wiese aus und bedeutete Anna, sich darauf niederzulassen. Für die Jahreszeit war es zwar mild, aber eben doch noch recht frisch. Anna ließ sich nieder, extra so, dass Pablo direkt neben ihr auch noch Platz auf der Jacke fand. »Ist dir jetzt nicht zu kalt ohne Jacke?«

»Nein, mir ist gerade von innen heraus sehr warm.«

Sie musste lächeln. Diese Spanier, sie wussten einfach, was Frauen schmelzen ließ. Er nahm die Weinflasche, die er in der Bar schon entkorken lassen hatte, zog den losen Korken heraus, goss dann in je einen Pappbecher *vino* ein. *»Salud!«*

»Salud!«

Sie tranken einen Schluck, betrachteten die pulsierende Stadt. »Von hier oben hat man wirklich den schönsten Panoramablick über Barcelona.«

»Es ist wunderschön.«

»Von was träumst du, Anna?«

»Von was ich träume?« Sie dachte nach. Lange hatte sie nicht darüber nachgedacht, viel zu lange. Erst wieder hier in Barcelona. »Ich weiß es ehrlich gesagt nicht so genau. Davon, dass sich in meinem Leben etwas ändert, dass es das Bisherige nicht gewesen ist, bis zur Rente.«

Er lachte. »Geht mir genauso. Deshalb habe ich auch in der letzten Klinik gekündigt. Mit einem machtgierigen, skrupellosen Chefarzt wollte ich die vielen Stunden auf der Arbeit nicht verbringen. Ich möchte Menschen helfen, ihr Leben retten. Dabei habe ich lange vergessen, *mein* Leben gut zu leben.«

»Es geht vielen so, wenn man in diesem Hamsterrad steckt.«

»Und die meisten wagen es nicht, auszubrechen. Oder können es nicht, aufgrund von allen möglichen Zwängen.«

»Ja, und deshalb hast du einfach gekündigt?«

»Ganz so einfach nicht. Ich habe mir die Entscheidung nicht leicht gemacht. Aber ich habe keine Familie zu versorgen, kein Haus abzuzahlen wie manch andere, ich bin in einer privilegierten Situation, dass ich es kann, das ist mir schon klar. Und die habe ich genutzt. Macht dich dein Job noch glücklich?« Er sah sie erwartungsvoll an.

»Du stellst Fragen.«

»Die sich jeder immer wieder mal stellen sollte.«

»Du hast recht.« Sie dachte nach, trank noch einen Schluck Wein, betrachtete die glitzernde Stadt.

»Meine Kollegen mag ich. Carina hab ich in der Agentur kennengelernt. Aber alle arbeiten viel zu viel, einige sind schon krank geworden, und auch ich bin oft am Limit. Obwohl ich am Empfang nicht viel Verantwortung trage. So wie du, über Leben und Tod. Das stelle ich mir schwer vor.«

»Ist es manchmal auch. Gerade, wenn man nicht mehr helfen kann. Ich muss zugeben, dass ich dann immer eine Zeit lang brauche, um wieder gut drauf zu sein.« Er sah sie an. »Und dann fehlt mir eine Partnerin, die mich versteht, bei der ich auch mal schwach sein kann.«

Sie sahen sich an. Anna nahm seine Hand, drückte sie fest, hielt sie. Dann lehnte sie sich an ihn, legte ihren Kopf auf seine Schulter. Er legte seinen Kopf auf den ihren, umschloss ihre Hand fest und innig. So saßen sie da, sahen auf die Lichter der Stadt und in den Himmel und genossen den Moment.

Schon lange hatte sich Anna nicht mehr so glücklich gefühlt. Sie beobachtete Pablo immer wieder heimlich von der Seite. Sein Gesicht sah nach den vielen Jahren reifer aus. Natürlich hatte er ein paar Falten bekommen, wie sie auch, aber dadurch wirkte er männlicher, markanter. Er gefiel ihr, hatte sich wirklich zu einem attraktiven Mann entwickelt. Auch damals hatte er gut ausgesehen, aber mit den Jahren eben noch besser. Graue Schläfen, ein Dreitagebart, in dem sich weiße Härchen zeigten, die in der Sonne glitzerten, wie sie tagsüber festgestellt hatte. Die Natur hatte das schon gut eingerichtet, dass man ab einem gewissen Alter Männer derselben Alterskategorie anziehend fand. Und umgekehrt schien es bei den meisten Männern ebenso zu sein. Anna hatte zumindest schon mehrfach gehört, dass sie mit den Jahren attraktiver geworden sei. Mehr Persönlichkeit ausstrahle, mehr Präsenz. Ihre Tagträumereien hatten sich ein bisschen gelegt, aber nicht ganz. Entweder man mochte sie so verträumt, wie sie war, oder man ließ es sein, hatte sie für sich selbst irgendwann beschlossen.

Sie unterhielten sich weiter über sich, über ihre Wünsche im Leben und inwieweit diese mit der Realität übereinstimmten. Mit Pablo konnte man wunderbar reden, er hörte zu, öffnete sich aber auch sehr, gab ihr Einblick in seine Gedanken und Sorgen. Die machte er sich zum Beispiel um seine Mutter, die bereits achtundsiebzig war, gehörlos und bei ihrer noch älteren Schwester etwas außerhalb von Barcelona am Meer lebte. Er besuchte die beiden alten Damen, so oft es ihm möglich war, aber wenn er wieder arbeiten musste, würde das seltener gehen. Anna gefiel es sehr, was für ein liebevolles und fürsorgliches Verhältnis er zu seiner Mutter und seiner Tante hatte. Sie selbst, die in einem eher kühleren Elternhaus aufgewachsen war, hatte sich immer nach so einer Familie gesehnt. Nach einer Weile wurde es zu frisch auf der Wiese und Pablo schlug vor, weiter durch die Nacht spazieren zu gehen.

Dieser Mann hatte eine Schleuse bei Anna geöffnet. Sie redeten, lachten, schlenderten durch die Stadt, aßen in einer Bar ein paar Tapas, tranken Wein, bis die Bar schloss, gingen weiter durch Barcelona, bis der Morgen graute.

Anna fühlte sich leicht und unbeschwert, spürte ein wenig den Alkohol, aber vor allem spürte sie ein wundervolles, aufregendes Gefühl. Immer wieder nahmen sie sich an der Hand, berührten sich, immer wieder legte er seinen Arm um sie, ließ sie dann aber wieder los, nur um sie im nächsten Moment zu sich zu ziehen. »Küss mich«, dachte sie oft, auf der anderen Seite war sie dann froh, dass er es nicht tat, denn natürlich spukte im Hinterkopf Viktor herum. Der aber hier in dieser magischen Stadt immer kleiner wurde, denn Anna wurde immer klarer, wie sehr sie sich in den letzten Jahren weh getan hatten. Auf jeden Fall er ihr, und dass sie sich unbemerkt immer mehr entliebt hatte. Nicht anders konnte es sein, dass dieses übermächtige Gefühl sich hier gerade ihrer bemächtigte. Ungefragt, ungewollt, aber es war da.

So verging die Nacht. Die ersten Spanier kamen aus ihren Häusern, eilten zur Arbeit, schlossen Cafés auf, der Verkehr nahm zu. Die Vögel zwitscherten schon seit geraumer Zeit und Anna verspürte große Lust auf einen Kaffee. Doch sie wollte nicht, dass sich Carina Sorgen machte. Wenn sie aufwachte, und Anna lag nicht neben ihr. Sie hatte ihrer Freundin zwar bereits eine Nachricht geschickt, aber Carina hatte natürlich ihr Handy ausgestellt und würde aufwachen und sich erst einmal sorgen.

Pablo verstand das. Er hatte sie bis vors Hotel gebracht, zog sie jetzt zu sich, sah ihr in die Augen und rang ganz offensichtlich mit sich. Für einen kurzen Moment schloss Anna übermütig ihre Augen, öffnete sie dann aber rasch wieder und sah, wie Pablo lächelte. »Es war die schönste Nacht meines Lebens«, sagte er und es war der schönste Satz, den sie je von einem Mann gehört hatte.

Sie brachte lediglich ein Nicken zustande, stellte sich auf die Zehenspitzen, drückte ihm einen sanften Kuss auf den Mund, löste sich schnell wieder, lächelte ihm zu. Dann wurde sie ernst. »Vielleicht kannst du ja heute Inez' Eltern anrufen. Ich meine, wir sind ja nicht ewig hier und ich … muss es einfach wissen.« Nach dieser langen, wundervollen Nacht hatte sie ihre Gefühle nicht mehr im Griff, die Möglichkeit, Lori könne noch leben, drängte sich wieder in ihr Bewusstsein. Die Gedanken platzten aus ihr heraus. Fassungslos hörte er ihr zu, kannte das Thema, das in Spanien erst in den letzten paar Jahren publik geworden war.

»Wieso hast du mir nichts davon gesagt?«, fragte Pablo traurig.

»Weil ich, ich sehe bestimmt nur Gespenster, das sagen ja alle, oder denken es, aber … ich weiß auch nicht, was, wenn doch etwas dran ist?«

Er starrte sie an. Mit ernster Miene. Sein Blick verfinsterte sich. Was hatte er?

Nach einer kurzen Weile nickte er, versprach, Inez' Eltern ganz rasch anzurufen, sich bei Anna anschließend zu melden.

Er drehte sich um und ging.

Ernüchtert starrte Anna ihm nach. Hatte sie etwas Falsches gesagt? Wieso reagierte er plötzlich so kühl? Traute er es Inez wirklich zu?

13. Kapitel

Anna hatte sich zu Carina ins Bett geschlichen, sich neben sie gelegt und ein paar Stunden geschlafen.

Aber dann war Carina wach geworden und wollte alles genau wissen. Jetzt saß sie im Bett, sah Anna verschlafen und entgeistert an. »Du verbringst die ganze Nacht mit ihm und dann reagiert er so eiskalt?«

»Kühl, nicht eiskalt.«

»Anna, ich bitte dich. So wie du mir das gerade erzählt hast, war das tiefgefroren. Und wegen so einem Typen hab ich die halbe Nacht kein Auge zugetan. Ich kam mir schon vor wie deine Mama.«

»Aber ich hab dir doch eine Nachricht geschrieben.«

»Ja, aber offensichtlich erst, nachdem ich dann doch eingeschlafen bin.«

»Tut mir leid.«

Carina fuhr sich übers Gesicht. »Schon gut, du bist ja ein erwachsener Mensch.«

»Nein, nicht gut, komm, ich lad dich zum Frühstücken ein. Ich brauch jetzt dringend einen Kaffee.«

»Willst du nicht noch schlafen? Hey, du warst die ganze Nacht wach.«

»Ich hab ja ein paar Stunden geschlafen, es ist ja schon fast mittags.«

»Also gut.« Carina warf schwungvoll die Decke zurück und ging ins Bad.

In einem hübschen Straßencafé saßen die beiden Freundinnen in der Frühlingssonne, vor sich frisches Obst, Croissants, Café con leche.

Carina war sich jetzt sicher. »Ich hab ehrlich gesagt schon gedacht, an der Geschichte ist nichts dran, du verrennst dich da in was, aber so langsam bin ich mir nicht mehr sicher. Nach der Reaktion von Pablo … Und als ich es Fynn gestern erzählt habe, meinte der sogar, kürzlich eine Demo gesehen zu haben in der Altstadt. Von Spanierinnen, die ihre Kinder suchen. Die genau dieses Schicksal erlitten haben.«

Annas Magen fühlte sich an, als läge ein riesiger Teigkloß darin. Nachdem Viktor nicht an Loris Verschwinden geglaubt hatte, hatte sie es fast geschafft, sich das in der Sonne Spaniens auch irgendwie einzureden, wollte ihren Urlaub genießen. Aber spätestens jetzt, nach Pablos Reaktion und nach Carinas Worten eben, war die Hoffnung wie ein Stern am Himmel wieder da. Was, wenn Lori lebte? Annas Atem ging flach. Ihre Hände wurden feucht. Sie brachte kaum einen Bissen hinunter.

»Wenn sie noch lebt, bin ich die glücklichste und … schlechteste Mutter auf der ganzen Welt. Ich hätte damals sofort misstrauischer werden müssen, hätte auf mein Bauchgefühl hören müssen, dass irgendetwas nicht stimmte.«

»Anna! Nein! Egal wie, du trägst keine Schuld. Absolut keine. Aus, Punkt, amen. Wenn das alles so gewesen sein sollte, dann muss es dermaßen perfide zugegangen sein. Du bist ja nicht die Einzige. Was die Sache noch schlimmer macht. Und noch ist ja nichts sicher. Also bitte beruhige dich. Wir müssen das jetzt ganz schnell herausfinden, solange wir noch hier vor Ort sind. Damit du wieder atmen kannst.«

Überwältigt sah Anna ihre Freundin an. Carina verstand sie, schon immer.

»Und Fynn hilft sicher auch. Er ist wirklich ein super Typ. Mit dem kann man Pferde stehlen. Und er ist Journalist, der ist gut in Recherche.«

»Danke, danke, ich fühl mich gerade wie … himmelhochjauchzend, so eine tolle Freundin zu haben, und gleichzeitig zu Tode betrübt. Wenn es wirklich stimmen sollte, dann hab ich die schönsten Jahre mit meiner Tochter verpasst.«

Carina drückte sie, löste sich dann wieder.

»Daran denken wir jetzt nicht. Wir brauchen einen kühlen Kopf, um der Sache auf den Grund zu gehen.« Carina nahm eine Traube, steckte sie sich in den Mund und kaute nachdenklich. »Wie packen wir's an?«

»Magst du Fynn gleich anrufen? Ich meine, du willst ihn ja sicher eh wieder treffen? Und ich möchte jetzt keine Zeit mehr verschwenden.«

»Und wie. Gute Idee, mach ich. Journalisten sind ja ausgefuchste Rechercheure. Und du tust bei deinem nächsten Treffen mit Pablo so, als hättest du von all dem keine Ahnung. Sicher ist sicher.«

»Ich glaube nicht, dass er, falls was dran ist, damals etwas damit zu tun hatte.« Es durfte nicht sein. Hatte er gemeinsame Sache mit ihrer Hebamme Inez gemacht? War sein Mitleid nur gespielt gewesen?

»Wer weiß. Und wenn, tut es mir leid, Süße, dann ist es bitter, dann hast du dich leider in den Falschen verliebt.«

Anna wollte protestieren, aber Carina hob die Hand. »Und verliebt hast du dich, das seh ich dir an, Süße.«

Die Freundinnen hatten sich mit Fynn vor der Basilica de Santa Maria del Pi getroffen. Denn hier hatte er die kleine Versammlung der Mütter gesehen, die ihre gestohlenen Kinder suchten. Aber heute fand leider keine Demonstration statt. Sie hatten gehofft, dass sich ein paar Mütter hier jeden Tag um dieselbe Uhrzeit trafen. Anna beobachtete Fynn, diesen attraktiven Schweden, der ganz offensichtlich sehr auf Carina stand. Sie sah es in seinen Augen, dass er sich in sie verliebt hatte, und bei Carina war es umgekehrt ebenso. Barcelona schien eine Stadt der Liebe zu sein, dachte Anna innerlich wehmütig. Hier hatte sie sich damals unsterblich in Rafael verliebt, und jetzt, wie sie sich eingestehen musste, nach dieser wundervollen Nacht, in Pablo. Hatte er damals geholfen, ihr Baby zu stehlen? Ein fürchterlicher, absurder Gedanke! Aber der Gedanke, dass Lori leben könnte, ließ sie innerlich fast zerspringen wie eine Glasschüssel. Ihr Herz klopfte wild. Sie musste Gewissheit haben, schnell.

Fynn erzählte gerade, was auf dem Leinentuch, das die Mütter hochgehalten hatten, gestanden hatte: »S.O.S. Bebés robados Catalunya. Und auf Englisch: Stolen babies: Truth and justice we are looking for you.« Also frei übersetzt: Wir bringen die Wahrheit über unsere gestohlenen Babys ans Licht und fordern Gerechtigkeit.

Carina entschuldigte sich bei Anna. »Es tut mir so leid, dass ich deine Sorge nicht richtig ernst genommen habe. Aber es klang so unwahrscheinlich, so unfassbar für mich.«

»Das ist es auch. Selbst wenn Lori nicht gestohlen wurde, so viele andere Kinder in Spanien wurden es.«

Fynn nickte. »Ich habe in Schweden nie etwas davon gehört.«

»Ich in Deutschland auch nicht«, gab Carina zu.

»Ich werde auf jeden Fall eine Story daraus machen, allein um diesen Müttern zu helfen«, erklärte Fynn.

Carina lächelte ihn stolz an, warf Anna dann einen Blick zu à la »Ist er nicht toll?«.

Anna lächelte sie kurz bestätigend an, dachte nach, hatte dann eine Idee. »S.O.S. Bebés robados Catalunya, das klingt wie der Name einer Organisation. Ich werde mich mit ihr in Verbindung setzen.«

Sie zog bereits ihr Handy heraus und googelte danach.

Carina und Fynn küssten sich kurz sanft, wie Anna aus den Augenwinkeln sah. Pablo hatte sich nicht mehr gemeldet. Schlief er nach dieser langen Nacht immer noch oder hatte das etwas zu bedeuten?

Laut Google war es wirklich eine Organisation, die den Opfern dieser Verbrechen helfen wollte. Denen, die glaubten, ihr Baby sei ihnen damals gestohlen und an Adoptiveltern weitergegeben worden, und denen, die glaubten, ein solches Kind zu sein. »Hier steht auch noch mal, dass es über 300 000 Kinder sein sollen, das Ganze ging unter Franco los und dauerte bis in die 90er-Jahre.«

Aufgewühlt sahen sich die drei an. »Ich rufe dort an. Sie werden sicher eine Idee haben, wie man in meinem Fall am besten vorgeht«, sagte Anna.

Carina und Fynn bestätigten sie, die bereits die Nummer gewählt hatte und lauschte. Es sprang nur ein Anrufbeantworter an, das Büro war gerade nicht besetzt. Anna sprach auf Spanisch darauf, bat um Rückruf. Enttäuscht legte sie auf. »Ich versuche es später noch mal.«

Carina wandte sich an Fynn. »Und was können wir jetzt sonst tun?«

Der überlegte.

Anna hatte eine Idee: »Wir fahren noch mal zu Naia.«

»Wer ist Naia?«, wollte Fynn wissen.

»Die Besitzerin der Pfirsichfarm, von der ich dir erzählt habe«, erklärte ihm Carina. Dann wandte sie sich an Anna. »Wieso noch mal zu Naia?«

»Ich möchte noch einmal mit ihr über Inez reden, vielleicht fällt ihr ja doch noch etwas ein. Ich habe ihr ja nicht von meinem Verdacht erzählt, dass mir Lori vielleicht gestohlen wurde. Es kam mir so unpassend vor in dem Moment. Ich kam mir so überspannt vor.«

»Ach, Anna, ich verstehe dich gut. Lass uns mit dem Zug hinfahren.«

Fynn legte den Arm um Carina und verkündete: »Wisst ihr was, ich miete uns einen Wagen und wir fahren gemeinsam zur Pfirsichfarm, dann sehen wir mehr von der Landschaft. Carina hat mir von dem rosa Blütenmeer erzählt. Es muss gigantisch aussehen. Dann kann ich für meine Reportage ein paar Fotos schießen, sozusagen als Kontrast zu dem alles andere als rosaroten Thema.«

Carina lächelte ihn an. »Das ist ja nett von dir.«

Er küsste sie, sah dann Anna fragend an.

Die willigte dankend ein. Es fühlte sich so viel besser an, von Freunden unterstützt zu werden, als sich ganz alleine auf diese Suche zu machen. Sie dachte an Viktor. Wieso hatte er nicht sofort angeboten, ihr zu helfen? Stattdessen hatte er es als Überspanntheit abgetan. Selbst wenn letztendlich nichts herauskam, so musste ihm doch klar sein, dass sie Gewissheit brauchte. Erneut sah sie auf ihr Handy. Pablo hatte sich immer noch nicht gemeldet.

Fynn klatschte die Hände zusammen. »Also los, Mädels. Ich weiß sogar, wo eine Mietwagenstation ist, da bin ich gestern dran vorbeigegangen. Ich wollte mir in diesem Urlaub eh mal einen Wagen mieten, das Umland und die anderen Strände um Barcelona sollen toll sein.«

Während Fynn vorging, hakte sich Carina bei Anna unter und flüsterte ihr ins Ohr: »Ist er nicht ein Goldschatz?«

»Oh ja.« Sofort dachte sie an Pablo. Wieso hatte er so seltsam reagiert?

Carina flüsterte weiter. »Ich drück dir die Daumen, dass wir deinem Pablo unrecht tun. Vielleicht ist alles ganz anders.«

»Ja«, hauchte Anna zurück.

Fynn bekam sogar ein Cabrio. Von einer finanziellen Beteiligung der Freundinnen wollte er nichts wissen. »Ich will nicht damit angeben, dass ich es mir leisten kann, aber ich kann es mir leisten und ich habe mir kürzlich geschworen, künftig jeden Tag meines Lebens zu genießen.«

»Wie kam es dazu?«, hakte Carina nach, während sie auf den Beifahrersitz kletterte. Anna saß auf der Rückbank und versuchte, ihren Atem zu beruhigen.

»Ich hab einen kleinen Schuss vor den Bug bekommen«, erklärte er, während er losfuhr. »Kleiner Schlaganfall, die Ärzte haben sich selbst gewundert, bei meinem Alter. Aber es kann eben jedem passieren. Ich hab eindeutig zu viel gearbeitet und zu viel geraucht die letzten Jahre. Seitdem keine einzige Zigarette mehr. Und plötzlich geht es.«

»Puh, Glück gehabt.«

»Ja.« Er sah zu ihr, lächelte sie an. »Und jetzt schon wieder riesiges Glück.«

Anna musste lächeln. Es war so schön, die beiden Turteltäubchen von hier hinten aus zu beobachten. Wie sie sich immer wieder berührten, sich ansahen, sich anlächelten. Der Himmel über Spanien leuchtete blau, die Sonne schien und der Fahrtwind pustete nicht nur ihre Haare, sondern auch ihre Gedanken gehörig durcheinander. Einen Moment dachte sie wieder, es sei wirklich überspannt, zu denken, dass ihr das geschehen sei, aber im nächsten Moment sehnte sie sich so sehr nach ihrer Tochter, dass der Verstand auszusetzen schien. Sie redete mit Carina extra nicht viel über ihr Gefühlschaos, aus Rücksicht auf die werdende Mutter. Wie sehr beneidete sie ihre Freundin um das Glück, das ihr bevorstand, wie sehr freute sie sich mit ihr.

Solange sie sich in der Stadt befanden, ging es wegen des vielen Verkehrs nur mühsam voran, doch dann, als sie über Land fuhren, vorbei an den blühenden Oleanderbüschen am Wegesrand, und sie sich immer mehr Aitona näherten, sausten sie, begleitet von lauter Gute-Laune-Musik, nur so dahin. Anna erinnerte sich an früher, als sie mit Rafael, Inez und Pablo des Öfteren in Rafaels altem Auto mit geöffneten Fenstern und laut aufgedrehtem Radio durch die Gegend gefahren waren. Es war eine wunderschöne Zeit gewesen damals. Anna versuchte angestrengt, sich zu erinnern, suchte in ihren verwaschenen Erinnerungen nach einem Hinweis – einem Satz, einem Blick, einer Geste –, der sie nach dem vermeintlichen Tod von Lori hätte aufmerken lassen müssen.

14. Kapitel

1999, März, Barcelona

Anna fühlte sich wie in einer Wolke gefangen, die Geräusche aus dem Krankenhausflur drangen dumpf und wattig zu ihr. Ihr Verstand konnte die Worte nicht fassen. »Sie ist im Himmel, Ihre Kleine ist im Himmel, es war eine Hirnblutung«, hatte Schwester Magdalena gesagt. Rafael hatte sich wie ein Häuflein Elend neben sie auf den Stuhl sinken lassen, verdeckte sein Gesicht mit den Händen, sein Rücken zuckte. Inez stand neben ihm, hilflos, überfordert, ruderte mit der Hand, ehe sie diese auf seinen Rücken legte. Anna spürte ihre Gliedmaßen nicht mehr, ihren ganzen Körper. Sie konnte sich nicht bewegen, konnte nicht weinen, nicht schreien, nicht wegrennen. Wie in einem dieser Träume, aus denen man aufwachte, irgendwann. Aber sie wachte nicht auf. Der Albtraum ging nicht vorbei. Ihr Baby, ihre kleine Lori, war gestorben. Irgendetwas musste diese Blutung doch ausgelöst haben. Hätte Lori vielleicht noch leben können? Aber Rafael wollte weder seine Mutter noch irgendwen sonst befragen, er sagte, dass in seiner Familie alle gesund seien – und in der von Anna? Gab er ihr die Schuld?

Anna fühlte sich daraufhin noch elender und schuldig. Der Schmerz kroch langsam in ihr hoch, wie eine Schlange, die ihren ganzen Körper und Geist vergiftete.

Inez hatte sich zu Rafael gekniet, redete auf ihn ein, dass er sich beruhigen solle, dass es ihr so unendlich leidtue.

Anna starrte die beiden an. Nur ihre Augen konnte sie bewegen, den Rest ihres Körpers nicht. Wieso kümmerte sich keiner um sie, dachte sie dumpf. Weil sie schuld war? Weil sie als Mutter versagt hatte? Die Geburt war nicht lange her, ihr Unterleib schmerzte, sie sah Blut auf dem Laken, um sich herum. Wieso hatte Lori so gesund ausgesehen?

»Ich will mein Kind sehen«, flüsterte sie.

Rafael blickte auf, tränenüberströmt, schüttelte fassungslos den Kopf. Inez erhob sich, trat zu Anna, redete auf sie ein: »Nein, auf keinen Fall, das solltest du nicht tun. Behalte sie so in Erinnerung, wie du sie gesehen hast.«

»Ich will mein Kind sehen!« Es klang nun schon eindringlicher.

Auch Rafael stand nun auf, wischte sich über sein tränenverschmiertes Gesicht. »Anna, wieso weinst du nicht? Hast du keine einzige Träne für dein Baby?« Er schrie es jetzt fast. Inez legte ihre Hand auf seinen Arm, wie um ihn zurückzuhalten.

»Ich will mein Kind sehen!«, schrie Anna zurück. »Sofort! Ich will sofort mein Kind sehen!«

»Beruhige dich«, bat Inez sie. »Hier liegen noch andere Frauen, die Kinder bekommen. Willst du sie ängstigen?«

Anna sah ihre Freundin an, presste die Lippen zusammen. Dann öffnete sie diese wieder. »Bitte, ich möchte sie sehen«, hauchte sie.

Inez und Rafael warfen sich einen Blick zu. Rafael ging kopfschüttelnd zum Fenster, dann im Raum hin und her wie ein gefangener Tiger. »Ich nicht, auf keinen Fall, ich kann das nicht.«

»Was?« Anna konnte es nicht fassen.

»Ich möchte sie lebend in Erinnerung behalten. So, wie sie ausgesehen hat, als ich das Foto von euch gemacht habe.«

Das Foto. Anna starrte auf seine Kamera, die auf dem Nachttisch lag. Sollte das alles sein, was sie von ihrem Baby behalten durfte?

Inez versuchte weiter, zu insistieren. »Anna, ich denke auch, dass es für dich besser ist, sie nicht zu sehen. Das sagen die Ärzte in so einem Fall auch immer.«

»Ich weiß, dass es für mich besser ist, sie zu sehen.«

Inez' bisher nette Miene fiel. »Wieso hörst du nicht auf die Ärzte? Und auf mich?«

»Weil die Ärzte keine Götter sind, sie haben nicht immer recht. Und weil ich weiß, dass ich das brauche. Ich verstehe es einfach nicht. Ich kann es nicht glauben, du etwa?« Jetzt endlich drängten sich Tränen empor, Tränen der Verzweiflung, der tiefen Scham.

Rafael wandte sich an Inez: »Zeig sie ihr. Aber ich gehe aus dem Raum. Ich kann das wirklich nicht.«

Überfordert stand Inez da, schüttelte den Kopf. »Das … darf ich nicht.«

»Wieso nicht? Es ist mein Kind!«, schluchzte Anna.

»Weil … ich muss erst den Arzt fragen.«

Inez drehte sich um und ging hinaus.

Anna und Rafael sahen sich mit Tränen in den Augen an. Aus einiger Distanz. Eine Distanz, die sie innerlich spürte. Wieso berührt er mich nicht, durchfuhr es Anna. Wieso behandelt er mich wie eine Aussätzige? Natürlich, er gab ihr die Schuld, ihr allein.

Es fühlte sich an, als wäre die Erde unter ihr aufgebrochen, binnen weniger Sekunden.

Es klopfte.

»Ja?«, rief Rafael und herein trat Inez mit ernster Miene.

»Ich würde an deiner Stelle wirklich rausgehen, Rafi. Ich hab sie gesehen, ich … darf sie ihr kurz zeigen.«

Annas Herz klopfte, gleichzeitig fühlte sie sich, als drückte ihr jemand die Kehle zu. Wollte sie das wirklich? Aber sie brauchte Gewissheit, ihr Verstand, der es nicht verarbeiten konnte, brauchte einen Beweis. Lori hatte so gesund gewirkt, aber auch so klein und zerbrechlich.

Rafael nickte, sah Anna an, ging zu ihr, drückte ihr einen Kuss auf die Stirn, strich ihr unbeholfen übers Gesicht. Dann drehte er sich wieder um und ging, gefolgt von Inez, hinaus.

Die Zeit schien stillzustehen. Gleich würde sie ihr Baby wiedersehen. Ihr totes Baby.

Anna hatte das Gefühl, es seien Stunden vergangen. Die Tür ging auf, und herein kam Schwester Magdalena, mit ausdruckslosem Gesicht und einem Bündel im Arm. Eingewickelt in ein weißes Laken, ein kleiner Körper, ohne jede Regung.

Ernst, beinahe vorwurfsvoll, sah Schwester Magdalena Anna an, deren Augen mit einem Mal mit Tränen überflutet wurden. Sie konnte nichts mehr sehen. »Kommen Sie bitte näher, ich sehe sie nicht. Lori, bitte, zeigen Sie mir mein Baby …«

Schwester Magdalena zögerte, dann trat sie einen Schritt näher, mehr nicht, drehte ihre Arme so, dass Anna einen seitlichen Blick auf den kleinen Kopf erhaschen konnte. Leblos und starr, eindeutig tot! Sie sah so anders aus. Schockiert starrte Anna ihr Baby an, schrie gellend auf. Sofort drehte sich Schwester Magdalena wieder um und verließ den Raum.

Anna schrie immer noch, schluchzte, wimmerte, aber keiner kam, um ihr beizustehen. Wo war Rafael? Wo ihre Freundin Inez? Wieso kam kein Arzt oder Seelsorger oder dergleichen? Der Schmerz zerriss ihr beinahe das Herz, ihr Bauch fühlte sich hart an und tat weh, ihre Gliedmaßen schienen immer noch gelähmt.

Sie musste in eine Art Bewusstlosigkeit oder fiebrigen Schlaf gefallen sein. Als sie aufwachte, saß Rafael an ihrem Bett, hielt mit einer Hand die ihre, in der anderen einen Becher Kaffee. Sein Gesicht sah grau aus und seine Augen waren gerötet. Anna blinzelte, sofort wurde ihr die schreckliche Nachricht wieder bewusst, es durfte nicht sein, es musste ein schrecklicher Albtraum sein, aus dem sie nie wieder aufwachen wollte.

»Hey, da bist du ja wieder. Der Kaffee ist leider jetzt kalt.«

»Ich will keinen Kaffee, ich will mein Baby«, flüsterte sie.

Er presste die Lippen zusammen. »Ich auch.«

Eine Zeit lang sagten sie nichts. Rafael stellte den Becher weg, hielt dabei aber immer noch ihre Hand ganz fest.

»Ich bin für dich da, für immer.«

Sie schloss ihre Augen. Ihr Leben hatte sich für immer verändert, nie wieder würde sie sein wie eine unbedarfte Zwanzigjährige, nie wieder fröhlich und glücklich. Und vor allem: Nie wieder würde sie ein Kind haben wollen. Denn ihre Lori konnte kein Kind dieser Welt ersetzen, diesen Schmerz konnte sie nie wieder durchleben. Auf keinen Fall. Es tat so weh, so höllisch weh! Anna biss sich auf die Unterlippe, bis sie Blut schmeckte, wollte nicht reden, sich nicht mit Mitleidsphrasen trösten lassen, wie es Rafael jetzt versuchte. »Es gibt keinen Trost«, sagte sie leise.

»Ich weiß.«

Die Vögel draußen zwitscherten, als gäbe es ein Leben für alle. Aber das gab es nicht. Ein Neugeborenes war gestorben und kaum einer nahm Notiz davon. Anna sehnte sich nach ihrer Mutter, aber sie konnte sie nicht anrufen, wo sie doch noch nicht einmal etwas von der Existenz ihrer Enkelin wusste.

Nach einiger Zeit betrat Inez den Raum. Ernst, nur mit Augen für Rafael. »Wie geht es euch?«

Er zuckte hilflos die Schultern. »Ich weiß nicht … wie ich ihr helfen kann.«

Inez sah zu Anna. »Sie braucht jetzt Ruhe. Komm mit.«

»Nein«, wollte Anna schon sagen, aber Rafael war bereits aufgestanden und folgte Inez nach draußen. An der Tür drehte er sich noch einmal um, lächelte sie entschuldigend an, warf die Hand unsicher hoch, um sich zu verabschieden, und ging.

Sobald die Tür geschlossen war, spürte Anna ein Beben in ihrem Körper, das erst langsam begann, dann zu einem Weinkrampf wurde, der sie schüttelte. Nie wieder würde sie ihre kleine Lori in Händen halten, nie wieder riechen, wie gut sie duftete, nie wieder ihre Händchen und ihren Körper spüren. Ihren Körper, den sie so lange in sich getragen hatte. Den sie neun Monate beschützt hatte vor dieser Welt. Aber jetzt hatte sie versagt. Anna starrte aus dem Fenster, in den strahlend blauen Himmel. Nur eine kleine weiße Wolke hatte sich in das Blau geschoben, sah aus wie ein weiches, reines Flauschkissen für ihre Lori.

* * *

Am nächsten Tag kam Rafael wieder. Eingefallen, ernst, mit verstrubbelten Haaren. Er sah aus, als hätte er in der Nacht nicht geschlafen. Wie Anna. Keine Sekunde hatte sie ein Auge zubekommen, die ganze Zeit kreisten ihre Gedanken um ihr Baby. Um die Ärzte, um die Angst, dass sie schuld sein könnte, irgendwie, an Loris Tod.

»Hola«, sagte er leise, als er eintrat, den Blick auf den Boden gerichtet. An der Tür blieb er stehen.

»Komm her.« Sie streckte ihre Hand nach ihm aus, wollte ihn spüren, seine Wärme, seine Liebe.

Zögerlich kam er näher, nahm kurz ihre Hand, beugte sich über sie, küsste sie auf den Mund. Dann lösten sich seine Finger von ihr und er setzte sich neben sie.

Sie blickte ihn an. »Sie sah so anders aus.«

Er zuckte zusammen. »Das ist ja wohl so. Deshalb wollte ich sie auch nicht sehen.«

»Wo haben sie sie hingebracht?« Die Schwester gestern hatte ihr diese Frage nicht beantworten können. Anna hatte sie gebeten, den Ärzten zu sagen, sie wolle ein schönes Begräbnis. »Ich habe mir genau überlegt, wie wir ihre Begräbnisfeier machen. Sie soll auf einem Friedhof liegen. Welcher ist denn der schönste in Barcelona?«

Rafael sah sie verständnislos an. »Ein Begräbnis?«

»Natürlich. Ich möchte einen Ort, zu dem ich gehen kann, ich möchte ihr den schönsten Grabstein der Welt geben und ein Pfirsichbäumchen für sie dort pflanzen.«

Rafael rang sichtlich mit der Fassung. Er schüttelte den Kopf. »Sie haben sie verbrennen lassen.«

»Was?«

»Das hat mir Inez gesagt, dass sie das in dieser Klinik mit allen machen, die direkt nach der Geburt sterben.«

Anna rang nach Luft. »Nein! Nein! Das können sie nicht machen!«, schrie sie. »Ich habe der Schwester gesagt, ich will sie beerdigen lassen.«

»Anna, es ist zu spät, Inez hat es mir so gesagt.«

»Wo ist Inez?«

»Sie ist nicht in der Klinik. Sie war ja nur als deine Hebamme hier. Sie ist wieder auf der Farm. Anna, beruhige dich. Wir können für Lori doch trotzdem eine Trauerfeier ausrichten, wir können für sie einen kleinen Pfirsichbaum pflanzen, wir …«

»Nein!« Anna bekam keine Luft mehr. Ihr Atem ging stoßweise. Sie wollte aufstehen, aber Rafael drückte sie zurück. »Nicht, du darfst noch nicht aufstehen, haben die Ärzte gesagt.«

»Lass mich!«

»Anna, es ist zu spät. Ich wusste das auch nicht, ich habe es auch erst erfahren, als sie sie schon … als es zu spät war, glaubst du, mir fällt das alles leicht? Du musst dich zusammenreißen, es geht nicht anders.«

Anna sank zurück, wie ein Daunenkissen, aus dem man die Federn geschüttelt hatte. Leer und ausgehöhlt.

Rafael setzte erneut an. »Anna, ich … es tut mir alles so leid, ich habe mit meiner Mutter gesprochen, sie hat mir Vorwürfe gemacht. Sie meinte, ich hätte mit ihr reden müssen.«

»Ja, wir hätten reden müssen.«

»Sie meinte, es sei jetzt das Beste für mich, ins Ausland zu gehen. Für ein Jahr. Sie meinte, sie kennt das, Beziehungen von verwaisten Eltern halten nicht. Ich muss jetzt an mich denken. Ich soll jetzt endlich mal auf sie hören. Es ist auch für dich das Beste, sagt sie.«

Anna starrte ihn an.

Aufgewühlt fuhr er fort: »Ich denke, du brauchst jetzt wirklich Zeit für dich. Und ich auch. Du gehst besser zurück nach Deutschland, zu deinen Eltern, und ich nach Kanada. Für ein Jahr. Dort studiere ich weiter. Meine Mutter will mir einen Platz an der Uni besorgen, sie kennt da jemanden. Ich hoffe, du verstehst das, dass es das Beste ist für uns im Moment. Sie meinte, wir würden uns sonst gegenseitig Vorwürfe machen, uns zerfleischen, sonst nie darüber hinwegkommen. Sie kennt das von anderen Patienten.«

Anna hörte seine Worte kaum. Der böse Traum ging weiter. Die böse Schwiegermutter hatte gesprochen. »Geh«, presste sie hervor. »Geh, aber sofort!«

Rafael fuhr sich durchs Haar, stand hilflos auf, sah sie an, sagte nichts mehr.

»Geh endlich!«, schrie Anna. Rafael hob erneut verzweifelt die Hände, ließ sie wieder sinken, drehte sich zur Tür und ging.

Kurz darauf kam eine junge Schwester herein. »Sie haben Besuch.« Anna sah auf. »Ein Pablo.« Sie schüttelte den Kopf. »Ich kann jetzt niemanden sehen.«

»Ich sage es ihm.« Die Schwester ging wieder und Anna starrte aus dem Fenster in den Himmel, an dem keine einzige Wolke mehr zu sehen war.

* * *

1999, Barcelona, ein paar Tage später auf der Pfirsichplantage

Verloren stand Anna in Rafaels Zimmer, in dem so viele Erinnerungen steckten. Auf dem Bett hatten sie sich so oft geliebt, in dem Schrank lagen immer noch ein paar Klamotten von ihr. Rafael hatte seine bereits herausgenommen, nur ein T-Shirt lag zurückgelassen im untersten Fach. Anna nahm es heraus, drückte es an ihr Gesicht und roch daran. Sein unverkennbarer Duft. Sie versuchte, ihre Tränen wegzublinzeln, aber es gelang nicht.

Da klopfte es. »Anna?«, hörte sie die Stimme von Naia, die ihr vorher schon ihr Beileid ausgesprochen hatte.

»Ja?« Sie wischte sich mit dem T-Shirt übers Gesicht, ließ ihre Arme dann sinken, sodass sie da hingen wie vergessene Äpfel an einem kahlen, verschneiten Baum.

Naia trat ein. Sie hatte ihr vorher einen Tee und Pfirsichkuchen angeboten. Aber Anna hatte abgelehnt.

»Entschuldige, Anna, ich möchte dir so gern helfen.«

»Das ist lieb, aber … das kannst du nicht. Das kann keiner.«

Dass es Rafael gekonnt hätte, sprachen sie beide nicht aus. Naia hatte ihren Unmut über seine Abreise bereits zum Ausdruck gebracht. War sich aber sicher, dass es nur eine Überreaktion in seiner tiefen Trauer gewesen war und er ganz bald zu Anna zurückkehren werde. »Er liebt dich doch so sehr«, hatte sie gesagt und sich dann verbessert: »Ich meine, das hat immer so gewirkt.«

»Ist das so?«, hatte Anna geantwortet. Seit sie ihre Tochter geboren hatte, wusste sie, wie sich Liebe anfühlte. Und zwar viel mächtiger und stärker als alles, was sie zuvor gefühlt hatte.

Rafaels Rückzug tat weh und verletzte sie tief. Aber es war nichts im Vergleich zu dem Schmerz, den der Verlust von Lori in ihr hervorgerufen hatte. Endlich verstand sie die Redeweise: Es tut so weh, als reiße man jemandem das Herz heraus.

»Möchtest du nicht doch einen Tee?« Naia sah sie mitleidig an.

»Ich möchte Inez sprechen.«

»Sie ist wie gesagt nicht da, geht nicht ans Telefon, ich habe es mehrfach versucht.«

Anna hatte gehofft, sie hier zu treffen, denn auch als sie selbst ihre Freundin und Hebamme angerufen hatte, war diese nicht an den Apparat gegangen.

Naia trat einen Schritt näher. »Ich bin mir sicher, sie macht sich selbst die größten Vorwürfe, immerhin war sie deine Hebamme.«

Anna sah auf. »Ja. Der Arzt hat gesagt, es sei nicht ihr Fehler oder der der Ärzte oder Schwestern gewesen.«

»Ich bin auch so traurig wie du.« Naia fügte hinzu: »Natürlich nicht ganz so wie du als Mutter. Es tut mir aber alles so unendlich leid.« Sie bekreuzigte sich. »Möchtest du hier eine kleine Feier für Lori abhalten?«

Anna hatte schon daran gedacht. Aber was hatte es für einen Sinn, wenn nicht mal Loris Vater ihr beiwohnen würde. Sie schüttelte den Kopf, bedankte sich.

»Ich reise zurück nach Deutschland, zu meinen Eltern.«

Naia verstand, ging auf sie zu, umarmte sie und Anna spürte die echte Herzlichkeit dieser kleinen Frau. Wie würde wohl ihre Mutter reagieren? Sollte sie es ihr überhaupt erzählen? Nein, sie konnte und wollte nicht über Lori reden. Anna beschloss insgeheim, ihren Eltern nichts von ihr zu sagen, keine Schande mit nach Hause zu bringen, wie es ihre Eltern sehen würden. Sie trug eine weite Bluse, unter der man ihren erschlafften Schwangerenbauch nicht sah. Sie würde sagen, sie habe zugenommen, sei verlassen worden von ihrer großen Liebe und deshalb am Ende und brauche einfach nur Ruhe in ihrem Elternhaus.

Anna schulterte den Rucksack, den sie mit ihren letzten Sachen gepackt hatte. Denn ihr WG-Zimmer in Barcelona hatte sie schon vor Wochen aufgegeben, nur noch hier bei Rafael oder mit in seinem Zimmer in der Stadt gewohnt. Naia nahm ihn ihr ab. »Du darfst noch nicht schwer tragen.«

»Das ist doch jetzt egal.«

»Nein, ist es nicht. Du musst auf dich achten, Anna. Wir Frauen sind zwar stark und wir schaffen viel. Aber dein Körper ist verwundet, wie deine Seele. Du lebst und du musst mir versprechen, das Beste aus deinem Leben zu machen.«

Anna zuckte überfordert die Schultern. »Das kann ich dir nicht versprechen, Naia.«

»Komm mit.«

Sie traten ins Freie und sofort strömte Anna wieder dieser wundervolle Duft der blühenden Pfirsichbäume in die Nase. Naia hatte recht, das Leben bot so viele schöne Momente, aber in diesem Moment fühlte sie nur Trauer in sich.

Naia streichelte sie am Arm. »Ich habe meine Schwester bei einem Autounfall verloren. Ich habe mich gefühlt, als wäre ich fünfhundert Meter in die Tiefe gefallen. Keiner konnte mich auffangen. Und ich ließ mich hineinfallen in meine Trauer. Es ist wichtig, zu trauern. Lass dir Zeit. Jeder Mensch braucht mehr oder weniger lange. Es wird besser, aber der Schmerz geht nie weg. Das soll er ja auch nicht. Weil wir unsere Lieben immer bei uns haben. Anna, verstehst du, du wirst nie wieder allein sein. Lori wird immer bei dir sein.«

Die beiden Frauen hatten Tränen in den Augen, aber Naias Worte taten Anna gut.

Das Geräusch eines Motorrollers näherte sich. Pablo mit seinem Motorroller kam an, parkte ihn ein paar Meter weiter, zog seinen Helm herunter und blickte Anna in die Augen. Er stieg ab und kam näher. Naia stellte den Rucksack ab, ließ die beiden alleine.

»Anna. Ich … weiß nicht, was ich sagen soll. Es tut mir so leid. Ich bin für dich da, wenn du das möchtest.«

»Danke, aber … ich reise ab.«

Er sah enttäuscht aus. »Du reist ab?«

»Es ist das Beste für mich. Glaube ich zumindest. Ich weiß gerade überhaupt nichts mehr.«

Er trat zu ihr, zögerte einen Moment, nahm sie dann einfach in die Arme. Sie hatte ihn noch nie so nah gespürt, er roch verdammt gut und sie fühlte sich einen kleinen Augenblick geborgen, konnte sich anlehnen, musste die Last nicht ganz allein stemmen. Wohl deshalb dauerte die Umarmung länger als normal. Als ihr das bewusst wurde, löste sie sich.

»Nichts wird je wieder so werden wie früher. Inez lässt mich komplett hängen. Wie Rafael.«

»Aber ich lass dich nicht hängen. Ich weiß wirklich nicht, was mit Rafael los ist, wie er sich so schuftig verhalten kann. Mit mir redet er auch nicht. Und an Inez komm ich auch nicht ran, sie blockt das Thema total ab.«

»Bei mir geht sie noch nicht mal ans Telefon.« Anna atmete durch. »Ich habe hier nicht mal mehr eine Freundin. Deshalb reise ich nach Deutschland.«

»Aber du hast noch einen Freund.«

»Danke, Pablo.«

»Für immer.«

Sie überlegte. »Kannst du mich bitte nach Barcelona zum Zug fahren?«

»Natürlich.«

»Naia hat es auch angeboten, mit dem Wagen, aber sie wird ja hier gebraucht.«

»Ich mache das gern. Gut, dass ich immer einen zweiten Helm dabeihabe.«

»Ich verabschiede mich noch kurz von ihr und sag ihr, dass du mich bringst.« Anna ging ins Haus, um Naia Lebewohl zu sagen. Ganz sicher würde sie nie wieder hierherkommen. An diesen Ort, der sie an alles erinnerte.

Pablo stand schon am Motorroller und reichte ihr den Helm. »Den Rucksack musst dann leider du aufziehen, sonst funktioniert es nicht.«

»Kein Problem.«

»Warte, sitz erst mal auf, dann hebe ich ihn hoch. Du sollst jetzt nichts Schweres tragen.«

»Was habt ihr alle, es ist doch jetzt egal.«

»Nein, ist es nicht.«

Sie setzten ihre Helme auf.

Er sah sie an. Ernst. Schien zu überlegen, noch etwas sagen zu wollen, dann brach es aus ihm heraus. »Ich verstehe Inez nicht, dass sie sich nicht mehr um dich kümmert.«

Er reichte ihr seine Hand, um aufzusteigen. Sie fühlte sich warm und kräftig an. Anna saß auf, er reichte ihr den Rucksack, legte ihn ihr um. Dann setzte er sich vor sie auf die Sitzbank. »Halt dich fest, es geht los.«

Sie umarmte Pablo, dessen Oberkörper sich viel stärker und muskulöser anfühlte als Rafaels. Sofort schossen ihr wieder

Tränen in die Augen. Wie konnte Rafael nur so kalt und abweisend sein? Irgendetwas musste noch vorgefallen sein, denn normalerweise hatte er nie auf seine Mutter gehört, ganz im Gegenteil. Anna erkannte ihn nicht wieder. Hatte sie sich so in diesem Menschen getäuscht?

Die Fahrt an den blühenden Pfirsichbäumen entlang wäre unter normalen Umständen so wunderschön gewesen. Aber Anna liefen die ganze Zeit Tränen über die Wangen. Zum Glück konnte Pablo es nicht sehen. Sie musste Abschied nehmen von diesem schönen Fleckchen Land, über dem so oft die Sonne schien, der Himmel so blau erstrahlte, die Menschen so nett zu ihr gewesen waren, bisher.

Nach einiger Zeit wurde Anna müde, sie legte ihren Kopf seitlich auf seinen Rücken, so gut das mit dem Helm ging, schloss die Augen und atmete den Duft von ihm und von den vielen Pfirsichblüten ein.

15. Kapitel

2019, Aitona, Pfirsichplantage

Eine rosa Blüte lag auf dem Boden. Anna hob sie nachdenklich auf. Carina nahm wortlos ihre Hand, drückte sie. Die beiden Freundinnen gingen weiter, den kleinen Weg zwischen den Bäumen entlang. Naia hatte einen Telefontermin und Fynn wartete auf die Freundinnen am Haus. Von hier konnten sie ihn nicht sehen.

»Es ist schon so lange her«, erzählte Anna weiter. »Pablo hat mich dann zum Zug gebracht und beim Abschied hat er mich wieder lange umarmt. Ich bin gar nicht auf die Idee gekommen, dass er etwas für mich empfinden könnte. Also mehr als Freundschaft.«

Carina blieb stehen, sah Anna an. »Anna, so wie du das erzählt hast, kann es schon sein, dass da etwas nicht mit rechten Dingen abgelaufen ist. Vielleicht hat Pablo doch etwas gewusst?«

»Irgendwie glaube ich das nicht.«

»Vielleicht wollte er seine Freundin schützen. Immerhin war er damals mit Inez zusammen. Vielleicht hat sie ihn erpresst und tut es immer noch?«

Anna sah Carina ungläubig an. »Pablo ist so ein aufrichtiger Mensch, ich kann es mir einfach nicht vorstellen.«

»Weil du dich in ihn verliebt hast.«

Sie konnte ihrer besten Freundin nichts vormachen.

»Was ist nun eigentlich mit Viktor?«, hakte diese nach.

Anna seufzte. »Ich fühle mich so schlecht, auf der anderen Seite habe ich schon länger gemerkt, dass unsere Gefühle eingeschlafen sind.«

»Wieso hast du mir das nie so erzählt?«

»Weil du dann sofort gesagt hättest, ich soll mich trennen. So weit war ich aber nicht. Es gibt doch in jeder Beziehung Phasen, in denen es nicht mehr so prickelnd ist. Manchmal geht so eine Phase ja auch vorbei.«

»Das stimmt. Aber manchmal kommt auch ein schöner Spanier und man hört sein Herz endlich wieder ganz laut schlagen.«

»Ach, Carina, was soll ich denn jetzt tun? Wir schreiben uns kaum Nachrichten, seit ich hier bin. Vermutlich will er mir Zeit geben. Er schreibt höchstens so was wie: ›Alles klar? Wo hängt mein hellblaues Hemd? Kuss Viktor‹.«

Carina verdrehte die Augen. »Was du mit Viktor machst, kannst du dir nach unserem Urlaub überlegen. Bis dahin findest du heraus, wie viel dir Pablo bedeutet und vor allem, ob er damals irgendetwas verschwiegen hat.«

»Wenn es überhaupt etwas zu verschweigen gab.« Allein bei dem Gedanken, ihre Tochter könnte leben, raste ihr Puls wieder. Sie befahl sich insgeheim, ruhig zu bleiben, nicht davon auszugehen. Sich in diesen Hoffnungsschimmer nicht hineinzusteigern.

»Ja, genau. Noch ist nichts sicher.«

Die Freundinnen lächelten sich an. Sie waren am Haus von Naia angekommen. Dort saß Fynn und daddelte auf seinem Handy.

»Hey.« Carina ging zu Fynn, küsste ihn auf den Mund. Er erwiderte den Kuss zärtlich. Wie schön konnte es sein, dachte Anna.

Naia kam aus ihrem Büro. »Ich bin fertig. Ich freue mich, dass ihr mich gleich noch mal besucht. Eine Tasse Pfirsichtee? Er schmeckt köstlich.«

Carina lächelte. »Gern.«

Sie setzten sich. Anna suchte nach Worten, erzählte Naia von dem Artikel im Internet über die *bebés robados*, von ihrem Verdacht, der vielleicht absurd erscheine, aber sie werde den Gedanken nicht mehr los, ihre Lori könnte gestohlen worden sein.

Naia hörte sich das alles ruhig an, sah dann ernst in die Runde. »Wieso hast du mir das denn nicht gleich gesagt, Anna? Oh mein Gott, daran habe ich nie gedacht damals, als es in Spanien publik wurde. Aber meine Cousine Alberta sofort.«

»Deine Cousine?«, hakte Anna irritiert nach, warf Carina und Fynn einen Blick zu. »Wieso?«

Naia presste die Lippen zusammen. »Dein Verdacht, was damals geschehen sein könnte, diesen Verdacht hatte sie auch. Ihr haben sie auch gesagt, ihr Baby sei nach der Geburt gestorben. Seit das in den 2000ern an die Öffentlichkeit drang, ist sich Alberta sicher, dass ihr Sohn noch lebt. Und sie wird fast verrückt dabei. Um ehrlich zu sein, wird sie von Teilen der Familie auch als verrückt angesehen. Aber ich glaube ihr, kann ihr nur nicht helfen.«

Anna und Carina warfen sich erneut einen Blick zu. Anna schluckte. »Und warum ist sie sich so sicher?«

»Alberta wollte damals ihr verstorbenes Baby ein letztes Mal sehen. Die Ärzte haben sich erst gewehrt, aber sie hat darauf bestanden. Schließlich haben sie ihr einen toten Säugling gezeigt. Alberta ist sich aber sicher, dass es nicht ihr Kind war.«

»Was?«, hauchte Anna.

»Es hatte einen hellen Flaum, kaum Haare, sagt sie, ihres hatte schwarzes Haar. Sie haben es ihr nur ganz kurz gezeigt.«

»Nur ganz kurz, wie bei mir«, entfuhr Anna tonlos.

Carina warf Fynn einen erschrockenen Blick zu, nahm Annas Hand.

Naia fuhr aufgewühlt fort: »Sie ist dann hysterisch geworden und wurde von den Pflegern festgehalten. Sie wurde erpresst. Wenn sie weiter so etwas behaupten würde, müssten sie sie in eine Irrenanstalt stecken. Sie hat noch ein anderes Kind, das sie brauchte.«

»Wie perfide ist das denn«, entfuhr es Fynn aufgebracht.

»Viele Jahre später hat sie erfahren, dass es in manchen Kliniken so gemacht wurde, dass sie tote Säuglinge im Kühlregal aufbewahrten, um sie den Müttern zu zeigen, die keine Ruhe gaben«, erzählte Naia weiter.

Anna wurde es mit einem Mal eiskalt. Sie spürte ihre Zunge nicht mehr, wollte etwas sagen, bekam aber keinen Ton heraus. Carina drückte ihre Hand. Auch die war plötzlich kalt.

»Das ist ja grauenhaft. Tote Babys im Kühlregal? Das ist ja ein richtig mieses System!«, brach es aus Anna heraus.

»Das ist es. Das war es. Seit Franco. Aber danach ging es weiter, bis in die 90er-Jahre.«

Annas Gedanken schossen wie Blitze durch ihren Kopf. Was, wenn es wirklich nicht Lori gewesen war, das tote Baby, eingewickelt in das weiße Tuch? Sie hatte damals schon so ein seltsames Bauchgefühl gehabt. »Kann ich mit deiner Cousine reden?«

»Natürlich. Ich gebe dir ihre Nummer. Sie wohnt am Stadtrand von Barcelona, vielleicht kannst du sie treffen. Sie redet viel über ihren verlorenen Sohn, ist froh, wenn ihr noch jemand zuhört. So schlimm es klingt, irgendwann kann es keiner mehr hören. Ihr Mann hat sich von ihr getrennt.«

»Auch das noch, die arme Frau.« Carina konnte es nicht fassen.

Naia nahm ihr Handy, suchte die Nummer heraus und leitete sie Anna weiter.

Carina schüttelte sauer den Kopf. »Männer!«

»Hey«, beschwerte sich Fynn. »Wir sind nicht alle Mistkerle.«

»Nein.« Unwillkürlich fasste sie sich mit der Hand auf ihren Bauch.

Anna wurde wieder bewusst, was all das mit einer Schwangeren machen musste. Sie sollte lieber alleine recherchieren und schlug ihrer Freundin das vor, ohne die Schwangerschaft anzusprechen. Denn Fynn durfte davon ja nichts wissen. Carina wehrte ab. »Ich bin bei dir, Süße.«

»Ich helfe dir auch«, versprach Fynn.

»Danke. Aber wenn ihr mich zu Pablo bringt, das wäre total lieb. Ich muss mit ihm reden. Allein. Warum er nach dieser Nacht plötzlich so abweisend war, ob er etwas von damals weiß. Und ich muss Inez zur Rede stellen.«

»Und Rafael«, fügte Carina hinzu.

»Ja, den auch.«

»'ne Menge zu tun in den paar restlichen Tagen«, stellte Fynn fest.

»Ja, lange geht unser Urlaub nicht mehr, zur Not verlängere ich. Aber ihr, ihr sollt euren Urlaub genießen.«

»Süße, ich lass dich jetzt nicht allein.«

»Im Grunde war ich mein Leben lang allein. Danke, aber ich muss jetzt erst mal zu Pablo. Und dann versuche ich, Alberta zu treffen.«

»Okay, lass uns fahren, oder, Fynn?«

»Ja.«

Sie verabschiedeten sich von Naia, die Anna herzlich drückte. »Halte mich auf dem Laufenden, und wenn du irgendwie Hilfe brauchst, ich bin da.«

»Danke, ihr wisst gar nicht, was mir eure Unterstützung bedeutet.«

»Es tut mir leid, dass ich damals nicht mehr für dich da sein konnte«, sagte Naia leise. »Aber du wolltest es nicht, wolltest nur noch nach Hause, zu deinen Eltern, was ich auch verstanden habe.«

»Ja, mach dir keine Gedanken, Naia. Ich nehme dir nichts übel, ich hab auf deine Anrufe ja auch nicht reagiert, ich wollte mit niemandem hier mehr Kontakt haben, entschuldige.« Naia hatte mehrmals versucht, sie bei ihren Eltern anzurufen, was Anna damals rührend fand. Aber sie hatte keine Kraft gefunden, zurückzurufen.

»Überhaupt kein Problem, das dachte ich mir schon fast, als du dich nicht gemeldet hast. Es muss eine sehr schwere Zeit gewesen sein.«

»Das war es.«

Die Frauen nahmen sich in den Arm. Naia roch nach Moschus und etwas Schweiß. Sie arbeitete viel, war eine tapfere, starke Frau.

»Und grüße Alberta von mir, ich bringe ihr bald mal wieder Pfirsichkonfitüre vorbei. Ich habe ja genug eingekocht.«

»Das richte ich aus. Danke, Naia.«

»Ich hoffe, Alberta kann dir irgendwie weiterhelfen.«

»Das hoffe ich auch.«

16. Kapitel

Die Fahrt zurück nach Barcelona verlief schweigsam. Anna saß wieder auf der Rückbank, die karge, aber schöne katalanische Landschaft zog vor ihren Augen vorbei. Sie hatte Alberta gleich angerufen und ein Treffen für den morgigen Mittag verabredet.

Es war später Nachmittag, die Sonne fing bereits an unterzugehen und übergoss die Landschaft mit orangerotem Licht. Wie nah das Schöne und Schreckliche im Leben beieinanderlagen! Albertas Geschichte hatte sie zutiefst aufgewühlt. Und die Hoffnung genährt, ihre Tochter könnte leben. Aber momentan erlaubte sie sich keine weiteren Gedanken daran. Ob der tote Säugling, den ihr Schwester Magdalena damals kurz gezeigt hatte, wirklich nicht ausgesehen hatte wie Lori, konnte sie nach so vielen Jahren nicht mehr sagen. Sie hatte nicht auf Haare geachtet. Sie hatte so viele Tränen in den Augen gehabt.

Wieder sah sie auf ihr Handy. Pablo hatte sich seit der vergangenen Nacht nicht mehr gemeldet, und das verunsicherte Anna. Wusste er etwas? Schützte er seine damalige Freundin Inez? Sie musste es herausfinden.

Carina und Fynn setzten sie vor Pablos Wohnung ab. Anna wollte klingeln, ihn überraschen, damit er keine Ausreden erfinden konnte, sie nicht zu sehen. Die Zeit lief ihr davon, ihr Urlaub ging bald zu Ende. Sie wünschte den beiden einen schönen Abend.

»Und wenn er nicht da ist, meldest du dich und gehst mit uns essen und wir überlegen weiter.«

»Mach ich. Danke.«

Sie stieg aus und Carina und Fynn fuhren weiter. Sie wollten erst ins Hotel, um sich frisch zu machen, und später zum Strand, dort in ein Restaurant direkt am Meer. Ein wenig beneidete Anna sie in diesem Moment. Aber sie musste es tun, musste die Wahrheit ans Licht bringen, so schnell es ging.

Sie blickte die Hausfassade hoch zum zweiten Stock, in dem Pablo wohnte.

Anna drückte auf die Türklingel und wartete. Passanten liefen an ihr vorbei, eine Frau mit vier Kindern schimpfte auf eines von ihnen ein. Aus der kleinen Bar nebenan roch es nach gedünstetem Fisch und Knoblauch. Anna bekam Hunger.

Sie klingelte erneut. Gerade als sie ihr Handy herauszog, um ihn doch anzurufen, erklang seine tiefe Stimme aus der Lautsprecheranlage. »Hola?«

»Hola, hier ist Anna.«

Nichts geschah. Wut stieg in Anna hoch, doch dann ging der Türsummer und sie stieß die Tür auf. Sie spürte, dass sie energischer geworden war, seit sie sich auf der Suche nach der Wahrheit befand. Wie eine Löwenmutter würde sie so lange kämpfen, bis sie sicher wusste, ob ihre Tochter lebte oder nicht.

Im Treppenhaus schlug ihr kühle Luft entgegen. Rasch hastete sie die Stufen nach oben, kam dort außer Atem an. Pablo stand lässig an den Türrahmen gelehnt, er trug ein offenes weißes Leinenhemd, das seine Brust zeigte. Seine braun gebrannte, angenehm behaarte Brust. Anna ertappte sich dabei, darauf zu starren, sah ihm dann in die Augen. Seine Augen lächelten nicht, sein Gesicht sah ernst aus.

»Es tut mir leid«, begann er. Doch dann unterbrach er sich, bedeutete ihr, einzutreten.

Sie tat es, schritt an ihm vorbei, berührte ihn dabei fast, da er immer noch im Türrahmen stand. Dann ging sie weiter in den Wohnbereich, drehte sich zu ihm um. Sie musste taktisch klug vorgehen. Denn falls er etwas von damals wusste, würde er es ihr vielleicht nicht sagen, wenn sie wütend oder unfreundlich war. Sie zwang sich zu einem Lächeln. »Ich dachte, ich besuche dich einfach.«

Jetzt lächelte er auch. »Ich habe den ganzen Tag geschlafen. In meinem Alter hängt einem das ganz schön nach, so eine durchgemachte Nacht.«

»Ja«, lachte sie etwas übertrieben auf. »Wir sind ja gleich alt.«

»Setz dich doch. Möchtest du einen Wein?«

»Gern.« Sie nahm auf einem Stuhl am Küchentisch Platz, beobachtete ihn, wie er einen *vino tinto* mit einer Leichtigkeit entkorkte, als wäre der Korken mit Schmierseife ummantelt. Dieser Mann besaß Kraft – und Sexappeal. Und offenbar hatte er schon etwas getrunken.

»Es ist ein Rioja, ein edler Tropfen, der als besonders unkompliziert gilt.«

Er füllte zwei Weingläser, kam mit den Gläsern zu ihr und reichte ihr eines. Dann nahm er ebenfalls Platz, stieß mit ihr an. »Auf das Leben.«

»Auf das Leben.«

Der Wein schmeckte würzig und erdig.

»Ich mag es unkompliziert«, fügte er hinzu.

Anna verstand. Er wollte ihr damit sagen, dass er Lust auf eine Affäre hatte, aber nicht mehr. Sie war alt genug, um zu wissen, dass das für sie momentan nicht infrage kam. Nicht mit ihm. Abgesehen davon, dass sie sich in einer Beziehung befand und nicht fremdgehen wollte, ein One-Night-Stand war so gar nicht ihr Ding. Erst recht nicht mit einem Mann, für den sie bereits Gefühle entwickelt hatte.

»Verstehe.« Sie nahm erneut einen Schluck, der Wein schmeckte plötzlich bitter. Sie verstand nicht, warum Pablo erst so anders gewirkt hatte. Als hätte er sie am liebsten übermorgen heiraten wollen. Als hätte er wirklich sein Leben lang auf sie gewartet. Aber sie wagte nicht, danach zu fragen. Vermutlich hatte er schlechte Erfahrungen gemacht. Gerade in ihrem Alter hatte schließlich jeder in Liebesdingen bereits ein Päckchen zu tragen.

Im Moment wollte sie ja in erster Linie eines von ihm. Wissen, was damals geschehen war, ob etwas geschehen war und wenn ja, ob ihre Tochter lebte.

Fieberhaft dachte sie nach, während Pablo aufstand, um Musik anzumachen. Langsame, erotische Musik. Sollte sie sich ihm hingeben, um mehr aus ihm herauszufinden?

Sie fühlte sich plötzlich wie in einem dieser Filme, in denen die Heldin sich im Konflikt befindet, ob sie für eine Million Dollar mit einem Mann schläft, um dadurch irgendeine geliebte Person zu retten. Für Lori? Sollte sie es tun? Musste sie es tun, um ihre Schuld, die sie nach wie vor fühlte – mochte sie auch irrational sein –, ein klein wenig abzumildern?

Pablo setzte sich wieder zu ihr. Diesmal dichter, sodass sie seinen Atem spürte. Die Musik und der Alkohol umnebelten ihre Sinne. Wie schnell das bei ihr ging. Alkohol hatte sie noch nie viel vertragen. Dabei liebte sie Rotwein. Erst recht spanischen. Sie nahm erneut einen Schluck. Sie hasste Spanier. Sie machten sie willenlos, gefügig, anschmiegsam. Am liebsten hätte sie sich jetzt wirklich an seine Brust geschmiegt. Konnte er nicht endlich sein Hemd zuknöpfen?

Wieso hatte sie sich nicht vorher überlegt, was sie ihn fragen konnte, um ihn zum Reden zu bringen. Die meisten Männer verstummten, wenn man wichtige Themen besprechen wollte, und gerade schätzte sie dieses Exemplar genau so ein.

»Du bist wunderschön«, sagte er jetzt.

»Danke. Ich bin gerade vor allem sehr nachdenklich«, begann sie.

»Wieso das?«

»Seit ich hier bin, denke ich viel an früher.«

»Ich auch. Ich habe dich nie vergessen.«

Sie lächelte. »Ja, ich dich auch nicht. Aber vor allem denke ich natürlich an mein Baby. Und ich frage mich die ganze Zeit, ob ich etwas falsch gemacht habe.«

»Du?«

»Ja. Oder wer sonst?« Gespannt beobachtete sie ihn. Auf diese Vorlage konnte er etwas zugeben. Oder einfach erzählen. Stattdessen sah er sie nur lange an. »Du brauchst dir keine Vorwürfe zu machen.«

»Nicht?«

»Nein.«

»Was macht dich da so sicher?«

»Du bist ein guter Mensch, das macht dich so faszinierend.«

»Und wer ist kein guter Mensch?«

Atemlos wartete sie auf seine Antwort. Er rang sichtlich mit sich, nahm einen großen Schluck Wein, rückte fast unmerklich von ihr ab.

»Inez.«

Anna starrte ihn an. Er wusste etwas. Es gab etwas zu wissen. Ihr Herz klopfte, als spränge es gleich aus ihrem Brustkorb.

»Wieso meinst du das?«, flüsterte sie.

»Ich … habe mich damals von ihr getrennt, weil ich etwas mitbekommen habe.«

»Und was?« Ihre Stimme klang belegt.

Er schüttelte den Kopf, suchte nach Worten. »Deshalb habe ich mich auch nicht mehr gemeldet nach dieser Wahnsinnsnacht. Ich dachte, ich kann es verdrängen, aber es geht nicht.«

Sie ließ ihm Zeit. Er stand auf, ging zur Küchenzeile, nahm einen Apfel in die Hand, warf ihn von einer Hand zur anderen. Es fiel ihm sichtlich schwer, die richtigen Worte zu finden.

»Ich habe damals herausgefunden, dass sie für einen Arzt arbeitete.«

»Inwiefern?«

»Es ging um die Vermittlung von Neugeborenen … an Paare, die keine Kinder bekommen konnten, die bereit waren, Geld dafür zu bezahlen. Um legale Adoptionen«, fügte er rasch hinzu.

Annas Zunge fühlte sich pelzig an. Sie starrte ihn an.

Er kam wieder zu ihr, setzte sich neben sie, nahm ihre Hände. »Es klang nicht, als würde sie helfen, Babys zu stehlen. Es klang wirklich, als ob sie Adoptionen vermittelte. Aber ich weiß noch, dass ich damals schon ein schlechtes Gefühl bei der Sache hatte. Sie schwor mir, dass alles legal sei und sie Eltern glücklich mache. Und auch die armen alleinstehenden Mütter, die sich freuen würden, dass ihr Kind in guten Verhältnissen aufwachsen würde.«

Anna sog Luft ein. »Und du hast nicht nachgeforscht?«

Er schüttelte bedauernd den Kopf. »Nein. Ich war jung, so jung wie du. Naiv, gutgläubig, überzeugt, dass alles okay war.«

»Naiv wie ich.«

»Im Nachhinein ist mir klar, dass ich es hätte tun müssen. Stattdessen habe ich mich von ihr getrennt. Nicht nur deshalb, auch weil sie immer launischer wurde und … weil ich nur noch dich im Kopf hatte.«

Sein Gesicht war dem ihren so nahe. Konnte sie ihm glauben? Durfte sie ihm glauben? Seine Aussage hatte die

Wahrscheinlichkeit, dass Lori lebte, in die Höhe schnellen lassen. Hatte Inez damit zu tun?

»Nach dieser letzten Nacht mit dir habe ich mich dann so richtig in dich verliebt. Und heute Morgen wurde mir klar, dass ich es dir sagen muss, dass du mich dann von dir stoßen wirst, mich nicht lieben kannst. Weil du mir niemals vertrauen kannst.«

Wie recht er hatte. Wie gern sie ihn jetzt von sich gestoßen hätte! Aber gleichzeitig auch zu sich gezogen. Geküsst, ihn gespürt, seinen Körper an ihrem.

»Ich weiß im Moment gar nichts mehr«, flüsterte sie. Sein Gesicht näherte sich dem ihren. Er hatte zu viel getrunken und sie auch. Ihre Lippen berührten sich. Erst sanft, dann fest und leidenschaftlich. Er küsste sie ungestüm und voller Verlangen. Anna sehnte sich so sehr nach ihm, gab sich diesem Kuss hin, er zog sie hoch, umarmte sie, umschlang ihre Hüften, zog sie zu sich, sodass sie seine Erregung spürte. Atemlos machte sie sich los. Was tat sie hier? »Nicht!«

Sofort hielt er inne, schwer atmend, mit einem aufgewühlten Blick. »Was tust du mit mir, Anna?«

»Es tut mir leid, ich … bin in einer Beziehung. Das habe ich dir gesagt.«

»Ja, aber es klang nicht glücklich.«

»Manchmal weiß man das nicht mehr so genau. Ich möchte das hier mit etwas Abstand herausfinden.«

Sie standen sich gegenüber und sahen sich an. »Hilfst du mir, nach Lori zu suchen?«

»Deshalb bist du gekommen.« Es klang enttäuscht.

»Auch.«

Seine Augen leuchteten wieder. »Natürlich helfe ich dir, das habe ich dir ja schon gesagt.«

»Dann müssen wir mit Inez reden, dringend.« Sie erzählte ihm kurz von Naias Cousine Alberta, ihrem Verdacht und dass sie diese morgen Mittag treffen werde.

Er nickte. »Ich habe bereits Inez' Eltern kontaktiert. Erst wollten sie mir ihre Adresse nicht geben. Aber ich habe ihnen gesagt, dass es wichtig ist. Keine Sorge, ich habe nicht gesagt, um was es genau geht.«

»Danke.«

»Warte einen Moment.« Er ging zur Küchenanrichte, auf der sein Smartphone lag, nahm es, tippte und hielt sich das Telefon ans Ohr. »Einmal hab ich es schon versucht, vielleicht geht sie jetzt ran.«

Anna sah ihn erwartungsvoll an. Er rief hier vor ihr seine Ex-Freundin an, das war doch ein Beweis, dass er sich nichts vorzuwerfen hatte, oder nicht?

Es ging niemand ans Telefon. Pablo legte achselzuckend auf. Frustriert sah sie ihn an. Wäre ja auch zu einfach gewesen. Oder bluffte er nur, durchfuhr es Anna. »Erkennt sie deine Nummer?«

»Nein, die ist recht neu. Aber vielleicht haben ihre Eltern ihr gesagt, dass ich anrufen werde.«

»Vermutlich.«

Anna dachte fieberhaft nach. »Ich kann es ja jetzt auch noch versuchen und gebe dir dann mein Handy. Sie wird nicht denken, dass es beide Male du bist.«

»Okay.«

Er schickte ihr die Nummer, Anna speicherte sie ein und drückte auf anrufen. Sie drückte schon mal auf »laut«.

Es wurde abgenommen, schnell reichte Anna ihr Smartphone an Pablo weiter. Der räusperte sich. »Hola. Inez?«

»Sí?«

»Hier ist Pablo.«

Schweigen am Ende der Leitung.

»Was soll das?«, wetterte sie dann los. Unverkennbar Inez' Stimme, launisch wie so oft. »Spionierst du mir hinterher?«

Anna warf Pablo einen Blick zu. Gab es etwas auszuspionieren? Ihre Sinne waren geschärft.

»Nein, aber ich möchte dich treffen. Es ist schon so lang her.«

»Pablo, bist du betrunken?«

»Nein, es ist mein Ernst. Ich muss dich etwas fragen, aber nicht am Telefon.«

Stille. Anna hörte auf zu atmen.

»Ich habe viel zu tun.«

»Ja, wir alle. Aber für alte Freunde sollte man sich Zeit nehmen.«

Geschickt, dachte Anna. Inez schien zu überlegen. »Was willst du?«

»Wie gesagt, ich möchte es mit dir persönlich besprechen.«

»Brauchst du Geld?«

Er lachte auf. »Nein, wirklich nicht. Bitte. Das bist du mir schuldig.«

Wieder horchte Anna auf. Wieso war sie ihm etwas schuldig?

Inez seufzte hörbar. »Na gut. Aber viel Zeit hab ich wirklich nicht.«

»Du arbeitest im Penedès, haben deine Eltern gesagt.«

»Ja, manchmal geht das Leben seltsame Wege. Du bist Arzt geworden und ich arbeite nur als Bedienung im Weingeschäft.«

»Ja, das Leben ist manchmal seltsam.«

»Hör zu, Pablo, wenn du philosophieren willst, such dir einen Philosophierklub, aber ich …«

»Nein«, unterbrach er sie. »Du hast doch damit angefangen.«

»Nein, du!«

Anna wurde sofort klar, dass sich die beiden damals bestimmt oft gestritten hatten. Immerhin hing er dann sicher nicht mehr an ihr.

»Inez, bitte. Hast du morgen irgendwann Zeit?«

»Morgen schon? Das muss ja was Wichtiges sein.« Man hörte förmlich, wie sie neugierig wurde.

»Ja, das ist es.«

»Also gut. Um drei mach ich immer eine kleine Zigarettenpause.«

Er sah Anna fragend an. Die nickte.

»Okay, um drei auf dem Weingut.«

»Du weißt, welches?«

»Das hat mir dein Vater erzählt. Und von dem Cava vorgeschwärmt.«

»Ja, *den* mag er.« Es klang, als fühlte sich Inez von ihren Eltern nicht wertgeschätzt. Aber vielleicht interpretierte Anna da auch zu viel hinein.

Pablo verabschiedete sich und legte auf. Er sah Anna intensiv an.

»Vertrau mir.«

»Ich versuche es. Was ist das Penedès und wo liegt es?«

»Du kennst es nicht? Es ist das größte Weinanbaugebiet Kataloniens, fünfzig Kilometer südlich von Barcelona, ein schönes Ausflugsziel, man fährt ungefähr eine halbe Stunde dorthin. Je nachdem, von wo.«

»Ich habe mich damals für Pfirsiche interessiert, nicht für Wein.«

»Und für Rafael.«

In seiner Stimme klang Eifersucht mit. »Damals ja. Heute nicht mehr.« Sie wusste, dass er das hören wollte.

»Aber du willst ihn trotzdem suchen.«

»Ja, aber nur, weil ich wissen muss, was damals geschehen ist, ob etwas geschehen ist, das weißt du doch.«

»Ja, natürlich. So wie er dich damals abserviert hat, wirst du ja nicht mehr ernstlich auf ihn reinfallen.«

»Nein, das werde ich mit Sicherheit nicht.«

»Aber er war deine erste große Liebe, habe ich recht?«

»Ja. Und Inez deine.«

Wieder sahen sie sich in die Augen. Er schüttelte den Kopf. »Im Nachhinein ist mir klar geworden, dass es keine große Liebe war. Das wusste ich eigentlich schon, als ich dich kennengelernt habe.«

Er hatte sie damals schon so sehr geliebt? Ihr Herz klopfte. Wieso mussten Spanier immer so romantisch sein?

Wie gern wäre sie jetzt einfach aufgestanden, wäre zu ihm gegangen und hätte ihn geküsst. Wieso musste er nur so sexy aussehen? Der Alkohol machte sie eindeutig willenlos. Und erregt. Anna, du wirst es bereuen, sagte sie sich. Er kam näher. Die Musik im Hintergrund lief, alles war perfekt. Nein, war es nicht. Was, wenn er wirklich mit dem Verschwinden ihres Babys zu tun hatte, rief sie sich verzweifelt in Erinnerung. Sie musste es erst herausfinden, und auch, was sie noch für Viktor empfand. »Ich … muss jetzt gehen«, presste sie hervor.

»Wirklich?«

»Ja, wirklich.«

Er nickte verständnisvoll. »Dann musst du das wohl.« Er fuhr sich durchs Haar.

»Soll ich dich zu deinem Hotel bringen?«

»Nein, das musst du nicht.«

»Ich weiß, ich möchte es aber. Nachts weiß man nie. Und ein Taxi in diesen Gassen ergibt keinen Sinn.«

»Also gut.«

Die frische Luft ernüchterte ein wenig, aber seine Nähe verursachte ein Kribbeln in ihrem Bauch. Es durfte nicht sein. Sie musste es sich immer wieder sagen. Trat extra einen Schritt zur Seite, um ihm nicht zu nahe zu sein, um nicht seine Hand zu nehmen, was sie jetzt so gern getan hätte. Die köstlichen Gerüche von Fisch und gegrilltem Fleisch strömten ihr aus

Restaurants entgegen. Anna verspürte einen riesigen Hunger, wollte jetzt aber nicht mit Pablo essen gehen. Einige Touristen und Einheimische waren schön zurechtgemacht in den Gassen Barcelonas unterwegs. Lachen und Stimmengewirr drangen aus den Bars, das Nachtleben von Barcelona hatte begonnen. Anna liebte dieses nächtliche Flair dieser Stadt. Die Spanier zogen viel später los als die Deutschen und blieben entsprechend lange aus. Dieser Rhythmus kam ihr sehr entgegen, sie hatte es noch nie verstanden, warum in München die Bars und Restaurants so früh schlossen.

Pablo erzählte von Inez' Eltern, zu denen er damals einen guten Draht gehabt hatte. Seitdem hatte er so gut wie nie mit ihnen zu tun. Bei diesem Telefonat, als er nach ihrer Tochter gefragt hatte, hatte ihr Vater abweisend gewirkt.

»Aber warum?«, hakte Anna sofort nach.

»Ich weiß es nicht. Ich nehme an, sie sind enttäuscht, dass aus ihr keine Ärztin geworden ist, dass sie ihr Studium nicht durchgezogen hat wie ich. Vielleicht haben sie sich mit ihr auch verstritten. Er wollte erst nicht, dass ich sie kontaktiere.«

»Schade, wenn es solche Unstimmigkeiten zwischen Eltern und Kindern gibt.« Anna dachte an ihre eigenen Eltern, die auch nicht immer verstanden, wie Anna lebte. Ihre Eltern waren sehr konservativ erzogen worden und erwarteten diese Einstellung auch von Anna. Die »wilde Ehe« mit Viktor gefiel ihrem Vater gar nicht. Nur die Tatsache, dass Viktor ein gut verdienender Anwalt war, brachte ihn zum Schweigen. Und die Hoffnung, dass sie endlich heiraten würden. Aber dieses Thema hatten beide bisher ausgespart. Anna war das sehr recht gewesen und in diesem Moment fragte sie sich, ob das nicht schon ein frühes Anzeichen dafür gewesen war, dass sie ihn nicht unendlich liebte. Natürlich musste man heutzutage nicht verheiratet sein, zu viele Ehen gingen schief, lieben konnte man sich auch ohne Trauschein. Aber ein sehr großes Liebesbekenntnis war es einfach doch, wenn man gefragt wurde oder es sich wünschte. Anna sah Pablo von der Seite an und mit einem Mal wurde ihr klar, dass sie sich mit ihm alles vorstellen konnte. Dadurch, dass sie ihn von damals kannte, kam er ihr so vertraut vor, und durch seine fürsorgliche Art fühlte sie sich geborgen. Dazu sah er sexy aus und in seinen Blicken loderte die Leidenschaft.

»Was schätzt du, wann bist du bei dieser Cousine von Naia fertig?«

»Wir sind um zwölf Uhr verabredet, ich weiß es nicht.«

»Soll ich mitkommen?«

»Nein, danke, Carina, meine Freundin, kommt mit.«

»Soll ich dich dann um vierzehn Uhr mit meinem Moped abholen, um zu Inez zu fahren?«

»Du hast noch dein Moped?«

»Nicht das von damals. Ein anderes.« Er lächelte. »In Ordnung? Und dann fahren wir in die Weinberge. Der Blick aufs Meer von dort ist gigantisch, es ist ein schöner Ausflug. Und ich hoffe, wir erfahren von Inez etwas, was dich weiterbringt.«

»Sehr gern. Das hoffe ich auch.«

Als sie vor ihrem Hotel ankamen, nahm er sie an den Armen, zog sie zu sich und umarmte sie einfach ungestüm. Ihr Verstand setzte aus. »Küss mich«, dachte Anna erregt, aber eine andere Stimme in ihr schrie: »Nein, tu es nicht!«

Sie löste sich rasch aus seinen Armen. »Wir sehen uns morgen.« Dann ging sie ins Hotel und atmete, nachdem sich die Tür geschlossen hatte, erst mal durch. Es war ein Spiel mit dem Feuer. Er war damals mit ihrer Hebamme Inez zusammen gewesen, es konnte durchaus sein, dass er mehr wusste, als er vorgab.

17. Kapitel

»Ich traue deinem Pablo leider nicht«, stellte Carina nach Annas Erzählung fest. Die Freundinnen frühstückten in der Sonne in einem kleinen Café im Stadtviertel Born, im Café Alsur. Ein modernes Café, mit Terrasse und Sitzkissen in den Fenstern. Anna rührte nervös in ihrem Kaffee.

»Wenn etwas an der Sache dran ist, dann trägt er eine Mitschuld«, stellte Carina fest. »Selbst wenn er nichts getan hat, hat er zumindest etwas gewusst. Vermutlich hat er sich deshalb von Inez getrennt.«

Anna sah sie traurig an. »Dasselbe hab ich auch schon gedacht. Aber noch wissen wir ja gar nicht, ob sie mir Lori gestohlen haben. Vielleicht verrenne ich mich da ja in was. Nur weil es anderen Frauen in Spanien so erging, muss es ja nicht mir passiert sein.«

»Natürlich nicht.« Carina sah Anna mitleidig an. »Aber falls es so war … stell dir das mal vor.«

»Was glaubst du, was ich die ganze Zeit tue! Ständig denke ich daran, stelle mir vor, wie es ist, wenn sie lebt. Wie sie aussieht, wie sie von der Art her ist. Ob sie mich überhaupt sehen will.«

»Ach, Anna. Ich kann dich so gut verstehen. Jetzt, wo ich selbst ein Baby bekomme, vielleicht noch mehr. Und es ist eine schreckliche Situation. Erst recht, dass der Mann, in den du dich verliebt hast, etwas damit zu tun haben könnte.«

»Es darf nicht sein.«

»Wir müssen es herausfinden.«

»Du kommst mit zu Naias Cousine Alberta, richtig?«

»Natürlich. Fynn erkundet so lange alleine die Stadt oder legt sich an den Beach.«

»Du hast noch gar nicht viel über deinen Abend mit ihm erzählt. Nur, dass es ›sooo schön‹ war.«

»Ja, das war es. Aber wir beide hatten ja gerade wichtigere Themen zu besprechen.«

»Deine Themen sind auch wichtig.«

»Danke, Süße.«

»Also?«

»Was also?«

»Verliebt?«

»Verknallt auf jeden Fall. Aber du weißt ja, ich bin ein gebranntes Kind, was Männer betrifft. Und dann noch ein schwangeres gebranntes Kind.«

»Er weiß noch nichts, richtig?«

»Und das soll auch so bleiben, solange wir hier sind. Wenn er mich danach noch sehen will, erfährt er es. Und dann war es das vermutlich eh. Aber solange wir hier im Urlaub sind, genieße ich.«

»Schön. Und gut, dass du das kannst.«

»Ich hoffe, ich kann es.«

Anna nahm einen Schluck Kaffee. »Ich hoffe so sehr, von Alberta einen Hinweis zu bekommen, wie ich der Wahrheit auf die Spur kommen könnte.«

»Das wirst du sicher.«

»Und dann, was ich Inez am klügsten fragen muss, um alles zu erfahren.«

Die Freundinnen überlegten sich Fragen, aber so richtig eindeutig, um Inez zu überführen, fiel ihnen keine ein. »Ich hätte mehr Krimis gucken sollen. Um zu wissen, wie man den Täter im Kreuzverhör zum Reden bringt«, stellte Anna seufzend fest.

»Mach es aus der Situation heraus und vor allem aus dem Bauch heraus. Wir Frauen haben ein gutes Bauchgefühl, wir müssen nur öfter darauf hören.«

Zu Alberta fuhren sie mit der Metro. Nach ungefähr fünfzehn Minuten Fußmarsch kamen sie in der Avinguda de Navarra an, einer Straße am Stadtrand von Barcelona, in der Alberta wohnte. Hier hatten sie sich mit ihr verabredet. Das Haus sah aus, wie die meisten etwas heruntergekommenen Mietshäuser in Spanien am Stadtrand aussahen. Der Putz blätterte ab, grüne, halb herunterhängende Fensterläden, Wäsche auf den Leinen vor dem Fenster, vereinzelt ein paar Geranien. Anna fand das Klingelschild, drückte darauf, nannte ihren Namen. Alberta sagte sofort, dass sie runterkomme. Vermutlich wollte sie die beiden nicht in ihrer einfachen Bleibe empfangen.

Kurz darauf trat eine etwas füllige Spanierin in Naias Alter aus dem Haus. Sie trug ein schwarzes Kleid, hatte ihre Haare zu einem Knoten geschlungen, ihr Gesicht sah blass aus. »Hola, ich bin Alberta.«

»Hola, ich Anna und das ist meine Freundin Carina.« Sie gaben sich die Hand.

»Ich spreche ein wenig schlechtes Deutsch, ich habe als junge Frau eine Zeit lang in Deutschland gelebt.«

»Wie schön.«

»Ja, danke, dass ihr euch für meine Geschichte interessiert. Sonst tut es nämlich schon lange keiner mehr. Wollen wir an den Strand gehen? Er ist nur zehn Minuten entfernt.«

»Sehr gern.«

Der Weg zum Strand führte sie durch Seitengassen, in denen es wundervolle kleine Bistros und Geschäfte gab. In einem konnte man Blumen kaufen, in anderen Obst, Fisch, oder Gebäck.

Alberta ging durch eine Gruppe Passanten vor.

Carina hakte sich bei Anna ein. »So lernen wir gleich noch das typische Spanien der Einheimischen kennen.«

»Das stimmt.« Aber Anna hatte gerade nicht wirklich Sinn für das Pittoreske der Gassen. Sie dachte unentwegt an das, was sie gleich erfahren würde, an das Leid dieser armen Frau, an die Möglichkeit, dass Lori lebte.

Als sie die Passantengruppe hinter sich gelassen hatten, drehte sich Alberta zu ihnen, ging neben den Freundinnen, erzählte, wie sehr sie sich damals auf ihr Baby gefreut hatte. Ein Junge sollte es werden, ihr Mann kaufte sofort Jungenspielzeug, als er das vom Arzt gehört hatte. Überglücklich war er, dass sie ihm nach der Tochter noch einen Sohn schenken würde. »Mein Cristobal hat sich immer einen Jungen gewünscht. Er wollte mit ihm Fußball spielen, ihn mitnehmen ins Stadion, ihm das Fischen beibringen.«

Inzwischen waren sie am Strand angekommen. Es herrschte wenig Betrieb, da es zu dieser Jahreszeit zu kalt zum Baden war. Aber Strandspaziergänger genossen die Sonne und den Sand unter ihren Füßen.

Ein Café mit Blick aufs Meer lud zum Verweilen ein und Alberta steuerte genau dorthin. »Hier gibt es den besten Café solo in Barcelona.«

»Na, das klingt doch gut«, sagte Carina. Sie setzten sich. Anna war still geworden, merkte selbst, dass sie fast verstummte. Ihre

Angst vor Albertas Geschichte wuchs, Angst davor, Parallelen zu erkennen. Gleichzeitig Hoffnung, die dennoch zerstört werden konnte. Denn natürlich war es Albertas Geschichte, nicht ihre.

»Dario wollten wir unseren Sohn nennen. Nach dem Großvater meines Mannes. Vor der Geburt hat mein Arzt nie etwas Merkwürdiges feststellen können. Der Junge schien gesund und munter zu sein, entwickelte sich prächtig. Die Geburt war, wie eine Geburt eben so ist. Schmerzhaft, langandauernd, schrecklich.«

Anna warf Carina einen besorgten Blick zu. Sie hatten Alberta nicht gesagt, dass Carina schwanger war. Vielleicht sollten sie das tun. Carina dachte wohl dasselbe.

»Alberta, bitte keine detaillierten Geburtshorrorszenarien, ich bin schwanger und hab wahnsinnigen Respekt vor einer Geburt. Wie kann eine Wassermelone jemals durch so eine kleine Öffnung flutschen.«

Alberta lachte. »Ja, das ist ein Wunder der Natur. Willst du vielleicht ein bisschen am Strand entlanggehen?«

»Nein, nein. Ich möchte für meine Freundin da sein.« Carina nahm Annas Hand. Sie spürte immer sofort, wenn es ihr nicht gut ging. Wieder einmal wurde Anna klar, was für eine tolle Freundin Carina war.

Der Ober brachte den bestellten Café solo, einen entkoffeinierten Kaffee für Carina, und Alberta hatte nicht zu viel versprochen. Der Café solo war klein, schwarz und sehr stark. Im Moment genau das Richtige. Denn je mehr Alberta erzählte, umso mehr hatte Anna das Gefühl, ihr Kreislauf würde zusammenbrechen. »Mein Dario hatte volles schwarzes Haar und helle blaue Augen, von seinem Großvater. Wie er mich angesehen hat, das werde ich nie vergessen. Diese winzigen Hände und Füße, der kleine Mund. Ich habe mich sofort in ihn verliebt. Und Cristobal genauso. Er hat seine Mama angerufen, ihr stolz verkündet, dass er jetzt auch noch einen Sohn habe. Und dann ist die Schwester gekommen und wollte ihn mitnehmen.«

»Wie bei mir«, flüsterte Anna aufgewühlt. Wieder kamen ihr die Bilder in den Kopf, die Bilder von ihrer Lori, wie sie in ihren Armen lag und sie anblickte. Sie hatte immer gedacht, Neugeborene hätten die Augen geschlossen, aber Lori hatte sie angeblickt und diesen Blick würde sie niemals vergessen. Und Alberta war es mit ihrem Dario offenbar genauso ergangen.

Alberta kamen die Tränen, als sie weitererzählte, und auch Carina und Anna mussten um ihre Beherrschung ringen. »Sie haben mir ein totes Baby gezeigt, aber es hatte kaum Haare, nur ein paar, nicht so viele wie mein Dario. Danach haben sie mich als überspannt bezeichnet, mir damit gedroht, mich in eine Anstalt zu stecken.«

Anna erinnerte sich an Viktors Worte: »Du bist überspannt, es kann nicht sein.«

Wie schrecklich, wenn einem keiner glaubte, nicht einmal der eigene Partner!

»Cristobal hat schon immer alles geglaubt, was man ihm gesagt hat, er hat es in seinem Schmerz nicht angezweifelt, hat sich für mich geschämt, dass ich so herumschrie, dass ich nicht akzeptieren konnte, dass unser Kind gestorben war. Dass ich den Herren Doktoren, den Göttern in Weiß, so etwas unterstellte.« Alberta hielt inne, wischte sich die Tränen mit einem Stofftaschentuch weg, sah Anna an. »Hat der Vater deines Kindes für dich, für euer Baby, gekämpft?«

Anna schüttelte betreten den Kopf. »Er hat mich kurz darauf verlassen, war nicht für mich da.«

Alberta bekreuzigte sich kopfschüttelnd.

Carina fügte hinzu: »Und deshalb wollen wir ihn auch finden. Um ihn zur Rede zu stellen.«

»Das ist gut. Aber dabei kann ich euch sicher nicht helfen.«

»Nein. Aber deine Geschichte macht uns klar, dass es wirklich geschehen sein kann. Das, was so unfassbar ist, das, was man wirklich kaum glauben kann. Dass das in diesem wunderschönen Land geschehen ist.«

»Es gibt viele Mütter, die sich sicher sind. Einige wenige haben ihre Kinder auch nach vielen Jahren wieder in ihre Arme schließen dürfen. Es gibt Vereinigungen, zum Beispiel SOS Bebés robados, die dich bei der Suche unterstützen. Dort findest du viele, die die gleichen Gedanken plagen. Allein das hilft. Das Gefühl, damit allein zu sein, weil einem kaum einer glaubt, ist schrecklich.«

»Das ist es.«

Wieder nahm Carina ihre Hand. Anna wandte sich lächelnd an sie. »Danke, dass du es tust.«

Alberta fuhr fort: »Oft waren es Ordensschwestern, die den Müttern die Kinder weggenommen haben, unter dem Deckmantel der Religion.«

»Wie kann das sein? Wieso sollte ihr Gott das wollen?«, echauffierte sich Anna. Auch wenn ihre Eltern sehr gläubig waren, sie selbst war es nicht.

Alberta fuhr fort: »Katholische Nonnen und Priester wollten verhindern, dass die Kinder ›in Sünde‹ aufwachsen. Und als Sünder haben sie unverheiratete Mütter, Kommunisten und Sozialisten gesehen. Unser früherer Diktator Franco hat diese Praxis gedeckt. Und danach ging es weiter. Ungefähr 2011 kam das Ganze erst so richtig ans Licht. Ihr könnt nicht glauben, was hier in Spanien los war. Aber man hat die Täter nicht drangekriegt, weil das, was unter Franco geschehen ist, nach spanischem Recht verjährt war. Es gab ja nach dem Ende der Diktatur ein Amnestiegesetz. Es sollte einen friedlichen Übergang zur Demokratie ermöglichen. Aber nach internationalem Recht ist das Kinderraub, da hat man juristisch noch eine Chance. All die

Jahre wurde das alles vertuscht und verschwiegen. Viele Mütter haben ihre Kinder bis heute nicht gefunden.«

»Schrecklich, einfach nur schrecklich«, sagte Anna tonlos. »Und vorher war es kein Thema?«

»Doch, 1985 hat die Zeitung ›El País‹ zum ersten Mal über Mütter berichtet, die behaupteten, ihre Kinder seien ihnen in der Franco-Zeit geraubt worden. Aber die Recherchen verliefen damals ergebnislos. Die Behörden leiteten keine Untersuchungen ein, weil sie keine Belege dafür sahen und auch keine Zeugenaussagen vorlagen. Den Frauen hat man einfach nicht geglaubt. Vielleicht, weil sie Frauen nicht sehr ernst nahmen. Und weil meist Ordensschwestern das Gegenteil behaupteten, denen hat man natürlich mehr geglaubt. So ging es auch Müttern, deren Babys nach Franco gestohlen wurden. Es gab oft einfach keine Beweise und die Kirche hat viel vertuscht.«

»Puh, es ist viel geschehen in der Geschichte im Namen der Kirche. In vielen Ländern.«

»Das ist auch ein Grund, warum ich früh aus der Kirche ausgetreten bin«, fügte Carina hinzu. »Diese Heuchelei, und alles im Namen Gottes.«

Anna dachte nach. »Und wie hat diese Organisation den Frauen geholfen, ihre Kinder zu finden?«

»Es gibt Datenbanken. Darin wird die DNA der Mütter gespeichert und die der Kinder, die nach ihren leiblichen Müttern suchen. Mein Dario sucht noch nicht nach mir. Zumindest nicht auf diesem Weg. Aber ich gebe die Hoffnung nicht auf.«

Anna hatte von diesen Datenbanken bereits bei ihrer Recherche gelesen, hoffte durch Alberta mehr zu erfahren. »Davon habe ich gelesen. Das heißt dann, wenn Lori noch lebt, dass sie nach mir suchen müsste, um mich über eine dieser Datenbanken zu finden.«

»Ja.« Alberta sah sie mitleidig an. »Die Wahrscheinlichkeit ist gering, ich weiß. Vielleicht ahnt sie gar nicht, dass sie zwangsadoptiert wurde. Aber es ist ein Strohhalm.«

»Auf jeden Fall.«

Carina sah Anna an. »Vielleicht sucht sie ja nach dir, Süße. Seit Jahren.«

Annas Magen zog sich zusammen. Das wäre so wunderbar gewesen. Sie verabredeten sich für den frühen Abend wieder mit Alberta, die mit ihnen zum Büro von SOS Bebés robados in Barcelona gehen wollte. »Ich kenne ein paar Frauen dort, da geht es schneller.«

»Das wäre toll.« Anna erinnerte sich an einen Fall, über den sie bei ihrer gestrigen Recherche kurz vor dem Einschlafen noch gelesen hatte und der ihr große Hoffnung gab: »Manchmal soll es ja sogar Unterlagen in den Krankenhäusern geben. In einem Fall war sogar die Vermittlungsgebühr von 100 000 Peseten verzeichnet. Für die Summe konnte man damals einen Kleinwagen kaufen.«

Alberta nickte und bestätigte bitter. »Ein Baby war ihnen so viel wert wie ein Auto. Diese Geschichte kenne ich auch. Es war unter Franco. Aber die jüngeren Fälle, in den 90ern, darüber gibt es in den Krankenhäusern leider keine Unterlagen. Es war ein kriminelles System, die Ärzte haben natürlich alles getan, um es zu vertuschen. Das haben mir die anderen Frauen, die Kinder aus den 90ern suchen, bestätigt. Akten sind im Reißwolf gelandet, wurden gefälscht.«

Enttäuscht sah Anna sie an. Wieder ein Rückschlag. Aber sie gab nicht auf. Hatte noch etwas gelesen, das ihr die letzte Nacht keine Ruhe gelassen hatte. Carina wollte sie damit eigentlich nicht aufwühlen, aber jetzt ging es nicht anders: »Ich habe gelesen, dass die Kinder oft in kleinen weißen Särgen beigesetzt worden sind. Es gab einen Fall, wo die Mutter nach Jahrzehnten gerichtlich eine Exhumierung erstritten hat. Als der Sarg geöffnet wurde, stellte sich heraus, dass dieser leer war.«

»Wie gruselig«, sagte Carina kopfschüttelnd. »Mir ist schlecht. Ich brauche etwas zu essen.«

»Ich bekomme jetzt keinen Bissen hinunter«, erklärte Anna. »Aber bestell dir gern etwas.«

»Möchtest du auch etwas, Alberta?«

»Nein, danke.«

Carina stand auf und ging zur Theke, wollte sehen, welche Tapas sie dort anlachten.

Alberta beugte sich zu Anna. »Bei mir gab es wohl keinen Sarg. Nicht einmal eine Beerdigung habe ich bekommen. Aber wenn du eine hattest, dann lass den Sarg öffnen.«

Anna fühlte sich, als habe ihr jemand jegliche Energie genommen. »Ich weiß nicht, was sie mit Lori gemacht haben. Mein Freund hat mir damals gesagt, dass sie verbrannt worden sei. Ich habe auch nie eine Beerdigung bekommen. Kein Sarg.«

»Mein armes Kind. Ich weiß genau, wie du dich fühlst. Aber gib nicht auf. Deine Lori lebt, da bin ich mir sicher. Es klingt alles genau so wie bei den anderen Frauen. Und einige haben ihre Kinder wiedergefunden.«

»Ich gebe nicht auf. Auf keinen Fall. Ich muss wissen, was damals geschehen ist.«

Alberta fiel noch etwas ein. »2008 hat ein Richter es zum ersten Mal gewagt, die Verbrechen der Franco-Diktatur zu untersuchen. Baltasar Garzón hieß er. Stell dir das mal vor. Erst 2008! Und deshalb wurde er vom Dienst suspendiert. So sieht es hier aus. Es gibt keinerlei Bereitschaft, aufzuarbeiten, welches Unrecht unter Franco geschehen ist. Unter seiner Diktatur, während des spanischen Bürgerkriegs, verschwanden über 110 000 Menschen, sie wurden verfolgt, getötet, verscharrt. Die Täter dieser Verbrechen mussten sich nie verantworten, weil 1977 ja das Amnestiegesetz in Kraft trat. Es ist eine Mauer des

Schweigens. Das ist unser Problem, weshalb auch wir Mütter nicht weiterkommen und unsere gestohlenen Babys von damals nicht finden.«

»Mauern sind dazu da, um sie zu überwinden.«

»Das hast du gut gesagt. Ich wünsche es dir so sehr, dass du mehr herausfindest.«

»Danke.«

»Deine Lori wurde ja später gestohlen. Wenn du die Täter herausfindest, kannst du sie auf jeden Fall anzeigen. Und dann bekommen sie ganz sicher eine Strafe.«

»Im Moment will ich nur eines: Lori finden. Zur Not schalte ich einen Privatdetektiv ein, wenn ich wieder in Deutschland bin«, fügte Anna entschlossen hinzu. »Dafür fehlt mir zwar das nötige Kleingeld, aber ich würde auch einen Kredit aufnehmen für Lori. Wenn ich nicht selbst noch etwas herausfinde, solange ich hier in Spanien bin.«

»Sehr gut. Ich hoffe es mit dir und unterstütze dich, wo ich kann.«

Anna bedankte sich. Carina kam mit einem Schälchen Tapas zum Tisch. *Almendras fritas*, in Öl geröstete und gesalzene Mandeln. »Wollt ihr ein paar?«

»Oh, kurz kosten. Aber ich will eigentlich am liebsten gleich los. Zu Pablo und dann zu Inez.«

»Ach ja, so spät schon. Irgendwie rast die Zeit. Wir futtern schnell die köstlichen Mandeln und los geht's.«

Anna nahm eine Mandel und biss hinein. Sie schmeckte köstlich. Und plötzlich kam ihr eine Idee, wie sie Inez dazu bringen konnte, die Wahrheit zu sagen.

18. Kapitel

Die sanfte Hügellandschaft des Penedès flog an ihnen vorbei. Anna saß hinter Pablo auf dessen Motorrad, hatte ihre Arme um ihn geschlungen und der Geruch von Lederjacke und Pablo wehte in ihre Nase. Der Helm zwackte ein wenig, aber das machte nichts, denn sie spürte diesen Mann, und die Hoffnung, mehr über das Geschehen nach der Geburt zu erfahren, erfüllte sie.

Es durfte nicht sein, dass er etwas gewusst hatte. Falls das Unfassbare wirklich geschehen war.

Weit und offen wirkte die Landschaft des Penedès, das sich auf halbem Weg zwischen Barcelona und Tarragona befand. Das Weinanbaugebiet schmiegte sich zwischen die Küste und die Berge der Cordillera Prelitoral. Der Wein wurde verwöhnt von mediterraner Sonne und der sanften Brise des Mittelmeers.

Sie fuhren an beschaulichen Dörfern und Städtchen vorbei, deren Kultur laut Pablo seit Jahrtausenden untrennbar mit dem Weinbau verbunden war. Anna mochte ja Wein, besonders den spanischen, ihre Zeit damals als junge Frau in Spanien hatte sie geprägt. Viel mehr, als sie anfangs in dieser aufregenden, für sie neuen Stadt gedacht hätte. Wieder zog sich ihr Magen zusammen, wie er es ständig tat, seit sie insgeheim hoffte, dass Lori irgendwo lebte. Konnte er nicht schneller fahren?

Aber Pablo schien ein gemütlicher Motorradfahrer zu sein. Oder fuhr er nur ihretwillen so langsam? Vielleicht kam es Anna, der es jetzt nicht schnell genug gehen konnte, Inez zu treffen, auch nur so vor. Endlich lenkte er das Motorrad nach Vilafranca del Penedès, wie Anna anhand eines Ortsschildes sehen konnte. Inzwischen gab es fast nur noch Weinreben um sie herum, vereinzelt ein paar knorrige, alte Bäume. Die Sonne schien und ließ die Weinblätter leuchten. Kein Wunder, dass der Wein hier besonders gut wuchs, das mediterrane Klima schien dafür perfekt zu sein.

Pablo verlangsamte seine Fahrt und hielt am Straßenrand, neben den Weinreben, an. Er nahm seinen Helm ab, drehte sich etwas zu ihr und sah sie ernst an. »Anna, ich hoffe, ich kann dazu beitragen, dass du herausfindest, ob damals etwas so Schreckliches geschehen ist.«

Anna sah ihn an, nahm auch ihren Helm ab und schüttelte ihr Haar. Und der Klumpen in ihrem Magen fühlte sich plötzlich kleiner an. »Danke, dass du mir hilfst.«

»Das ist doch selbstverständlich.«

»Nein, das ist es eben nicht.«

Pablo stand ihr bei, fühlte sich in ihre Situation ein. Genau das hatte sie von ihrem Partner, von Viktor erwartet, genau das hatte er, wenn sie darüber nachdachte, so gut wie nie getan. Es galt immer nur, was ihn beschäftigte, worin sie ihm helfen konnte. Im Grunde hatte sie sich wirklich die meiste Zeit in ihrer Beziehung mit ihm allein und einsam gefühlt. Dies wurde ihr hier unter der Sonne Spaniens inmitten dieser Weinreben erschreckend klar. Pablo dagegen gab ihr das Gefühl, für sie da zu sein. Hoffentlich tat er das nicht nur, um von einer

Beteiligung damals abzulenken, durchfuhr es sie. Wie gern hätte sie ihm zu hundert Prozent geglaubt. Wie sehr würde es schmerzen, wenn sich sein Engagement als perfides Spiel herausstellte, wie es Carina genannt hatte. Sie, die von Männern schon so oft enttäuscht worden war, vermutete in ihnen immer erst mal schlechte Absichten. Anna hoffte sehr, dass sich dies bei Carina durch Fynn, der ein wirklich netter Kerl zu sein schien, ändern würde. Hoffentlich schaffte es Carina, sich ganz auf ihn einzulassen. Dann würde sich für die Entfernung München–Stockholm und ihr Baby sicher eine Lösung finden lassen. Fynn mochte Kinder, das hatte sie gesehen, als er mit einem kleinen Mädchen in Barcelona geschäkert hatte. Sofort dachte sie wieder an Lori. Wie sie wohl ausgesehen hatte in dem Alter? Durfte sie sich solche Gedanken jetzt schon erlauben? Noch war nichts sicher.

»Können wir weiter?«, fragte sie Pablo rasch. Sie musste es endlich wissen.

»Natürlich. Ich dachte nur, du brauchst vielleicht ein paar Minuten, um dich zu sammeln. Die Natur heilt, und von hier hat man einen ganz besonderen Blick.«

Er deutete in Richtung Meer. Anna folgte seinem Blick und tatsächlich beruhigte sie das Meer, wie es das schon immer getan hatte.

»Danke. Du hast recht, es hat jetzt gutgetan.«

»Dachte ich mir.« Dieser Mann schien einfühlsamer, als sie anfangs geglaubt hatte. Aber ein leiser Zweifel blieb. Anna beschloss, solange nichts klar war, auf der Hut zu sein, sofern das überhaupt noch ging. Ihre Gefühle spielten in seiner Gegenwart verrückt, prallten mit ihrer Hoffnung und der Sehnsucht nach Lori zusammen, die sie fast um den Verstand brachte.

»Aber bitte, Pablo, lass uns jetzt zu Inez fahren.«

Er nickte, setzte seinen Helm wieder auf, sie tat es ihm gleich. Dann drehte er sich um, startete die Maschine und fuhr an den Weinreben entlang weiter.

An einer wunderschönen alten Villa, die mitten in den Hügeln der Weinstöcke lag, kamen sie an. Pablo hielt, nahm seinen Helm ab und bedeutete Anna, als Erste abzusteigen. Dazu nahm er ihre Hand und half ihr. Natürlich hätte sie es selbst gekonnt, aber sie genoss die galante Art dieses Mannes. Dann setzte auch sie den Helm ab, versuchte, ihr Haar mit der Hand etwas aufzuplustern. Vermutlich lag es jetzt platt an ihrem Kopf und sie sah aus wie eine Robbe. Dennoch schaute er sie so verzückt an, als wäre sie das Schönste, was er je gesehen hatte.

»Was für eine traumhafte Villa«, entfuhr ihr.

»Hier im Penedès gibt es mehrere solch schöner Weingüter, in denen Weinverkostungen und Touren durch die Weinberge angeboten werden. Dieses hier kenne ich allerdings nicht.«

»Dann lernen wir es kennen. Es sieht wirklich malerisch aus.« Sie blickte auf ihre Handyuhr. »Komm. Es ist schon kurz vor drei, Inez meinte ja, um drei könne sie eine kurze Pause machen.«

»Ja.«

Ganz entgegen ihrer Art ging Anna vor. Der Weg aus kleinen Kieseln führte sie zum Eingang der altehrwürdigen Villa. Ein Schild wies die Besucher an, wo es zur Weinverkostung ging. Vor einem Nebengebäude stand ein Weinfass, darauf eine Flasche Wein und ein paar Gläser. Unter einem Dach von Weinreben befanden sich Tische und Stühle.

Wie idyllisch und einladend das alles wirkte! Es saßen zwei Touristenpärchen da, zu dieser Jahreszeit schien nicht viel los zu sein. Sie nippten an ihren Weingläsern und unterhielten sich.

Nun trat Inez, zwanzig Jahre älter wie sie alle, aus der Tür des Gebäudes, erkannte Anna sofort, sah sie schockiert an, blieb unwillkürlich stehen. Das sagte alles, oder nicht? Oder hatte sie nur ein schlechtes Gewissen, sich damals nicht mehr um sie gekümmert zu haben? Auch Inez hatte ein paar Kilos zugelegt, trug schulterlange Haare, in denen weiße Strähnen sichtbar waren. Die Schönheit von damals war etwas verblichen. Sie hatte eine weiße Schürze umgebunden, starrte Anna blass an. Anna hielt ihren Blick, beide Frauen sagten kein Wort und auch Pablo schwieg. Inez löste sich aus ihrer Starre, ging ihnen bemüht normal entgegen. Anna warf Pablo einen Seitenblick zu. Er hatte seine frühere Liebe auch seit damals nicht mehr gesehen. Flammten in ihm wieder Gefühle auf, obwohl er sich damals von ihr getrennt hatte? Zu oft hatte man davon gehört. Aber er wirkte überhaupt nicht angetan von ihr, im Gegenteil. Sein Blick wirkte argwöhnisch, distanziert.

Inez, die schon immer sehr redselig gewesen war, plapperte los, überspielte ihre Nervosität. »Mein Gott, Anna, lange nicht gesehen. Pablo, wieso hast du nicht gesagt, dass du sie mitbringst?« Sie wandte sich zu ihm. »Du bist ein richtiger Mann geworden.«

Pablo wollte etwas entgegnen, aber Inez plauderte weiter. »Ich kann jetzt nur kurz Pause machen, kommt mit.«

Sie wirkte immer noch angespannt, fast so wie Anna selbst. Wenn sie sich keiner Schuld bewusst wäre, dann könnte sie uns beide doch jetzt locker begrüßen, durchfuhr es Anna. Sie hatten sich alle nicht umarmt, was nach dieser langen Zeit und ihrer damaligen Freundschaft normal gewesen wäre. Die Ahnung, mit ihrer Vermutung richtig zu liegen, schnürte ihr den Hals zu. Ihr Herz klopfte. Lori, meine Lori, oh Gott, das verzeih ich mir nie, dachte sie überfordert. Sie hatte mal wieder alles mit sich machen lassen, nichts hinterfragt. Aber damit war jetzt ein für alle Mal Schluss.

Inez führte sie hinter das Haus, von wo aus man einen gigantischen Blick auf die hügelige Weinlandschaft hatte, im Hintergrund glitzerte das Meer.

Aber Anna hatte jetzt keinen Sinn dafür. »Du weißt vermutlich, warum wir hier sind, oder?«, begann sie offensiv.

Inez sah sie an, ihre Augen funkelten. »Nein, aber du wirst es mir gleich sagen. Du hast dich ganz schön verändert, Anna. Männer werden schöner im Alter, aber wir Frauen ...«

Anna hörte aus ihrer Tonlage, dass es verletzend klingen sollte. Aber es berührte sie nicht. Viel Größeres ging ihr im Kopf herum. Hatte diese Frau, ihre damalige Freundin und Hebamme, ihr wirklich ihr Baby nach der Geburt weggenommen und an reiche Spanier verkauft? Hatte sie bei so einem miesen Deal mitgemacht? Und Pablo?

Anna bekam fast keine Luft mehr. Dabei wehte hier oben eine leichte Meeresbrise.

Sie hatte sich etwas vorgenommen und wollte das jetzt durchziehen. »Ich bin nach Barcelona gekommen, um Lori zu treffen.«

Fassungslos sah Inez sie an. Auch Pablo wirkte überrascht über Annas Direktheit und ihre kluge Lüge.

»Wie bitte?« Inez spielte die Unschuldige, oder war sie es wirklich? Anna hatte sich diese Finte ausgedacht, um Inez zum Reden zu bringen.

»Durch die Organisation SOS Bebés robados habe ich einen DNA-Abgleich machen lassen.« Anna tat so, als wäre sie überglücklich. »Und sie haben Lori gefunden. Sie hat auch nach mir gesucht, stell dir das doch einmal vor!«

Inez und Pablo warfen sich Blicke zu. Anna registrierte das schockiert. Es sah aus, als steckten sie unter einer Decke. Wenn Pablo sie jetzt verriet, wusste sie Bescheid. Aber nach einem kurzen Überraschungsmoment spielte er mit. »Ja, Anna hat von Deutschland aus die Ermittlungen unternommen und wird morgen Lori treffen«, bestätigte er ernst, sah Inez dabei vorwurfsvoll an. Diese versuchte sichtlich, ihre Contenance zu wahren, noch sah man ihr nicht an, ob sie etwas damit zu tun gehabt hatte oder nicht.

»Und wieso kommt ihr dann zu mir?« Sie hatte ihre Sprache wiedergefunden. Aber ihre Hand zitterte.

»Weil ich dir vergeben möchte«, sagte Anna bemüht ruhig und gab alles, um nett zu lächeln. »Ich meine, ich war so verzweifelt, als ich davon erfahren habe, aber dann hat die Freude, dass Lori lebt, überwogen. Ich beschäftige mich viel mit dem Thema ›Vergebung‹, sie ist wichtig für einen selbst. Ich verzeihe dir, weil du damals vielleicht in irgendwelchen Nöten gesteckt hast, sonst würde man doch so etwas keiner Freundin, keinem Menschen, antun.«

Anna hielt den Atem an, um Inez' Reaktion genau zu beobachten. Deren Atem ging stoßweise. »Es … es tut mir so leid«, presste sie jetzt tatsächlich heraus. »Ich war zwanzig und naiv und mein Oberarzt hat nach einem Baby für eine wohlhabende Familie gesucht und … ich wollte Rafael für mich!«

»Was? Was bist du für ein mieser Mensch!«, schrie Pablo entsetzt. »Wo ist Annas Tochter?«

»Was? Ich dachte ihr habt sie gefunden … oh nein, ihr habt mich hinters Licht geführt!«

»Inez, du sagst jetzt sofort, wo sie ist«, sagte Pablo drohend und ging einen Schritt auf sie zu.

»Ich weiß es nicht. Ich weiß es wirklich nicht«, erwiderte Inez mit jämmerlicher Stimme.

Anna wollte auch schreien, aber sie spürte, wie ihr Kreislauf zusammenbrach, sich ihre Beine wie die einer Marionette anfühlten, bei der die Fäden gekappt worden waren. Sie fand ihre Stimme nicht mehr. Pablo hatte es sofort bemerkt, trat rasch zu ihr, um sie zu stützen, aber er kam eine Sekunde zu spät. Anna sackte in sich zusammen. Ihr letzter Gedanke war: »Lori lebt.«

Sie musste ohnmächtig geworden sein. Denn als sie erwachte und ihre Augen öffnete, lag sie auf dem Boden und Pablo kniete neben ihr, tätschelte ihre Wange. Inez stand mit etwas Abstand daneben, knetete ihre Hände, starrte sie schuldbewusst an. Anna blickte zu Pablo, sah ihm aufgewühlt in seine dunklen, warmen Augen und lächelte. »Sie lebt! Mein Baby lebt! Ich war nicht überspannt oder hysterisch!«

Er lächelte sie liebevoll an, strich ihr über das Haar. »Nein, das warst du nicht. Das habe ich auch nie gedacht.«

Das stimmte. Er hatte es nie gedacht. Im Gegensatz zu Viktor. Pablo hatte sie unterstützt, hatte Inez ausfindig gemacht, war mit ihr hierhergefahren. Und das Beste: Er hatte nichts mit der Sache zu tun. Das hatten seine Reaktion und die von Inez eindeutig gezeigt.

»Ich freue mich so für dich, Anna, das glaubst du gar nicht«, flüsterte er.

Pablo nahm sie sachte am Oberkörper hoch, drückte sie fest an sich. Sie spürte sein Herz klopfen. Aber ihres klopfte noch schneller. Es raste. Sie wollte ihre Tochter sehen, sofort. Wie sie wohl aussah, schoss es ihr durch den Kopf. Ob sie ihr ähnlich sah? Oder Rafael? Endlich gestattete sie sich diese Gedanken, die sie immer so mühsam zurückgedrängt hatte. Lori war jetzt zwanzig. Eine junge Frau. Anna hatte die schönsten Jahre mit ihrem Baby, mit ihrem Kind verpasst und sie konnte diese Zeit niemals nachholen. Niemals. Keinen einzigen Tag. Nicht miterleben, wie Lori die ersten Schritte tat, wie sie ihr erstes Lied sang, wie sie »Mama« sagte. Sie hatte es zu einer fremden Frau gesagt. Allein der Gedanke erdrückte Anna beinahe, als läge ein Betonpfeiler auf ihrer Brust. Ihr Atem ging stoßweise. »Ich muss meine Tochter sehen, sofort.«

Sie löste sich von Pablo, stand auf, blickte Inez voller Abscheu und Hass an. Diese Frau, die behauptet hatte, ihre

Freundin zu sein. Ihre Hebamme, der sie blind vertraut hatte. Die ihr das Liebste genommen hatte, was sie je besaß. Auch Pablo war aufgestanden, funkelte Inez verächtlich an, trat einen Schritt vor, spuckte vor ihr aus.

Inez wich unwillkürlich zurück. Und am liebsten wäre Anna ihr tatsächlich an die Gurgel gegangen, und Pablo offensichtlich auch, aber sie beide wussten, sie mussten jetzt klug vorgehen, um an ihr Ziel zu gelangen. Vermutlich konnten sie Lori nur mit Inez' Hilfe finden.

»Wie kann man nur so erbärmlich sein!«, entfuhr es Pablo dennoch.

Anna hielt ihn am Arm zurück. »Lass. So kommen wir nicht weiter. Und das weiß sie selbst, wie erbärmlich sie ist.«

In ihrem Blick hatte Anna es gesehen, dass sie sich selbst verachtete. Wohl deshalb sah sie so verhärmt aus, viel zu eingefallen für eine Frau Anfang vierzig.

»Wo ist Lori?«, fragte sie Inez jetzt kühl.

»Ich weiß es nicht«, flüsterte diese.

»Du weißt es. Sag es. Dann zeige ich dich auch nicht an.«

»Nein, bitte nicht, ich weiß es wirklich nicht.«

Pablo sprang Anna bei. »Was hast du damit gemeint, du wolltest Rafael für dich?«

Inez rang mit sich. Dann begann sie zu erzählen. »Ich … ich hatte mich in Rafael verliebt. Aber er hatte ja erst nur Augen für Anna und dann war sie auch noch schwanger … er hat mich abblitzen lassen, wegen des Babys.«

Anna und Pablo warfen sich einen Blick zu. Anna fing sich, fragte fassungslos: »Und du hast gedacht, wenn das Baby weg ist, will er dich?«

»Ich sah darin eine Chance, dass er mich doch noch lieben könnte. Wenn er frei gewesen wäre. Ich wollte, dass er frei war, weil er meinte, du kriegst ein Baby von ihm. Das war seine Ausrede dafür, dass es mit uns nichts wurde.«

Pablo echauffierte sich. »Und dann nimmst du ihm das Kind weg? Wie krank bist du eigentlich?«

Inez schlug sich die Hände vors Gesicht. »Ich weiß, das weiß ich jetzt.« Sie nahm ihre Hände vom Gesicht. »Ich mache auch seit Jahren eine Therapie. Die Wahrheit konnte ich dem Therapeuten nicht sagen, insofern hat es bisher nicht viel geholfen … Es tut mir wirklich leid. Wenn ich es rückgängig machen könnte … Ich war jung, ich habe Rafi so sehr geliebt, dachte, ohne ihn nicht leben zu können. Und das Kind stand zwischen uns. Und dann kam mein Oberarzt und hat mich gefragt, mich auf die Idee gebracht. Es tut mir leid, Pablo, dich habe ich am Anfang auch geliebt, aber nicht so, nie wie Rafael.«

Anna beobachtete Pablo von der Seite.

Er schüttelte fassungslos den Kopf. »Du warst auch nicht meine große Liebe, wir waren jung, aber das spielt jetzt überhaupt keine Rolle und ist mir auch völlig egal. Ich kann das alles nicht glauben. Ich bereue jede Sekunde, die ich mit dir zusammen gewesen bin. Ich verachte dich …«

Inez sah Pablo schuldbewusst an.

Pablo fuhr sauer fort: »Weißt du überhaupt, was du Anna damit angetan hast? Ich werde dich anzeigen, wenn sie es nicht tut!«

Anna legte ihre Hand auf Pablos Arm. »Bitte nicht. Wir brauchen ihre Hilfe.« Sie wandte sich an Inez. »Ich bin nicht hier, um dich anzuzeigen.«

»Nicht? Es wäre mir inzwischen egal. Auch so fühle ich mich wie in einem Gefängnis.«

Anna nickte. »Aus Liebe und Eifersucht geschehen Morde. Aus Liebe machen Menschen alles. Vielleicht muss ich froh sein, dass du mein Baby nicht umgebracht hast, dass es lebt.« Sie räusperte sich, bemühte sich mit aller Kraft, die sie noch hatte, ruhig zu bleiben. »Inez, ich sehe dir an, dass du es bereust, bitte, wie kann ich Lori finden. Du kannst deine Schuld jetzt ein kleines bisschen wiedergutmachen.«

Atemlos sah sie diese Frau an, die ihr Leben ruiniert hatte. Wie würde sie reagieren?

Die überlegte verzweifelt. »Ich weiß es wirklich nicht, wie wir sie finden können.«

»Vielleicht, wenn wir Schwester Magdalena ausfindig machen? Oder den Arzt?«, fiel Anna ein. »Hast du noch Kontakt zu ihnen? Du kennst doch sicher ihre Namen, dann können wir nach ihnen suchen.«

»Oder wir fragen gleich in der Klinik nach«, pflichtete Pablo ihr bei.

Inez schüttelte den Kopf. »In der Klinik habe ich bereits vor Jahren nachgefragt. Ich wollte Lori suchen. Ich weiß auch nicht, was ich ihr dann gesagt hätte. Aber es hat mich so zermürbt .... Die in der Klinik haben alles vollkommen abgeblockt. Da kommt man nicht weiter. Der Oberarzt ist inzwischen gestorben, das habe ich in der Zeitung gelesen, aber vielleicht lebt Schwester Magdalena noch. Sie hieß Iglesias, wie Julio Iglesias, von dem sie schwärmte. Aber auch im Internet findet man nichts über sie.«

Anna sah sie überrascht an. Inez hatte nach Lori gesucht! Sie ging darauf nicht ein, wandte sich eindringlich an sie. »Bitte, wir müssen sie finden. Versuch dich an damals zu erinnern, jedes Detail könnte uns weiterhelfen. Was ist mit Rafael? Wie können wir ihn finden? Bitte erzähl mir alles von damals.«

»Ich will dir ja helfen, aber es ist schon so lange her.« Inez schloss für einen Moment die Augen.

19. Kapitel

1999, Barcelona

Inez betrat leise das Krankenzimmer von Anna. Die starrte apathisch aus dem Fenster, sah blass aus, ihre Augen verweint. »Kann ich was für dich tun?«

»Gib mir Lori wieder«, flüsterte Anna nur, ohne Inez anzusehen. Die zuckte zusammen. Ahnte Anna etwas?

»Lori ist bei den Engeln«, erwiderte Inez tonlos. So hatte es ihr Schwester Magdalena eingebläut, der trauernden Mutter immer wieder dasselbe zu sagen.

»Ich weiß«, erwiderte Anna leise.

Es helfe, hatte Schwester Magdalena gesagt, auch wenn Anna nicht gläubig war. Das Kind sei zu einer katholischen Familie gekommen, hatte sie noch hinzugefügt, dort werde es ordentlich erzogen. Eine junge, ungläubige Mutter wie Anna, unverheiratet und orientierungslos, was solle da aus einem Kind werden. Jetzt habe es die Chance auf ein glückliches Leben in einer spanischen, katholischen und wohlhabenden Familie. Inez hatte immer nur genickt, an Rafi gedacht, nach dem sie sich so sehr sehnte. Vor allem danach, dass er sie so ansah, wie er es bei Anna immer tat. Verträumt, mit seinen schönen Augen, voller Leidenschaft und Liebe. Genau so sollte er sie ansehen, und da ihn jetzt kein Kind mehr an Anna band, konnte sie endlich wieder Hoffnung haben. Irgendwann würde er merken, wie farblos diese Deutsche war, wie naiv und eintönig. Eine leidenschaftliche, extrovertierte Spanierin wie sie passte viel besser zu ihm, sie würde ihm Kinder schenken, so viele er wollte. Und dann würde er das hier bald vergessen haben.

Inez beobachtete Anna in ihrem Leid noch einen Moment. Sie hatte schon mitbekommen, dass sich Rafi nach dem Tod seiner Tochter von Anna innerlich zurückgezogen hatte. Ihr Plan schien aufzugehen. Dennoch, wenn sie Anna jetzt so erlebte, wurde ihr erst richtig bewusst, was sie getan hatte. Aber es war nicht mehr rückgängig zu machen. Es durfte nicht auffliegen. Sie hatte mitgespielt, würde verurteilt werden und Rafi dann mehrere Jahre nicht sehen. Das hatten ihr Schwester Magdalena und auch der Oberarzt klar gemacht, als sie nach der Tat bereits bereute. Leise schloss sie die Tür zu Annas Krankenzimmer, lehnte sich draußen auf dem Gang mit dem Rücken dagegen. Es durfte niemals herauskommen, Rafi würde sie hassen, würde sie niemals lieben können. Eine andere Schwester kam ihr auf dem Krankenhausflur entgegen, musterte Inez, die sofort tat, als wäre alles normal. Sie absolvierte ihre Schicht wie unter Trance, denn die Wucht und Endgültigkeit ihrer Tat, ihre Schuld, erdrückte sie bereits jetzt. Was hatte sie getan? Sie suchte Schwester Magdalena auf, bat sie um ein Gespräch unter vier Augen.

Die beiden verabredeten sich im Garten der Klinik, gingen nach Feierabend zusammen die Wege ab. Der Frühling hielt Einzug und die ersten Blümchen blühten. Vögel zwitscherten, als wäre die Welt der friedlichste Ort. »Ich habe einen Fehler begangen, habe gesündigt, ich muss es Anna sagen, ich halte das nicht aus.«

»Auf keinen Fall«, fauchte Schwester Magdalena sie an. Der Duft eines Pfirsichbaumes, der in voller Blüte stand, erfüllte Inez' Nase. Ein wunderschöner Pfirsichbaum, der roséfarben blühte. Sofort dachte sie an die Zeit auf der Pfirsichfarm, an die ausgelassenen, unbeschwerten Stunden mit ihren Freunden, zu viert. Sie hatte alles zerstört. Ihre Freundschaft, ihre Liebe, ihre Beziehung zu Pablo. Dieser unschuldige Kerl, der eine Frau verdient hatte, die ihn liebte. Der gut war durch und durch, der es nicht verdient hatte, dass sie ihn nicht so sehr lieben konnte wie Rafi.

»Wenn du etwas sagst, landest du im Gefängnis«, wiederholte Schwester Magdalena eindringlich. »Das Kind wird es gut haben bei dieser Familie, du hast eine gute Tat vollbracht.«

»Ich habe gesündigt und ich werde meines Lebens nicht mehr froh, dass weiß ich jetzt«, schluchzte Inez.

»Dann geh in die Kirche, beichte, dann werden dir deine Sünden vergeben.«

»So einfach ist das?«, erwiderte Inez spitz und wischte sich die Tränen weg. Bei dieser kaltherzigen Schwester würde sie nicht weiterkommen. Die Angst vor dem Gefängnis ergriff sie. Erst vor ein paar Wochen hatte sie im Fernsehen einen Beitrag über das Frauengefängnis in Barcelona gesehen. Und die Frauen dort mehr als bedauert. Wieso hatte sie nicht daran gedacht, als sie sich zu dieser Tat hatte überreden lassen? Sie hatte nur Rafi im Kopf gehabt, sie beide, ihre Liebe.

»Gib diesem Rafael Zeit und er wird dich lieben lernen«, sagte Schwester Magdalena jetzt. Inez hatte mit ihr vor der Tat über ihre hoffnungslose Liebe gesprochen und Schwester Magdalena hatte ihr zugeredet, es für die Liebe zu tun. »Die Wege des Herrn sind unergründlich. Ich bin sicher, er wird dich erhören.«

Inez starrte wie gelähmt auf die Blüten des Pfirsichbaumes. Sie musste zu Rafael, musste wissen, wie es ihm ging.

* * *

Naia empfing Inez herzlich im Verkaufsraum der Farm, nahm sie in den Arm und drückte sie fest. »Es muss schrecklich für dich sein.«

»Für mich?«, fragte Inez irritiert und löste sich unwohl.

»Es kann jeder Hebamme passieren, mach dir keine Vorwürfe.«

Inez biss sich auf die Unterlippe, nickte nur.

Naia sah sie mitleidig an. »Wie geht es Anna? Kann ich sie besuchen?«

»Sie möchte keinen Besuch.«

»Immer noch nicht?«

»Nein. Ist Rafi hier?«

»Ja«, seufzte Naia. »Ich wundere mich ehrlich gesagt ein bisschen. Er sollte doch an ihrer Seite sein. Aber jeder geht anders mit seiner Trauer um.«

»Ja, so ist es.« Inez schluckte. Sofort kamen ihr wieder diese Bilder in den Kopf, die sie vermutlich ihr Leben lang verfolgen würden. Sie sah die kleine Lori vor sich in ihren Armen, dieses zarte, kleine Mädchen. Wie sie es Schwester Magdalena übergab und diese damit schnell verschwand. Was hatte sie der Kleinen angetan? Sie würde vielleicht niemals erfahren, wer ihre wahren Eltern waren. Hoffentlich nicht.

»Ich muss Rafi etwas sagen«, fügte Inez mit brüchiger Stimme an. »Ich geh kurz zu ihm.«

»In Ordnung. Bring ihm einen Tee. Ich habe gerade einen aufgebrüht.«

Inez wartete ungeduldig, bis Naia die Teetasse gefüllt hatte, nahm sie und ging los. Auf der Treppe zu Rafis Zimmer schwappte das heiße Wasser über ihre Finger. Aber sie spürte nichts.

Vorsichtig klopfte sie an. Es antwortete keiner.

»Rafi, ich bin's, Inez.«

Sie lauschte. Endlich hörte sie ein »Mhmm«.

Sie trat ein. Dort lag er, apathisch auf seinem Bett, sein gepackter Rucksack stand neben ihm. Sein Gesicht sah blass und eingefallen aus. Oh nein, was hatte er vor?

Inez eilte mit ein paar Schritten zu ihm, setzte sich auf die Bettkante, stellte den Tee auf den Nachttisch. »Was hast du vor? Was soll das mit dem Rucksack?«

»Ich kann das nicht.«

»Was kannst du nicht?«

»Für Anna da sein. Wie sie mich angesehen hat.«

»Wie denn?«

»So leer. Meine Mutter hat recht, es wird nie wieder sein wie vorher. Nie wieder.«

In Inez keimte Hoffnung auf. »Ich bin für dich da.« Sie sagte es milde, aber es schien nicht auf ihn zu wirken. Sie legte ihre Hand auf seine, aber er wehrte ruppig ab. »Nicht. Lass mich.«

»Ich bin für dich da, Rafi, hast du das gehört?«

»Ich fahre zu meiner Mutter nach Madrid. Ruf mich nie wieder an.«

»Was? Wieso, was hab *ich* dir getan?«

»Lasst mich einfach alle in Ruhe. Mein Leben wird nie wieder so sein wie zuvor. Ich höre jetzt auf meine Mutter. Sie ist klug, sie ist Ärztin, sie hat es oft beobachtet. Wenn ein Baby stirbt, geht die Beziehung immer auseinander.«

Inez sah ihn aufgewühlt an. »Ja, das glaube ich auch. Aber deshalb gibt es doch trotzdem Menschen, die einem wichtig sind und bleiben. Einem Halt geben.«

Rafael schüttelte nur den Kopf. »Ich fange neu an. Ich möchte keinen Kontakt mehr zu jemandem aus meinem alten Leben. Ich fange ein ganz neues Leben an.«

Er rückte von Inez ab, fast als ekele er sich vor ihr, stand auf und lief aufgewühlt im Raum auf und ab. Dabei fuhr er sich immer wieder durch sein lockiges Haar.

»Rafi, bitte, wir mögen uns doch«, versuchte sie es erneut. »Sehr.«

»Du magst mich. Aber du warst nicht für Anna da. Du hast sie so kühl behandelt, auch während der Geburt, glaubst du, ich hätte das nicht gemerkt? Du bist keine Freundin, du behandelst Pablo schlecht, du magst nur mich. Aber ich dich nicht.«

Fassungslos und zutiefst verletzt sah Inez ihn an. Wut stieg in ihr hoch, sie sprang auf und ballte die Fäuste.

»Und jetzt geh!«, schrie er sie an. Aber Inez blieb stehen. Rafael trat wütend auf sie zu, packte sie an den Schultern, stieß sie von sich. »Geh! Ich will dich nie wiedersehen!«

Inez taumelte zur Tür, da sah sie Naia, die sie beide durch die offene Tür erschrocken beobachtete.

* * *

Inez saß im Zug nach Barcelona, starrte aus dem Fenster, ihr Magen schmerzte, als hätte jemand mehrfach hineingeboxt. Ein kleines Mädchen saß ihr gegenüber und starrte sie die ganze Zeit mit großen Kinderaugen an. Inez sah es aus dem Augenwinkel, am liebsten hätte sie die Kleine angeschrien. Ihre ganze Wut, ihre Enttäuschung, ihren Selbsthass hinausgeschrien. Aber das Kind konnte ja nichts dafür. Dass sie sich ihr Leben ruiniert hatte. Und das Leben von Rafael, Anna und Lori. Wie konnte man mit dieser Schuld leben? Konnte man das überhaupt? Das Geräusch des fahrenden Zuges ließ einen schweren Gedanken in ihr aufkeimen. Sie konnte sich vor einen Zug werfen, dann wäre alles vorbei.

Doch als der Zug am Hauptbahnhof in Barcelona-Sants hielt, Inez ausstieg und unter den Zug sah, stellte sie sich einen Moment lang vor, wie es sich anfühlen musste, von diesen Rädern zerquetscht zu werden. Feige war sie auch noch, stellte sie bitter fest. Wie ein geprügelter Hund schleppte sie sich weiter auf den Plaça dels Països Catalans. Die Sonne schien ihr ins Gesicht, Inez schloss für einen Moment die Augen. Pablo, sie musste Pablo sehen. Hoffentlich schickte er sie nicht auch noch weg.

»Wie geht es Anna?«, war sein erster Satz. Er küsste sie nicht zur Begrüßung, wie er es sonst tat.

»Was habt ihr immer alle mit Anna?«, rutschte ihr wütend heraus. Die beiden hatten sich auf den Ramblas getroffen, gingen ein paar Schritte. Reges Leben herrschte um sie herum. Pablo musterte Inez distanziert. Sofort lenkte Inez ein, versuchte, netter zu klingen. »Wie soll es ihr gehen? Aber mir geht es auch nicht gut. Ich habe versagt. Als ihre Hebamme.«

Pablo atmete durch. Blickte sich um, nach Worten suchend. Dann wandte er sich wieder zu ihr. »Hättest du es als Hebamme nicht verhindern können? Diese Hirnblutung?«

»Nein! Wie denn?«, fauchte Inez ihn an.

»Du willst doch Ärztin werden«, erwiderte er.

»Keine Ahnung, vielleicht auch nicht.«

»Wieso das, du bist bereits im dritten Semester?«

»Ja, aber …wenn ein Mensch stirbt, es nimmt mich so sehr mit«, log sie. Dabei wollte sie mit diesem mafiösen System nichts mehr zu tun haben. Auch wenn sicher nicht alle Ärzte so waren, auch wenn es kaum noch vorkam, dass Babys gestohlen und verkauft wurden.

Pablo nickte nachdenklich. »Wenn ein Mensch stirbt, das ist hart. Aber dafür kannst du dann sehr viele Leben retten. Mich reizt das.«

»Dann werde du doch Arzt.«

»Ich habe schon darüber nachgedacht. Seit das mit Lori geschehen ist. Ich bin sicher, die Ärzte hätten es verhindern können.«

Inez zuckte die Schultern, dann lenkte sie ab. »Rafi geht weg aus Barcelona«, sagte sie tonlos.

»Wie? Und Anna?«

»Seine Mutter meint, nach so etwas hat eine Beziehung keine Chance mehr. Das ist auch meine Erfahrung.«

Sah sie so etwas wie Hoffnung in Pablos Blick? Erhoffte er sich nach Rafis Weggang Chancen bei Anna? Verletzt ging Inez weiter. Nicht einmal Pablo wollte sie mehr? Hatte sie es mit allen verspielt? Alles auf die völlig falsche Karte gesetzt? Wieder dachte sie an die Möglichkeit, sich vor einen Zug zu werfen. Aber sie hatte Angst vor den Schmerzen. Wollte nicht entstellt auf einem Gleisbett liegen. Ihre Gedanken rasten. Oder sie besorgte sich im Krankenhaus ein Anästhetikum. Genau, das war die Lösung. Keiner würde sie vermissen. Gut, ihre Eltern, aber zu denen hatte sie keinen besonders guten Draht. Ihre Eltern arbeiteten viel, ihr Vater wusste nie, was er mit seiner Tochter reden sollte. Inez war Einzelkind, fühlte sich schon seit ihrer Kindheit sehr allein. Vermutlich deshalb hatte sie sich auf die Beziehung mit Pablo eingelassen. Vermutlich deshalb sehnte sie sich so sehr danach, geliebt zu werden. Doch irgendwann hatte sie gespürt, dass sie für Pablo nicht die Eine war. Dass er Anna ebenso fasziniert ansah wie sie Rafael.

Inez spürte wieder diese Verzweiflung in sich. Und jetzt kam noch diese große Schuld dazu, die sie auf sich geladen hatte. Schuld, mit der kein Mensch leben konnte. Das wusste sie leider erst jetzt, hätte niemals geglaubt, dass es ihr so zusetzen würde. Sollte sie sich selbst anzeigen? Aber die Vorstellung, in ein Gefängnis zu müssen, erschreckte sie. Dann wollte sie lieber sterben.

Sie betrachtete einen Blumenverkäufer auf den Ramblas, der einem kleinen Jungen eine gelbe Blume schenkte. Sie versuchte, ihre Tränen wegzublinzeln, aber es gelang ihr nicht. Wie ihr offenbar nichts gelang im Leben.

20. Kapitel

2019, Barcelona, Penedès

Anna blickte nach Inez' Beichte erst Pablo, dann Inez aufgewühlt an, diese Frau, die ihr Lori genommen hatte, die dann aber auch von ihrer Schuld all die Jahre erdrückt worden war. Anna fühlte Wut, Hass, Verständnislosigkeit, aber auch fast schon Mitleid mit ihr. Ihre Gefühle fuhren Achterbahn. Wie konnte ein Mensch so tief fallen, so niederträchtig sein, wie hatte Inez jemals denken können, durch diese gemeine Tat mit Rafael glücklich zu werden? Gut, dass sich dieser von ihr nicht hatte einwickeln lassen. Und ein kleines bisschen besser verstand ihn Anna nach dieser Erzählung nun auch. Damals hatte sie nicht gedacht, dass seine Mutter damit recht gehabt hatte, eine Beziehung habe nach dem Tod eines Kindes keine Chance. Inzwischen jedoch sah sie das auch so. Sicher gab es Paare, die so eine schmerzliche Erfahrung gemeinsam bewältigten. Aber dadurch, dass Anna sich selbst und auch irgendwie Rafael Schuldvorwürfe gemacht hatte, weil keiner von ihnen beiden etwas hinterfragt, beide alles mit sich machen lassen hatten, wäre es vermutlich niemals gutgegangen.

Pablo blickte Inez immer noch wütend an, versuchte sichtlich, sich zu zügeln. Es herrschte eisiges, fassungsloses Schweigen.

Schließlich wandte sich Anna an Inez. »Wo finden wir Rafael? Sag es uns und du siehst mich nie wieder.«

»Ich weiß es nicht. Ich weiß es wirklich nicht. Ich habe seine Mutter kontaktiert, aber die blockt ab, leitet meine Briefe nicht weiter.«

Entschlossen verkündete Anna, seine Mutter selbst anzurufen. »Gib mir bitte ihre Nummer. Mich wird sie ja wohl nicht abweisen. Erst recht nicht, wenn ich ihr sage, dass sie ein Enkelkind hat.«

Inez zögerte. »Und du bringst mich wirklich nicht vor Gericht?«

Anna schüttelte den Kopf. »Dich nicht. Aber gegen Schwester Magdalena werde ich vorgehen, wenn ich sie ausfindig gemacht habe. Irgendwann. Im Moment möchte ich nur Lori finden. Wenn du mir dabei hilfst, wirst du nichts zu fürchten haben …«

»Danke«, flüsterte Inez. Sie suchte mit zittrigen Händen in ihrem Smartphone nach der Nummer von Rafaels Mutter und ließ sich Annas Nummer geben, um ihr den Kontakt zu schicken.

»Inez!«, rief eine Männerstimme von der Weinschenke aus. »Wo bleibst du denn? Die nächste Weinprobe fängt an.«

»Ich komme«, rief Inez zurück.

Sie verabschiedete sich hastig, aber auch sichtlich erleichtert, dass sie der Situation entfliehen konnte, von Anna und Pablo und lief zur Weinschenke.

Die beiden blickten sich an, gingen schweigend zu Pablos Motorrad. Anna blieb stehen, sah erst über die Weinberge, die Blätter der Weinreben, die in der Sonne leuchteten, und dann Pablo dankbar an. Diesen Mann, der ihr zur Seite stand, dem sie vertrauen konnte, der nichts mit der Sache zu tun gehabt hatte, das wusste sie jetzt sicher. Sie spürte wieder, wie viel sie für ihn empfand, stellte sich auf die Zehenspitzen und küsste ihn zärtlich. Dann lächelte sie ihn an, nahm ihren Helm und setzte ihn auf. Sie hatte eine Tochter. Die lebte. Und auch wenn sie die vergangenen Jahre mit ihr niemals zurückbekommen würde, so lagen hoffentlich noch viele gemeinsame Jahre vor ihr, wenn sie sie finden würde. »Blicke nicht zurück, sondern nach vorne, dann wirst du zufrieden und glücklich leben.« Diesen Satz hatte sie einmal gelesen und versuchte, ihn zu beherzigen.

Pablo lächelte sie jetzt unsicher an. »Und wenn wir Rafael finden, bist du dir sicher, dass du dich nicht wieder in ihn verlieben wirst?«

Überrascht blickte sie ihn an. »Ganz sicher.«

Er sah sie mit seinen dunklen Augen an, setzte seinen Helm auf, stieg auf und Anna tat es ihm gleich. Sie legte ihre Arme um ihn, drückte ihren Oberkörper an seinen und atmete tief ein.

21. Kapitel

Pablo hatte sie zum Plaça Sant Jaume in Barcelona gefahren, einem Platz mitten im Barri Gòtic, direkt am Rathaus und in Hafennähe. Hier hatte sich Anna mit Naias Cousine Alberta und einer Frau von SOS Bebés robados im Costa Coffee verabredet. Mit Carina hatte sie sich per Kurznachricht für heute Abend verabredet. Die beiden Freundinnen wollten zusammen essen gehen und alles in Ruhe besprechen. Deshalb musste sie Pablo auf morgen vertrösten. Auch wenn sie sich jetzt schon nach ihm sehnte. Nach seinen Berührungen, seiner Nähe.

»Irgendwie überrollt mich gerade alles«, versuchte sie, ihr Gefühlschaos zu erklären.

»Es ist gut. Lass dir Zeit.«

»Aber genau die habe ich nicht.« Ihr Urlaub würde bald zu Ende gehen. Sicher konnte sie von Deutschland aus weiter nach Lori suchen und immer wieder hierherfliegen, wenn es eine heiße Spur geben würde. Sie brauchte jetzt viel Geduld, aber gerade die gehörte nicht zu ihren Stärken.

»Alberta müsste in einer Viertelstunde kommen. Ich rufe vorher noch Rafaels Mutter an.«

»Möchtest du, dass ich dabei bin?«

Anna horchte in ihren Bauch. »Nein, danke. Das muss ich alleine schaffen.«

Er küsste sie zärtlich, strich ihr eine Haarsträhne aus dem Gesicht und sie verabredeten sich für morgen.

Anna stand auf dem Plaça Sant Jaume, betrachtete die alten Gebäude und wurde sich bewusst, dass auch ihr Leben ein kleiner Teil in der Geschichte dieses Landes war. Sie nahm ihr Handy, suchte die Nummer heraus und drückte auf »Anruf«.

Ein paar Sekunden später wurde abgenommen. Die Stimme einer älteren Dame meldete sich. Anna stellte sich in knappen Worten vor, bat darum, Rafael zu sprechen oder zu erfahren, ob er sich noch in Kanada aufhielt. Sofort hörte sie seine Mutter schwer atmen. »Nein. Er ist hier, aber er möchte dich nicht sprechen.«

Anna versuchte es erneut, aber erst als sie von Lori, von der Tatsache, dass sie lebte, erzählte, drang sie zu seiner Mutter durch. Diese hörte sich aufgelöst an, schrie nach Rafael, der sich im Hintergrund befinden musste. Annas Herz raste. Dann hörte sie seine Stimme. So vertraut, so nah, als würde er vor ihr stehen. Als wäre seit damals nichts geschehen.

»Ist das wahr, Anna, ist das wahr?« Er schrie es, er schlug mit der Hand gegen einen Gegenstand, wie sie hörte, er hatte offensichtlich Mühe, sich zusammenzureißen. Porzellan klirrte.

»Ja, es ist wahr, lass uns das alles nicht am Telefon bereden. Kannst du morgen nach Barcelona kommen?«

»Ich komme. Anna, ich bin da.«

Alberta und die Frau von der Organisation SOS Bebés robados winkten ihr vom Café aus zu. Sie schienen schon ein paar Minuten zu sitzen, hatten Anna offenbar beim Telefonieren beobachtet. Der Ober brachte ihnen gerade zwei Kaffee.

Anna wäre jetzt gern ein paar Minuten alleine gewesen, aber es ging nicht, sie trat zu ihnen. War dankbar, dass sich die beiden Frauen, die in der gleichen Situation steckten wie sie, Zeit für sie nahmen. Sie bestellte sich einen Café con leche.

Bernarda, wie die schlanke, kleine Spanierin mit den rot bemalten Lippen und den großen Ohrringen hieß, erzählte ihr offen von ihrer Tochter, die ihr Ende der 80er-Jahre gestohlen worden war. Auch sie war sich wie Alberta sicher. »Meine Christina lebt, aber ich kann sie nicht finden, vielleicht möchte sie auch nicht gefunden werden.« Ein Dokument im Krankenhaus hatte ihren Argwohn geweckt, kurz danach war das Dokument verschwunden. »Sie vertuschen, sie lügen, sie haben mich damals erpresst, wollten mir meine andere Tochter auch noch wegnehmen. Die Justiz ist langsam, man hat den Eindruck, auch sie will es vertuschen. Es ist ein Kampf gegen Windmühlen, wie mir manche Frauen erzählen.«

Die beiden machten Anna dennoch Mut, weiterzusuchen, die Suche niemals aufzugeben. »Manche Kinder haben ihre DNA auch in einer anderen Datenbank abgegeben. Es gibt verschiedene Datenbanken.«

»Es gibt verschiedene?« Sofort horchte Anna auf.

»Sí. Du solltest dich überall registrieren lassen. Es gibt zum Beispiel noch die Organisation Anadir, frag da mal nach. Es wurde auch schon durch den DNA-Test einer Firma aus den USA jemand identifiziert, der dann beim Abgleich mit einer spanischen Datenbank gefunden wurde. Manchmal geht da aber auch etwas schief. Es ist nicht einfach. Ich kann dir die Informationen alle zukommen lassen.«

»Oh ja, sehr gern. Ich lasse mich überall registrieren. Was kann ich noch tun?«

»Beten. Beten und abwarten. Es kann auch sein, dass du sie nie findest, das solltest du dir klarmachen. Und selbst wenn du sie findest, wird es schwer sein.«

»Inwiefern?«

»Sie haben unseren Kindern oft gesagt, dass wir sie nicht wollten. Dass wir sie nicht genug geliebt haben. Diese jahrelange Enttäuschung, dieser Hass, sie können uns nicht einfach so verzeihen und das verstehe ich. Es gibt Frauen in unserer Organisation, die ihr Kind gefunden haben. Doch ihr Kind wollte keinen Kontakt zu ihnen. Wollte nicht herausgerissen werden aus seiner Familie, aus seinem Leben. Das müssen wir dann auch akzeptieren, weil wir unsere Kinder lieben.«

Anna schluckte. Natürlich, einfach würde es nicht werden, Lori war bereits zwanzig. Aber dennoch gab es die Hoffnung, dass sie mit der Zeit zueinanderfinden würden.

»Ich gebe trotzdem nicht auf.«

Bernarda nahm Annas Hände, drückte sie. »Eine so mutige, kämpferische Frau wie du wird es hoffentlich schaffen. Ich bete für dich, dass du deine Lori und einen Weg zu ihrem Herzen finden wirst.«

»Danke, Bernarda, das wünsche ich dir und Alberta auch.« Alberta fügte hinzu: »Wir leiden jetzt nicht den Rest unseres Lebens, im Gegenteil. Wir freuen uns, dass unsere Kinder leben. Wir haben Hoffnung und wir genießen unser Leben.«

»Ihr seid so wundervoll.«

Bernarda lächelte. »Es sind unsere *bebés*. Sie leben. Wir wollen, dass es ihnen gut geht, das ist es, was wir vor allem anderen wollen.«

Als Anna das Hotelzimmer mit ihrer Chipkarte öffnete, hörte sie schon Carinas und Fynns Stimmen vom Balkon. Sie war noch eine Zeit lang durch Barcelonas Gassen gelaufen. Ziellos, aufgewühlt, mit einem Berg von Gedanken in ihrem Kopf. Bernarda hatte recht. Selbst wenn sie Lori niemals finden würde, erfüllte sie die Tatsache, eine Tochter zu haben, die Hoffnung, dass sie ein schönes Leben hatte, bei Leuten, die sich sehnlichst ein Kind gewünscht hatten und denen es an nichts mangelte. Bernarda hatte erzählt, dass die Adoptiveltern meist nicht wussten, dass das Kind, für das sie bezahlt hatten, der Mutter gestohlen worden war. Sie dachten, es handele sich um eine normale Adoption, nur eben durch das Geld auf dem schnelleren und unbürokratischeren Wege. Loris Adoptiveltern wussten also vermutlich auch nicht, was Anna dafür angetan worden war. Es konnten durchaus liebe, rechtschaffene Leute sein.

Anna hörte Carina auf dem Balkon lachen und zögerte einen Moment. Sollte sie die beiden besser noch eine Weile alleine lassen? Doch in dem Moment rempelte sie aus Versehen gegen die Kleiderstange und Carina sah sofort zu ihr herüber.

»Hey, Anna, wie schön, komm zu uns.«

Anna trat auf den Balkon, begrüßte Fynn, der sie herzlich umarmte. »Hey, Anna, erzähl, was hast du rausgekriegt?«, fragte er und allein dieses echte Interesse machte ihn Anna noch sympathischer.

Sie setzte sich, überlegte, wo sie anfangen sollte. Fynn schlug vor, doch noch eine Flasche Wein aus seinem Zimmer zu holen, aber Carina wehrte sofort ab. »Also für mich nicht, wie gesagt.«

»Und für dich, Anna?«

»Ist es denn für dich okay, wenn wir dir was vortrinken?«, fragte sie ihre Freundin. Offenbar hatte Carina ihm immer noch nichts von ihrer Schwangerschaft erzählt.

»Klar, betrinkt euch.« Carina lachte.

Fynn gab ihr einen Kuss auf den Mund und schwang sich über die Balkonbrüstung auf seinen Balkon rüber.

»Du hast ihm immer noch nichts gesagt?«, fragte Anna flüsternd.

»Nein, ich will es einfach nicht zerstören, es ist gerade soooo schön«, flüsterte Carina zurück. »Ach, Anna, ich fürchte, ich hab mich total in ihn verliebt. Das ist mir seit Jahren nicht mehr passiert.«

»Das ist doch super.«

»Das ist eine Katastrophe. Schweden, schwanger …«

Sie hörten Fynns Schritte und unterhielten sich sofort über belanglose Dinge. Fynn, eine Weinflasche in der Hand, kletterte wieder über die Brüstung, dabei schwankte er für einen Moment und schien das Gleichgewicht zu verlieren. Carina schrie auf, packte ihn am Arm und zog ihn zu sich.

Fynn lachte, ließ sich aber gern von ihr umarmen und küsste sie wieder. Anna sah sofort, dass es auch bei ihm mächtig gefunkt hatte. Sie holte zwei Gläser aus ihrem Zimmer, wartete, bis Fynn eingeschenkt hatte, nahm einen großen Schluck und brachte die beiden auf den neuesten Stand.

»Oh Mann, Süße, mir zittern gerade richtig die Hände. Sie lebt wirklich.«

»Ja.« Anna lächelte sie traurig an. »Aber ob ich sie je finde, steht in den Sternen.«

»Das wirst du«, sagte Fynn nett. »Ich glaube daran.«

»Danke. Vielleicht kann mir ja Rafael bei der Suche helfen. Wenn wir wieder in Deutschland sind, ist er hier vor Ort.«

»Das ist er dir auf jeden Fall schuldig.«

Fynn fügte hinzu. »Es ist ja auch sein Kind. Wow, also wenn ich eine Tochter hätte, puh, würde ich alles tun, um sie zu finden.«

Anna und Carina warfen sich heimlich einen Blick zu.

»Magst du denn Kinder?«, fragte Anna möglichst beiläufig und fing sich einen Tritt unterm Balkontisch von Carina ein.

»Ja, klar. Irgendwann …« Er sah versonnen über die Stadt. Carina warf Anna wieder einen Blick zu à la »Siehst du, er ist nicht so weit«. Sie tranken noch etwas Wein und Wasser und dann erklärte Carina Fynn, jetzt mit Anna essen gehen zu wollen.

»Mädelsabend«, sagte sie und lächelte ihn an.

»Schade, da würde ich gern Mäuschen spielen.« Aber er stand sofort auf, küsste Carina, verabredete sich für den nächsten Tag mit ihr, ließ den Wein da, für den nächsten Abend, und schwang sich über die Brüstung wieder rüber zu sich.

Anna machte sich kurz frisch, sah sich im Bad im Spiegel an und musste unwillkürlich lächeln. Sie hatte eine Tochter. Etwas Schöneres gab es nicht auf der Welt. Bernarda hatte recht. Hauptsache, Lori lebte und es ging ihr hoffentlich gut. Allein das machte Anna zufrieden und glücklich.

In einem gemütlichen Restaurant mit Blick aufs Meer, dem Restaurante Agua, saßen sich Anna und Carina gegenüber und studierten die Speisekarte. »Mmhm, es klingt alles so köstlich. Die spanische Küche ist einfach ein Gedicht.«

»Das stimmt. Also ich nehme Gambas al ajillo, und dann Calamari a la plancha.«

»Und ich Huevos de payés frito con patatas fritas y jamón ibérico.« Sie bestellten bei einer jungen Kellnerin und Carina lachte, weil sie Schwierigkeiten gehabt hatte, alles korrekt auszusprechen.

Die großen Fenster des Restaurants waren geschlossen, weil es abends noch zu frisch war, aber man hatte dennoch einen überwältigenden Blick aufs Meer und den traumhaften Sonnenuntergang. Ein orangeroter Feuerball senkte sich gerade auf das Wasser. »Lori durfte in diesem wunderschönen Land aufwachsen, das freut mich so für sie.«

»Anna, du bist der Hammer. Dass du das alles so schnell so positiv sehen kannst.«

»Alles andere bringt nichts, nur mir schlechte Gefühle.«

»Da hast du vollkommen recht. Aber wahrscheinlich liegt es auch an den Schmetterlingen im Bauch, wegen Pablo, stimmt's?«, neckte sie Anna. »Jetzt darfst du sie endlich zulassen, wo du weißt, dass er nichts damit zu tun hatte.«

»Ja, nur habe ich das gleiche Problem wie du. Er lebt nicht in Deutschland und unser Urlaub ist bald zu Ende. Mal abgesehen von Viktor …«

Carina seufzte. »Tja. So ist das mit den Urlaubslieben. Und die wenigsten halten lange. Wieso muss das Leben immer so kompliziert sein?«

»Vielleicht, weil alles andere langweilig wäre? Wenn es nur eine Urlaubsliebe ist, wird es vermutlich bei uns beiden nicht halten, aber ich habe das Gefühl, dass wir beide richtig Glück haben. Pablo ist toll. Und Fynn auch.«

Carinas Augen leuchteten. »Ja, das ist er. So *sweet.*«

»Du solltest es ihm endlich sagen. Nicht erst am Flughafen, bevor wir abreisen.«

»Meinst du? Und wenn er dann schreiend davonrennt?«

»Dann warte ein wenig und ich bin mir sicher, er kommt zurück. Ich hab es an seinem Blick gesehen.«

Die Kellnerin brachte die Getränke, lächelte die Freundinnen an und sagte in gebrochenem Deutsch: »Sie sind beste Freundinnen?«

»Ja, das sind wir.« Anna lächelte.

»Das sieht man. Schön ist das. Und so wichtig.«

Als sie gegangen war, prosteten sich die Freundinnen mit ihren Fruchtsäften zu. Anna hatte genug Wein getrunken. »Auf uns. Auch wenn das ein etwas anderer Mädelsurlaub ist, er ist etwas ganz Besonderes und ich werde ihn niemals vergessen. Danke, dass du an mich geglaubt hast.«

»Nicht so wie Viktor«, fügte Carina hinzu. »Bist du dir inzwischen auch klarer, was eure Beziehung betrifft?«

»Oh ja. Die Gefühle, die ich für Pablo habe, hatte ich für Viktor nie. Oder vielleicht am Anfang, aber ich kann mich schon gar nicht mehr daran erinnern. Und das sagt ja schon alles. Selbst wenn es mit Pablo nichts wird, werde ich mich von Viktor trennen. Lieber alleine als mit dem Falschen zusammen. Das hast du immer gesagt und du hattest recht damit.«

Carina lächelte. »Ja, manchmal lohnt es sich, auf jemanden zu warten, der einen glücklich macht und respektiert, nicht ständig kritisiert und klein macht. Das hat nämlich Viktor mit dir getan.«

»Und ich hab es oft gar nicht gemerkt. Oder verdrängt. Darin bin ich ja richtig gut.«

Das Essen wurde serviert und die Freundinnen genossen es in vollen Zügen, redeten über Männer, ihre Freundschaft, Kinder, blickten aufs Meer.

Sie zahlten, schlenderten noch eingehakt am Strand entlang. Die Sterne über ihnen am nächtlichen Himmel funkelten. Anna gab zu, etwas Angst vor der Begegnung mit Rafael am nächsten Tag zu haben. »Angst ist das falsche Wort. Ich weiß auch nicht, wie ich es ausdrücken soll. Ich habe ihn seit zwanzig Jahren nicht mehr gesehen.«

»Ich verstehe dich total. Aber denk dran, der Kerl war nicht gut zu dir.«

»Er war selbst überfordert und in Trauer.«

»Er hätte an deiner Seite sein müssen.«

»Jeder geht anders mit seiner Trauer um.«

»Anna, du verteidigst ihn wieder.« Carina blieb stehen, sah sie eindringlich an. »Wehe, du verliebst dich erneut in Rafael!«

»Keine Sorge. So was Ähnliches hat Pablo auch schon gesagt. Aber es wird nicht passieren.«

Anna blickte aufs Meer und sog den vertrauten Duft der Sehnsucht ein.

22. Kapitel

Die Sonnenstrahlen kitzelten Anna im Gesicht und weckten sie. Sie lag im Hotelbett neben Carina und sofort kam ihr wieder die Tatsache in den Sinn, die ihr ganzes Leben umkrempeln würde: Lori lebte. Sie wollte sie finden. Und Rafael musste ihr helfen. Wie er wohl aussah nach so vielen Jahren? Er hatte damals eine sehr schlanke Figur gehabt, sie konnte sich nicht vorstellen, dass er füllig geworden war. Ob er die Haare kurz trug? Oder gar eine beginnende Glatze hatte? Um die Vierzig ging es bei vielen Männern schon los. Ihr Herz pochte, wenn sie an ihn dachte, und das ärgerte sie. Carina neben ihr schlief noch selig. Anna setzte sich jetzt auf, fuhr sich durchs Gesicht. Sie dachte an Pablo. Daran, wie er sich im Moment wohl fühlte. Unsicher, in Sorge, sie könnte sich von Rafaels charmanter Art wieder einwickeln lassen. Aber Anna war nicht mehr das Mädchen von damals, all das Geschehene und vor allem auch die letzten Tage hatten aus ihr eine starke Frau gemacht.

Und dennoch verbrachte sie mehr Zeit im Bad als sonst. Zog die Lippen mit einem apricotfarbenen Lippenstift nach, puderte sich die Nase. Sie wollte gut aussehen. Umwerfend. Er sollte es zutiefst bedauern, sie damals so sitzen gelassen zu haben. Endlich war sie mit dem Ergebnis, das ihr da aus dem

Spiegel entgegenlächelte, zufrieden. Als sie ins Zimmer zurückkam, war Carina schon wach und machte ihre morgendlichen Yogaübungen vor dem Bett auf dem Boden. Seit sie schwanger war, hatte sie mit Faszien-Yoga angefangen, es tat ihr gut, wie sie sagte, brachte sie herunter. Gerade streckte sie Anna ihren Hintern entgegen, machte die »Taube«. Lag bäuchlings auf einem angewinkelten Bein, das andere nach hinten gestreckt. Anna kannte das schon.

»Guten Morgen, du Täubchen. Du bist ganz schön gelenkig.«

»Morgen. Auch erst, seit ich dieses Yoga angefangen habe. Das löst echt Verspannungen, macht eine gute Haltung und das Beste: sorgt für innere Ruhe. Solltest du auch tun.«

»Perfekt. Steht ab jetzt auf meinem Plan.«

»Und hey, du siehst super aus, lass mich raten, wen das ärgern soll.« Carina kam mit hochrotem Kopf hoch und lächelte ihre Freundin an.

Anna lachte. »Du kennst mich einfach zu gut.«

»Ich würde es ganz genauso tun. Er soll sich grämen und heulen!«

»Vor allem soll er mir weiterhelfen.«

»Es ist ja wohl auch in seinem Interesse, eure Tochter zu finden.«

»Oh ja. Frühstück? Oder bist du mit Fynn verabredet?«

»Erst nach dem Frühstück. Wenn du Rafael triffst. Das Frühstück genießen wir zusammen in der Sonne. Nur wir zwei.«

»Sehr schön. Dann hopp, hopp!«

»Gib mir eine Minute.« Carina flitzte ins Bad.

* * *

Der Café solo duftete herrlich. Die Freundinnen saßen im La Deliciosa, einem Café am Meer, in dem man hervorragend frühstücken konnte. Die frühlingshafte Sonne wärmte Annas Gesicht. Sie hatte sich eine Sonnenbrille aufgesetzt, Carina ebenso. Der nette Ober brachte Toast, dazu warmen Ziegenkäse mit Honig und Trüffelöl. Für Carina ein Omelett mit Tomaten und Mozzarella und einen frisch gepressten Orangensaft. Die Freundinnen genossen die Leckereien. Anna ließ den Ziegenkäse mit Honig und Trüffelöl auf ihrer Zunge zergehen. Sie lenkte das Gespräch auf diese Stadt, sie hatte keine Lust, über Rafael zu sprechen. Carina gab zu, zutiefst beeindruckt zu sein. »Barcelona ist wirklich etwas Besonderes. Und dann liegt diese geile Stadt auch noch direkt am Meer! Dieser verrückte Mix aus Kultur, tollem Essen, Nachtleben, Strand, das gibt es doch kaum irgendwo.«

»Ja, das alles hab ich damals auch sehr geliebt.«

»Das glaube ich. Hier kann man es wirklich länger aushalten. Stundenlang den Strand entlang spazieren, durch die Gassen schlendern, auf tollen Plätzen ausruhen und Café con leche trinken … Fynn ist auch hin und weg. Irgendwie ticken wir wirklich ganz schön ähnlich.«

»Das ist toll.«

»Ja, toll. Weißt du, was ich mir heute Nacht überlegt habe?«

»Was?«

»Dass ich es ihm heute sage.«

»Dass du schwanger bist?«

»Und dass ich mich in ihn verliebt habe.«

»Beides auf einmal?«

»Keine gute Idee?« Carina hatte gerade ein Stück Tomate in ihren Mund geschoben, kaute nervös.

»Doch.« Anna überlegte, schob ihre Sonnenbrille ins Haar. Carina tat es ihr gleich.

»Doch, du hast recht. Wenn, dann beides auf einmal. Vielleicht erst mal das zweite.«

Carina lachte auf. »Wäre taktisch klüger. Sonst rennt er gleich schreiend davon.«

»Wie Rafael zuletzt«, seufzte Anna.

»Tut mir leid. Ich wollte dich nicht daran erinnern.«

»Schon gut. Als ich ihm gesagt habe, dass ich schwanger bin, war er ja auch total süß.«

»Wirklich? Wie denn?«

Anna lehnte sich in ihrem Stuhl zurück, sah auf das Meer. Sofort waren all die Erinnerungen wieder da. Sein Duft, sein Zimmer auf der Farm. »Rafaels Augen haben so gestrahlt, dann hat er mich herumgewirbelt, mein Gesicht zwischen seine Hände genommen und gesagt, dass er mich für immer lieben wird, für immer.«

Die Freundinnen sahen sich betreten an. Anna setzte wieder ihre Sonnenbrille auf, wie einen Schild. Carina ebenso. Beide schwiegen, betrachteten die Liebespaare, die vorbeiflanierten.

Carina unterbrach als Erste die Stille. »Auf Männer ist einfach kein Verlass.«

»Nein, überhaupt nicht.«

»Wobei, auf deinen Pablo glaube ich schon.«

»Wieso ausgerechnet auf ihn?«

»Er hat dich damals schon geliebt und tut es immer noch.«

»Ich weiß nicht.«

»Doch, aber ich. Sagt mir mein Gefühl.«

Anna nippte an ihrem inzwischen kalten Café con leche, den sie nach dem Café solo geordert hatte.

»Auf deinen Fynn ist auch Verlass, glaube ich.«

»Ich weiß nicht.«

»Doch, aber ich. Sagt mir mein Gefühl.«

Die Freundinnen sahen sich wieder an und mussten lachen.

»Au Mann.« Carina tupfte sich mit der Serviette den Mund ab. »Na ja, wer nicht wagt, der nicht gewinnt, heißt es doch. Wenn man sich in sich zurückzieht, nur um in der Liebe nicht verletzt zu werden, kann man auch nicht glücklich verliebt sein.«

»Wow, und das aus deinem Munde.« Anna musste lächeln, denn zu Hause hatte Carina immer ganz anders gesprochen. Wollte sich nicht verletzen lassen, hatte deshalb keinen Mann gefühlsmäßig an sich rangelassen.

»Tja, diese Reise, diese Stadt hat wohl einiges mit mir gemacht. Scheint eine Stadt der Liebe zu sein.«

»Das auf jeden Fall. Damals Rafael, heute Pablo.«

Pablo hatte heute früh gleich eine sehr nette Nachricht geschickt und Anna gebeten, sich nach dem Treffen mit Rafael bei ihm zu melden. Sie hatte es ihm versprochen, wollte die letzten Tage ihres Urlaubs so oft wie möglich mit ihm genießen. Seit dem Gespräch mit Bernarda war ihr bewusst geworden, dass sie ihre Tochter vermutlich lange nicht finden würde, vielleicht sogar nie. Dass sie einen Gang runterschalten musste, auch wenn es schwerfiel. Anna wollte sich die tapferen Frauen der Organisation zum Vorbild nehmen, die schon so viele Jahre nach ihren gestohlenen Kindern suchten, die ihr Leben dennoch mit einer positiven Einstellung lebten. Anna beschloss, mit der Vorstellung, dass Lori lebte, glücklich und zufrieden zu sein. Denn es war mehr, als sie sich je hatte vorstellen können. Die aufkeimende Wut über dieses mafiöse System damals, über Inez, Schwester Magdalena und deren Art, drängte sie beiseite. Glücklich zu sein war eine Entscheidung, die jeder Mensch für sich treffen konnte. Zumindest zu gewissen Teilen. Und Anna hatte das Gefühl, das Meer heilte, das Meer und die Natur machten einem klar, was wichtig war im Leben.

Carina sah auf die Uhr. »Oh, oh, Anna, ich fürchte, du musst los, Rafael wartet.«

23. Kapitel

Sie hatten sich am Mirador de Colón verabredet. Am Ende der Ramblas, am Kolumbus-Denkmal, einer sechzig Meter hohen Säule zu Ehren Christoph Kolumbus'. Rafael hatte Anna bei einem ihrer ersten Dates hierhergeführt. War mit ihr in dem kleinen Aufzug in die Kuppel gefahren, um mit ihr den Sternenhimmel über Barcelona zu betrachten. Als er jetzt diesen Treffpunkt vorgeschlagen hatte, erinnerte sich Anna sofort an damals. Daran, wie jung und leicht zu beeindrucken sie gewesen war, wie ihr Herz gepocht hatte neben diesem temperamentvollen Spanier mit seinen wilden Locken, der so sehr auf sie stand. So sehr wie noch kein Mann zuvor. Mit ihren zwanzig Jahren hatte sie bis dahin nur einen echten Verehrer gehabt: Thomas aus dem Tanzkurs, der zwar kein Rhythmusgefühl besaß, ihr aber eine rote Rose geschenkt hatte. Aber sie wollte ihn nicht küssen oder gar mehr. Und dann kam Barcelona, und Rafael. Wie eine Sternschnuppe war er in ihr Leben getreten. Genauso hell, genauso rasant. Anna hatte all das noch nie gefühlt, war sich sicher gewesen, es werde für immer halten. Weil er es ihr auch jedes Mal aufs Neue versicherte. Weil sie es in seinen Augen sah, dass er genauso fühlte wie sie. Dachte sie zumindest. Bis zu dem Tag, an dem er verschwand. Als er sie alleine ließ, mit der schwersten Bürde, die es für eine frischgebackene Mutter zu tragen gab.

Während Anna über die belebten Ramblas ging, diese beliebte Flaniermeile, bemühte sie sich, Rafaels Weggang in ihr Bewusstsein zu holen. Vermutlich hatte er extra diesen Treffpunkt gewählt, damit sie eher an ihre romantische Anfangszeit denken würde als an das niederschmetternde Ende.

Ihre Kehle fühlte sich mittlerweile wie zugeschnürt an. Sie kam am Kolumbus-Denkmal an, scannte die Menschen und fragte sich, ob sie ihn überhaupt erkennen würde. Vor dem Aufzug hatte sich eine Schlange gebildet. Heutzutage musste man sich online anmelden, um nicht so lange warten zu müssen. Damals war das nicht nötig gewesen. Wie voll es wohl erst im Sommer war?

Plötzlich hörte sie seine Stimme, genau hinter sich. »Anna, Annalina.« So hatte er sie im Bett oft zärtlich genannt. Ein Schauer durchfuhr sie. Sie drehte sich um. Sah ihm in die Augen, die immer noch so lustig funkelten, die zwar ein paar Fältchen umgaben, aber es stand ihm gut. Sein Gesicht sah männlicher aus, in seinen dunklen Locken, die er etwas kürzer trug, glitzerten an den Schläfen silberne Strähnen. Es stand ihm verdammt gut. Er hatte weder einen Bierbauch noch ein Doppelkinn bekommen, nur eine kräftigere Statur, sodass er nicht mehr ganz so dünn und dadurch in ihren Augen noch attraktiver aussah als damals. Und er blickte sie so an, als würde er dasselbe von ihr denken.

»Wow. Du siehst umwerfend aus«, flüsterte er.

»Danke.« Anna bemühte sich, knapp zu klingen. Sie ärgerte sich über sich selbst, aber dieser Mann löste wieder etwas in ihr aus. Sie wollte das nicht. Dachte an Pablo. Der jetzt bestimmt litt wie ein Hund. Zumindest sie hätte es getan, wenn sie an seiner Stelle gewesen wäre. Sie trat einen Schritt von Rafael zurück, wusste nicht, wie sie beginnen sollte, aber da brach es schon aus ihm heraus.

»Anna, als du mir am Telefon das von Lori gesagt hast, ich … ich war blind vor Wut, ich habe geschrien wie ein Tier, es meiner Mutter erzählt und …«

Er stockte. Sie horchte auf. »Und?«

Rafael schüttelte den Kopf. »Lass uns auf den Turm fahren.«

»Was? Ich will jetzt kein Sightseeing machen, es geht um unsere Tochter!« Sie wurde wütend. »Lori lebt und du musst mir helfen, sie zu suchen!«

»Schsch. Das werde ich. Ich werde dir etwas erzählen. Aber da oben. Es ist besser, glaube mir.«

Verständnislos sah sie ihn an. Was verheimlichte er vor ihr?

Er zog sein Handy hervor. »Ich habe Online-Tickets für uns gebucht. Wir müssen nicht lange anstehen.«

»Du spinnst«, entfuhr ihr. Und eigentlich hatte sie keine Lust, mit ihm in diesem engen Aufzug auf diesen Aussichtsturm zu fahren, auf dem er sie das erste Mal geküsst hatte. Aber ihre Neugierde, ihre Hoffnung, er könnte ihr helfen, er könnte etwas wissen, überwog. Sie kannte Rafael, wenn etwas nicht nach seinen Vorstellungen lief, gefiel ihm das nicht. »Also gut.«

Sie ging neben ihm zur Warteschlange, stellte sich mit ihm an und betrachtete ihn immer wieder möglichst unauffällig von der Seite. Aber immer wieder begegneten sich ihre Blicke. »Wie geht es dir inzwischen, kleine Anna, ich meine, wie lebst du in Deutschland?«

Ob mit Mann und Kindern, das wollte er wissen. Aber den Gefallen tat sie ihm nicht.

»Gut. Sehr gut«, erwiderte sie nur knapp. »Und ich bin nicht mehr die kleine Anna.«

»Entschuldige, das sehe ich. Ich sehe eine Frau mit einer tollen Ausstrahlung.«

»Spar dir deine Komplimente.«

»Komplimente kann man nie genug verteilen.«

»Das sehe ich anders. Zur richtigen Zeit am richtigen Ort von der richtigen Person, okay.«

»Oh, du hast dich wirklich verändert.«

»Ja. Du nicht?«

Er wurde ernster. »Doch.« Seine Lippen pressten sich aufeinander. Offenbar hatte er den Sunnyboy gerade nur gespielt. Ihm schien es nicht gut zu gehen, das sah Anna. Ob er es ihr noch erzählen würde?

Sie hatten Glück, es ging zügig voran, um diese Uhrzeit im März standen hier nicht so viele Touristen an. Der Aufzug befand sich in der gusseisernen Säule des Turms.

Rafael ließ Anna den Vortritt. In der engen Kabine standen sie mit einem älteren Paar aus Bayern, das sich unterhielt. »Mei, also des Barcelona is ja scho a Traum für a jede Frau.«

»Wia moanstn des?«

»s'Meer vor der Nasn, amal ned immer nur a Schnitzel, und dann so viele guad aussehende Spanier …« Die Frau zwinkerte Rafael zu.

Anna konnte es nicht fassen, wie dreist diese Person war. Ihr Mann schaute pikiert zu Boden auf seine Füße, aber Rafael lächelte nur charmant. Das Gezwinker der Frau ging ihm runter wie Öl, das sah man.

Zum Glück kamen sie jetzt an der sechzig Meter hoch gelegenen Aussichtsplattform an und stiegen aus. Von hier hatte man einen Rundumblick auf den alten Hafen und die Altstadt von Barcelona, einen grandiosen Überblick über die Innenstadt und die angrenzenden Areale wie den alten Hafen Port Vell, den Montjuïc und das Meer. Für alle, die Barcelona nur kurz besuchten, eine perfekte Möglichkeit, sehr vieles von der Stadt zu sehen, ohne weite Wege gehen zu müssen. Anna war an die Brüstung getreten, entdeckte die Sagrada Família. Sie spürte

Rafael neben sich. Sehr nahe. Anna drehte sich zu ihm um. »Also? Was wolltest du mir vorhin noch sagen?«

Er trat von einem Bein auf das andere. »Ich war gestern so verzweifelt, dass uns das geschehen ist, dass sie *uns* unser Baby gestohlen haben, ohne dass ich etwas gemerkt hatte.«

»Du warst ja auch schnell weg«, konnte sich Anna nicht zu sagen verkneifen.

»Ja, und das tut mir unendlich leid, Anna. Ich war jung, unreif, ich habe dich unendlich geliebt, aber ich war überfordert, konnte mit der Situation nicht umgehen.«

»Ich auch nicht. Niemand kann das.«

»Ja, ich weiß.«

»Und deshalb hält man dann auch zusammen, wenn man sich liebt.«

Sie merkte, sie machte ihm Vorwürfe, riss sich zusammen. Wenn sie etwas von ihm erfahren wollte, musste sie damit aufhören.

Er war verstummt, starrte auf die Stadt. Das rege Leben dort unten stand in so krassem Kontrast zu der Leere, die Anna fühlte. Die der Verlust ihrer Tochter in ihr hinterlassen hatte. Auch wenn sie lebte, was wunderbar war, so war sie dennoch nicht bei ihr.

»Wir müssen Lori finden, Rafael, nur darum geht es jetzt. Hast du irgendeine Idee? Ich habe mich schon in einer Datenbank registrieren lassen, werde das noch in anderen machen lassen, habe Kontakt zu SOS Bebés robados. Aber wenn Lori uns nicht sucht, dann hilft das alles nichts. Und vielleicht weiß sie ja nicht mal, dass ihre Adoptiveltern nicht ihre leiblichen Eltern sind.«

Rafael hatte ihr zugehört, sah blass aus. Er fuhr sich mit beiden Händen durchs Gesicht. »Anna, ich muss dir etwas sagen. Und ich dachte, ich sag es lieber hier oben, weil ich dir hier gesagt habe, wie sehr ich dich liebe. Damit du dich erinnerst, dass ich im Grunde kein schlechter Kerl bin.«

Ihr Atem stockte. »Ja?« Ihr Mund wurde trocken. Hatte er damit zu tun gehabt?

»Als du es meiner Mutter gestern am Telefon erzählt hast … nach deinem Anruf, ist sie weinend zusammengebrochen.«

»Was?« Irritiert sah Anna ihn an. »Wieso?«

»Meine kühle, distanzierte Mutter«, fügte er hinzu.

Genau so hatte er sie immer beschrieben. Was hatte diesen Gefühlsausbruch in ihr also hervorgerufen? Dass sie eine Enkeltochter hatte?

»Jetzt rede endlich!« Anna spürte ihr Herz schlagen. Ein Mädchen neben ihr drängte sich an ihnen vorbei. Anna und Rafael sahen sich einen Moment an. Die Kleine war ungefähr zehn. Sie würden nie wissen, wie Lori in diesem Alter ausgesehen hatte.

»Wieso hat deine Mutter geweint?«

Rafael haderte mit sich, holte Luft und fuhr dann endlich fort: »Weil sie als Ärztin Ende der 80er auch daran beteiligt war.«

»Was?« Annas Gedanken rasten. Seine Mutter hatte geholfen, Babys zu stehlen? »Sie hat Müttern ihre Kinder weggenommen, ist es das, was du mir sagen willst?« Ihre Stimme wurde schrill.

»Ja, und ich schwöre, ich wusste es nicht.« Er sah so ehrlich, beschämt und verzweifelt aus, Tränen drängten sich in seine Augen. Anna glaubte ihm und hätte ihn am liebsten umarmt, aber sie versuchte, ihre Fassung zu bewahren. »Das ist ja wohl das Allerletzte.«

»Das ist es. Zum Glück ist mein Vater vorletztes Jahr gestorben, er hätte sie verachtet, aus dem Haus gejagt. Sie hat mir gesagt, dass er es auch nicht wusste. Dass sie es aber auch nur dreimal getan hat. Dann bekam sie Gewissensbisse und hat damit aufgehört.«

»Dreimal? Sie hat drei Müttern und drei Kindern ihr Leben ruiniert?«

»Ja, das hat sie.« Er biss sich auf seine Lippe. »Und ich weiß jetzt nicht, wie ich damit umgehen soll. Muss ich sie anzeigen, meine eigene Mutter?«

Anna starrte ihn an. Ihre Gedanken rasten. Sie wollte sich jetzt nicht damit beschäftigen. »Ja, das musst du tun. Um der anderen Mütter willen. Damit sie ihre Babys zurückbekommen. Aber vorher ...« Sie hielt inne. Ein Gedanke reifte in ihr.

»Was vorher?«, hakte er nach.

»Vorher muss deine Mutter uns helfen. Sie kennt Leute, die so etwas getan haben. Sie muss für uns herausfinden, wer Lori adoptiert hat. Es gibt ganz sicher irgendwo Unterlagen, im Verborgenen.«

Rafael sah sie an. Seine Augen leuchteten endlich wieder. »Anna, du bist die Beste. Und wie sie das muss. Es geht schließlich um ihre Enkelin, und um mich. Und dich.«

Er zog sie an den Schultern zu sich, drückte sie fest an sich und wirbelte sie herum. Wie damals. Anna wurde schwindelig, sie löste sich. Ihre Hoffnung, Lori doch sehr bald zu finden, war wieder da. »Lass, Rafael, bitte, rede schnell mit deiner Mutter, ich bin nicht mehr lange in Barcelona und ich wäre die glücklichste Frau der Welt, wenn ich Lori ganz bald sehen könnte.«

»Und ich der glücklichste Mann, das kannst du mir glauben.«

Er nahm einfach ihre Hand, zog sie in Richtung Aufzug und wartete dort mit ihr, Hand in Hand.

* * *

Rafael hatte sie zu ihrem Hotel begleitet, war danach in der Metro verschwunden, um zu seiner Mutter zu fahren und sie zu erpressen. So hatte er es ausgedrückt, letzten Endes war es schließlich nichts anderes, aber diese Frau hatte es verdient. Wie hatte sie nur so eiskalt werden können? Sie hatte Rafael früher einmal offenbart, dass sie selbst als Pflegekind in einer Familie groß geworden war, weil ihre Mutter sie nicht gewollt hatte. Jetzt fiel es Anna wieder ein, Rafael hatte es ihr einmal erzählt. War es eine Art Rache? Weil ihre eigene Mutter sie weggegeben hatte, sollte es auch anderen so ergehen, nicht von der leiblichen Mutter geliebt zu werden? Anna schwirrte der Kopf. Wie sehr das Kinder verletzen konnte, mochte sie sich nicht vorstellen. Sie hoffte fast, dass Lori bis jetzt nichts davon wusste, nicht bei ihren leiblichen Eltern aufgewachsen zu sein.

Anna hatte Carina angerufen, ihr alles kurz erzählt und sich mit ihr im Hotel verabredet. Die Freundin wartete schon im Zimmer, nahm Anna sofort in den Arm. »Mensch, Anna, jetzt gibt es ja wirklich Hoffnung.«

»Meinst du?«

»Ja, so wie du es erzählt hast, wird Rafael ihr den Kopf waschen und sie zwingen, etwas herauszufinden. Und vermutlich geht das so sogar am schnellsten.«

Die Freundinnen setzten sich auf den Balkon, blickten aufs Meer. Anna fühlte sich ausgelaugt, aber glücklich.

»Und wie war es mit Rafael?«, fragte Carina nach. »Wie sah er aus?«

Anna seufzte. »Leider sehr gut.«

»Oh, oh.«

»Nein, nichts oh, oh.«

»Nein?«

»Pablo gefällt mir besser, ich hab total Sehnsucht nach ihm. Ich habe ihn auch gleich versucht anzurufen, unten schon in der Lobby, aber er ging nicht ran.« Nachdenklich fügte sie hinzu:

»Komisch, ich an seiner Stelle hätte auf glühenden Kohlen gesessen, wenn er sich mit seiner Ex getroffen hätte.«

»Vielleicht hat er ja gerade … einen Zahnarzttermin, den Mund weit auf und kann nicht sprechen«, scherzte Carina.

»Du Quatschkopf.« Anna lachte. Sie liebte es, wenn Carina sie immer wieder zum Lachen brachte. Forschend sah sie Carina an. »Und bei dir?«

Wie aufs Stichwort erschien Fynns Kopf am Nachbarbalkon. Er grinste.

»Hast du etwa gelauscht?«

»Nein, wirklich nicht, also nicht viel. Das mit dem Zahnarzt hab ich mitgekriegt.«

Anna sah Carina an, die lächelte. »Okay, das sieht gut aus, sehr gut sogar.«

»Komm rüber, aber halte dich gut fest«, sagte Carina zu Fynn. Der schwang sich über die Brüstung, trat zu Carina und gab ihr einen zärtlichen Kuss auf den Mund. Dann sah er Anna an. »Wohooo! Ich hätte nie gedacht, dass diese Traumfrau einen alten Schweden wie mich will, aber sie tut es und solange sie ihre Meinung nicht ändert, mache ich Nägel mit Köpfen. So sind wir Schweden.«

Anna grinste. Sie freute sich so für Carina. Denn zu oft musste die Freundin erleben, dass Männer kalte Füße bekamen, wenn es ernster wurde, zu oft war ihre Freundin abserviert worden von irgendwelchen Kerlen, die nur einen One-Night-Stand wollten. Und jetzt sogar schwanger, hatte sie endlich Glück!

»Fynn zieht erst mal nach München. Er kann im Home-Office arbeiten und wir versuchen es einfach mal.«

»Wow! Das freut mich riesig für euch.«

»Und ich liebe Kinder, ich werde es lieben und ich werde ihr noch eins machen«, fuhr er überschwänglich fort.

Carina lachte auf. »Na ja, jetzt gucken wir erst mal, wie alles läuft, würde ich sagen. Wenn ich bald als Kugel herumrolle und nur noch Streuselkuchen in mich reinstopfe …, das hat nämlich meine Mama gemacht, als sie mit mir schwanger war.«

Fynn grinste und versicherte, auch mit einem rollenden Streuselkuchen klarzukommen. Die beiden scherzten weiter und Anna beobachtete sie noch einen Moment, ging dann aber hinein ins Zimmer, legte sich aufs Bett. Fynn hatte Humor und passte wunderbar zu Carina. Anna dachte sofort an Pablo, der sie auch zum Lachen brachte, auf seine ganz eigene, eher stillere Art, die sie aber so sehr an ihm mochte. Rafael hatte zwar zugegebenermaßen ein paar alte Gefühle geweckt, darunter aber auch das damalige Gefühl, in ihrer dunkelsten Stunde im Stich gelassen zu werden. Es hatte so weh getan, all die Jahre, dass sie auch diesen Schmerz so gut es ging verdrängt hatte. Aber wie ihr hier in Barcelona klar geworden war, konnte man Gefühle nicht für immer verdrängen. Erst recht nicht schmerzliche Gefühle. Anna war froh, diese Reise unternommen zu haben, auch um zu sich selbst zu finden, um zu heilen. Ob aus ihr und Pablo wirklich dauerhaft ein Paar werden würde, wusste sie nicht, das konnte sie nur hoffen, denn sie liebte ihn. Mehr als sie Viktor je geliebt hatte, und anders als die kleine Anna damals mit zwanzig Jahren Rafael.

Pablo war ihr Mann, das sagte ihr ihr Bauchgefühl, und wenn es mit ihm nichts werden würde, dann würde sie lieber alleine sein, als irgendwelche Kompromisse einzugehen. Ihr Entschluss, sich von Viktor zu trennen, stand fest. Sie würde es ihm sofort nach ihrer Ankunft in München sagen. Auch, dass man mit ihr nicht alles machen konnte. Nicht mehr. Dass sie nicht hysterisch war, sondern dass Lori lebte und sie die Hoffnung, ihre Tochter zu finden, ihr Leben lang nicht aufgeben würde.

Ihr Handy piepte. Pablo hatte sich endlich gemeldet. Sehen wir uns?

Sofort tippte sie zurück. »Ja, sehr gern! Jetzt gleich?« Keine Spielchen wie mit Viktor, kein extra Warten, bis man antwortete, um sich interessant zu machen. Für Pablo war sie interessant.

Sie verabredeten einen Treffpunkt und sofort fühlte sich Anna wieder fit. Rasch ging sie ins Bad, zog ihren Kajalstrich nach und verabschiedete sich von Carina. Die Freundinnen hatten ausgemacht, die letzte Zeit in Barcelona mit ihrem Liebsten zu verbringen und sich dann in München zu einem ausgiebigen Freundinnennachmittag zu treffen. Es war ein wirklich ungewöhnlicher Freundinnenurlaub geworden, aber ein ganz besonderer, also umso schöner. Darin waren sich die beiden einig.

Sie hatten sich an Pablos Lieblingsort verabredet. An der Carrer de l'Allada-Vermell, einer Straße mit vielen Terrassen und Palmen. Anna konnte mittlerweile besser mit dem Handynavi umgehen, kam an der Straße an und sah sich angetan um. Sie konnte sofort verstehen, warum Pablo diese Ecke so liebte. Anna kannte sie von damals nicht, sie hatte wirklich viel zu wenig von dieser besonderen Stadt gesehen. Anwohner und Ladenbesitzer hatten an den Fassaden ihrer Häuser zahlreiche üppig bepflanzte Blumentöpfe angebracht und ebenso viele direkt davor aufgestellt. Auch Bäume und sogar Palmen gab es in dieser Straße. Eine grüne Oase, mitten in Barcelona. Natur und Kunst schien das Motto zu sein, eine rote Sitzinsel, die aussah wie ein Kunstwerk, lud zum Verweilen ein. Und dort saß bereits Pablo, sah ihr etwas nervös entgegen. Sofort spürte sie ein Ziehen im Bauch. Anna strahlte ihn an. Er hatte sich offensichtlich wirklich Sorgen gemacht, sie könnte wieder Gefühle für Rafael entwickelt haben. Dabei war sie nicht der Typ, der gefühlsmäßig so schwankte. Dass sie nicht mehr genug für Viktor empfand, war ihr im Grunde schon länger klar, sie hatte es sich nur nicht eingestehen wollen. Und dass Rafael Charme besaß, nach wie vor, und attraktiv war, hieß ja nicht, dass sie ihn immer noch liebte. All das sagte sie Pablo, nachdem sie ihn geküsst hatte, und sie spürte seine Sorge in ihren Armen dahinschmelzen. Er packte sie leidenschaftlich, küsste sie und sie spürte seine Liebe, seine Sehnsucht. Dann hielt er mit seinen Händen ihren Kopf, lehnte seine Stirn an die ihre und flüsterte: »Ich bin fast verrückt geworden bei dem Gedanken, dass du und Rafael …«

»Es gibt nur uns. Aber er muss mir helfen. Das ist er mir schuldig.«

Pablo löste seine Hände und nickte. »Und wie er das ist. Hoffentlich bekommt seine Mutter rasch etwas heraus.«

»Ja. Morgen geht mein Flug«, sagte sie und schluckte. Sollte sie ihn jetzt fragen, wie es mit ihnen weiterging?

Auch er zuckte zusammen. Sah sie ernst an. »Wie geht es mit uns weiter?«, fragte er.

»Ich werde mich von Viktor trennen. Er ahnt es schon, glaube ich. Und ich habe das Gefühl, ihm geht es ähnlich. Wir wissen beide, dass es schon länger nur noch Gewohnheit war. Dann werde ich dort ausziehen und …«

»… und du kommst nach Barcelona«, vervollständigte er ihren Satz.

»Was?« Sie lachte auf.

»Natürlich. Bis du Lori findest, solltest du hierbleiben. Und falls sie hier in der Nähe wohnt, erst recht.«

»Und mein Job?«

Er dachte nach. »Wie sehr hängst du an deinem Job?«

»Ich mag ihn. Meinen einen Chef nicht wirklich, aber Carina ist ja auch da.«

»Aber nicht mehr lange, sie bekommt ein Baby.«

»Pablo, ich finde nicht einfach so einen Job in Spanien.«

»Kannst du nicht ein paar Wochen unbezahlten Urlaub bekommen?«

Anna dachte nach. Um hier zu sein und nach Lori zu suchen, wäre es tatsächlich gut. »Ich kann meinen Chef ja mal fragen. Wir hatten erst eine Praktikantin, die mich vielleicht vertreten könnte, sie ist pfiffig.«

»Bestimmt nicht so klug wie du. Aber das wäre wundervoll. Du kannst bei mir wohnen.« Anna sah ihn überrascht an. Er wollte, dass sie bei ihm einzog?

»In Inez' alter Wohnung?«

»Vergiss Inez. Es ist meine Wohnung, seit vielen Jahren.«

Anna lächelte. Es klang verführerisch. »Eigentlich wollte ich nicht mehr ›bei einem Mann einziehen‹, sondern wenn, gemeinsam etwas Neues starten.«

»Das klingt auch gut. Langfristig können wir das gern machen. Aber der Wohnungsmarkt ist hier auch nicht gerade einfach.«

Langfristig. Er hatte »langfristig« gesagt. Anna spürte, endlich angekommen zu sein. Und plötzlich machte es ihr auch nichts mehr aus, vorübergehend in Inez' früherer Wohnung zu leben.

»Wir könnten uns etwas am Meer suchen, etwas außerhalb von Barcelona«, schlug Pablo vor.

»Das wäre … ein Traum. Ich liebe das Meer.«

»Ich auch. Und ich liebe dich.«

Er umfasste ihre Hüften, zog sie zu sich. Sie spürte seinen starken Körper, lehnte sich an ihn. Legte ihren Kopf auf seine Schulter und schloss einen Moment die Augen. Wenn sie jetzt auch noch Lori finden würde, wäre ihr Glück perfekt.

Sie verbrachten einen wundervollen Nachmittag, aßen in einer kleinen Tapasbar, der Jai-Ca, Pimientos de Padron, kleine grüne Paprika, angebraten mit Salz, Champiñones al Ajo, Champignons angebraten in Öl mit Knoblauch, und Tortilla de Patatas. Pablo fütterte Anna, küsste sie immer wieder und sie lachten zusammen und hielten sich fest. Noch hatten sie nicht miteinander geschlafen, aber Anna sehnte sich immer mehr danach.

Doch zuerst wollte sie die Beziehung zu Viktor beenden, und Pablo verstand das.

Am nächsten Morgen brachten Pablo und Fynn, dessen Flug nach Stockholm zwei Tage später ging, die Freundinnen zum Flughafen. Ihre ereignisreiche Reise ging zu Ende. Fynn hatte schon mit seinem Arbeitgeber gesprochen und Home-Office vereinbart und wollte bereits übernächste Woche nach München zu Carina ziehen. Weil ihre Mutter am Stadtrand von München wohnte und versprochen hatte, Carina mit dem Kind viel zu unterstützen, wollte Carina in München bleiben. Für Fynn kein Problem, er liebte Schweinshaxe und Biergärten. Er freute sich auf einen neuen Abschnitt in seinem Leben, sie hatten sich sogar schon zusammen zu einem Geburtsvorbereitungskurs in Schwabing angemeldet, und das war Fynns Idee gewesen.

Am Flughafen war viel los. Touristen kamen an, andere beendeten gerade wie sie ihren Urlaub, ratterten mit ihren Koffern an Anna vorbei. Sie stand mit Pablo Hand in Hand da, die beiden sahen sich traurig in die Augen. Er fehlte ihr jetzt schon. Sie hatten ausgemacht, dass Anna erst einmal alles in Ruhe mit Viktor und ihrem Chef besprechen sollte und sie dann spontan sehen würden, wann sie wieder nach Barcelona kommen konnte. Ganz so einfach wie bei Carina und Fynn würde es sicher nicht laufen.

Mit Rafael hatte sie Kontakt, fragte immer wieder per WhatsApp nach, ob seine Mutter schon etwas herausgefunden habe. Aber die alten Seilschaften schienen nicht so leicht zu aktivieren zu sein. »Ein Mantel des Schweigens hat sich über alles gelegt«, hatte seine Mutter gesagt. Immerhin hatte sie eingewilligt, ihnen zu helfen. Die Schuld erdrückte sie offenbar seit Jahren und Anna hatte es Rafael freigestellt, ob er sie anschließend wirklich anzeigen wollte. Wenn sie ihnen helfen würde, Lori zu finden, konnte sie für ihren Teil darauf verzichten. Ihre Lori, ihr Herz schlug jedes Mal schneller, wenn sie daran dachte, dass ihre Tochter lebte. Aufgewühlt umarmte Anna Pablo und auch er drückte sie, so fest, dass es ihr fast den Atem nahm.

»Ich vermisse dich jetzt schon«, flüsterte er.

»Und ich dich.«

»Wenn du dich wieder auf deinen Viktor einlässt, komme ich und entführe dich.«

Anna lachte. Es tat so gut, so geliebt zu werden. Und selbst endlich wieder lieben zu können. Wenn sie diese Reise nicht unternommen hätte, dann hätte sie vielleicht immer noch in einer eingeschlafenen Beziehung in einem eingefahrenen Alltag gesteckt und das die nächsten Jahre. Egal in welchem Alter, man konnte seinem Leben eine neue Richtung geben. Beziehungen hinterfragen, ihnen neue Chancen geben oder sich trennen. Veränderungen taten manchmal weh, erwiesen sich langfristig aber meistens als sehr gut.

24. Kapitel

2019, München

Ihre Wohnung in München roch so vertraut und dennoch so fremd nach dieser Reise. Anna hatte gerade den Flur betreten und streifte ihre Ballerinas ab. Sie lauschte. Nur das Ticken der Designer-Küchenuhr, das sie noch nie gemocht hatte, war zu hören. Viktor hatte sie gekauft und wollte sie partout nicht durch eine andere ersetzen, obwohl dieses Ticken Anna von Anfang an gestört hatte. »Sie ist von einem bekannten Designer, den kennst du nicht, aber mir gefällt sie«, hatte er gesagt.

Allein wenn sie daran dachte. Wieso war ihr nicht früher aufgefallen, wie ichbezogen Viktor war. Wie wenig sie bei der Einrichtung hatte mitreden dürfen. Gut, sie war zu ihm gezogen, da hatte er schon einen perfekten Hausstand und sie nur ein paar Möbel von Ikea und Habitat gehabt. Aber ihre frühere Wohnung war gemütlicher gewesen als Viktors. So gemütlich wie Pablos. Sie fühlte sich schlecht, Viktor bereits mental betrogen zu haben, aber gegen ihre Gefühle konnte sie ja nichts tun. Sich von ihm zu trennen würde sicher nicht einfach werden, sie wollte ihm nicht wehtun und hatte deshalb einen Kloß im Magen.

Nachdem sie sich einen Kaffee gemacht hatte, der nicht so gut schmeckte wie der in Barcelona, obwohl er aus einem extrem teuren Kaffeevollautomaten kam, schrieb sie Viktor eine Nachricht, dass sie bereits zu Hause sei. Wann er heute komme?

Er antwortete nicht, obwohl er die Nachricht gesehen hatte.

Anna packte ihren Reisekoffer aus, steckte Sachen in die Waschmaschine und stellte sich unter die Dusche.

Sie hatte sich zwar erst am Morgen im Hotel geduscht, fühlte sich jedoch irgendwie schmutzig. Viktor würde ihr sicher nicht glauben, dass sie ihn nicht betrogen hatte. Auf der anderen Seite, wann fing ein Betrug an?

Nach dem Duschen cremte sie sich mit einer Mandelöllotion ein. Sie wollte mehr auf sich achten, das hatte sie sich fest vorgenommen. Immer wieder schweiften ihre Gedanken zu Lori. Hatte sie eine ähnliche Figur? Die gleichen glatten Haare? Hatte sie Rafaels schöne Augen? Anna zog sich ihren Morgenmantel über, ging in die Küche, bereitete sich ein Obstmüsli aus Trauben, Banane und Apfel, dazu Kürbis- und Sonnenblumenkerne.

Morgen musste sie wieder ins Büro, musste mit ihrem Chef reden und hoffen, dass er ihr unbezahlten Urlaub gab. Hier, zurück im Alltag, glaubte sie nicht mehr daran. *»Love it or leave it«*, war seine Devise. »Liebe deinen Job oder verlasse ihn.«

Sie hörte den Schlüssel im Schloss. Anna legte ihren Müslilöffel beiseite, schluckte. Der Kloß im Magen wurde größer.

Kurz darauf stand Viktor in der Tür, sah sie an, kam nicht näher, umarmte sie nicht, stand einfach im Türrahmen und blickte ernst und traurig. Anna stand zögerlich auf, ihr Herz klopfte. Sie waren so lange zusammen gewesen, auch wenn sie ihn nicht mehr liebte, wollte sie diesem Menschen nicht wehtun.

»Ich möchte dir nicht wehtun«, kam er ihr zuvor.

Fragend sah sie ihn an.

»Können wir ins Wohnzimmer gehen und in Ruhe reden?«

Er drehte sich abrupt um, ging vor, setzte sich in den alleinstehenden Sessel, wartete, bis sie sich ihm gegenüber aufs Sofa gesetzt hatte, die Beine anzog, ihn ansah. Er trommelte mit den Fingern auf die Armlehne des Ledersessels.

Wieder preschte er vor. »Ich denke schon länger darüber nach.«

Verblüfft sah sie ihn an.

»Ich will *mehr*. Wir sind wie Brüderchen und Schwesterchen, schon lange.«

Damit hatte sie nicht gerechnet. Aber es stimmte – einmal abgesehen vom Sex.

»Ja, das sind wir. Ich mag dich sehr, Viktor, wirklich.«

»Und ich dich. Also lass es uns mit Würde beenden. Ich möchte Schluss machen.«

Wieder sah sie ihn nur an. *Er* wollte Schluss machen? Sofort war ihr klar, dass er sein Gesicht wahren wollte, um vor seinen Freunden sagen zu können, dass er derjenige gewesen war, der die Beziehung beendet hatte.

»Ich denke auch, dass wir zusammen nicht mehr glücklich sind.«

Er zuckte zusammen. »Bist du nicht?«

»Auf eine Art schon. Aber nicht mehr so, wie es sein sollte.«

»Mmhm. War klar, dass du dich wieder auf diesen Rafael einlässt«, entfuhr es ihm jetzt. Sie sah ihm an, dass er das nicht hatte sagen wollen.

»Nein, habe ich nicht, er hilft mir aber, Lori zu finden.«

»Ach ja, viel Glück.«

Wütend sah sie ihn an. Mehr hatte er dazu nicht zu sagen? Schon am Handy, als sie ihn bei einem ihrer seltenen Telefonate über den Stand ihrer Suche nach Lori informiert hatte, klang er nicht wie besonders bei der Sache.

Sie stand auf, zog den Gürtel ihres Morgenmantels enger.

»Warte.«

»Worauf?«

»Was hast du jetzt vor?«

»Ich ziehe aus. Bei Carina im Haus ist eine Ferienwohnung frei, hat sie gesagt. Da ziehe ich erst mal ein.«

Er schnaufte durch. »Und wie soll ich dann die Raten zahlen?«

»Was?«

»Die Raten für diese Wohnung?«

»Ich dachte, das ist kein Problem für dich?«

»Ist es auch nicht.«

»Lass uns bitte nicht über Geld streiten.«

»Okay, aber wie hast du dir das gedacht? Wir haben zusammen eine Eigentumswohnung, die noch nicht abbezahlt ist.«

»So genau habe ich mir ehrlich gesagt darüber keine Gedanken gemacht.«

»Ich will sie nicht verkaufen, um dich auszuzahlen. Du stehst mit im Grundbuch.«

»Das musst du nicht. Ich weiß auch nicht, ich will kein Geld von dir. Das, was ich reingezahlt habe, war wie eine Miete. Es ist okay.«

»Gut.« Er schien zufrieden, vermutlich war das seine größte Sorge gewesen. Sie hatte kein Kapital gehabt, als er die Wohnung kaufen wollte, verlangte jetzt deshalb auch kein Geld von ihm. Miete hätte sie auch woanders zahlen müssen. Außerdem war ihr Geld nicht besonders wichtig. Was sie wollte, war, Lori zu finden und mit Pablo zusammen zu sein.

Anna ging in Richtung Flur, drehte sich noch einmal um. »Ich rede morgen mit meinem Chef, ob er mir unbezahlten Urlaub gibt. Ich hoffe es sehr.«

Sauer sah er sie an. »Und dann gehst du nach Spanien? Du hast mich belogen. Es geht doch um diesen Rafael!«

»Nein. Um ihn geht es nicht. Es geht um uns.«

Sie ging. Und der Kloß in ihrem Magen fühlte sich kleiner an. War zwar noch da, weil es vermutlich immer wehtat, eine langjährige Beziehung zu beenden, aber er würde sich auflösen, da war sie sich sicher. Spätestens irgendwann in der Sonne Spaniens, bei einem Café con leche am Meer.

25. Kapitel

2019, Sommer, ein paar Monate später, München

Anna schleppte für Carina, deren Schwangerschaft trotz des locker sitzenden leichten Sommerkleides mittlerweile deutlich sichtbar war, eine Sprudelkiste in den dritten Stock ihres Mietshauses.

»Das kann doch wirklich Fynn machen, wenn er wieder da ist«, wiederholte Carina.

»Wir Frauen sind auch stark«, entgegnete Anna nur lächelnd und ging weiter die Treppe hinauf.

Fynn hatte gerade einen Termin mit einem neuen Kunden im Biergarten am Chinesischen Turm. Er war wie geplant eine Woche nach ihrem Urlaub in Barcelona bei Carina eingezogen. Mit Laptop und einem Koffer. Mehr brauchte er nicht, hatte er verkündet, sie geküsst, ihr über den Bauch gestreichelt und sie an sich gezogen.

Anna freute sich sehr für die beiden. Noch nie hatte sie Carina so glücklich gesehen. Ihr selbst hatte der Auszug bei Viktor gutgetan. Sie fühlte sich sogar befreit. Zum Glück hatte Anna einen Spezialpreis für die Ferienwohnung bekommen, nur so konnte sie sich momentan finanzieren.

Ihr Chef hatte ihr leider keinen unbezahlten Urlaub gegeben, war knallhart geblieben. »*Love it or leave it*«, hatte er wirklich gesagt. Anna, die das Geld brauchte, musste also weiter in München bleiben, in der PR-Branche arbeiten, die ihre Mitarbeiter nur aussaugte. Anna wollte sich von hier aus in Spanien bewerben. Sie wollte nicht ohne Job zu Pablo ziehen. Auch wenn sie ihn unendlich vermisste. »Erst ein Job, ich will nicht finanziell abhängig von einem Mann sein«, hatte sie ihm erklärt. Sie wollte frei sein, auch frei darin, zu gehen, wenn es mit ihm nicht gut laufen sollte. So viel Lebenserfahrung hatte sie mittlerweile gesammelt, um zu wissen, dass das immer geschehen konnte. Auch wenn ihr Herz ihr sagte, es stimme alles. Doch die Jobsuche in Spanien gestaltete sich schwierig, obwohl Anna bereit war, deutlich weniger zu verdienen.

Pablo war jedes zweite Wochenende nach München gekommen, brachte manchmal Naias selbst gemachte Pfirsichkonfitüre mit oder eine andere Köstlichkeit aus Spanien. Zusammen erkundeten sie die Stadt und ihre Biergärten, legten sich an der Isar in die Sonne und liebten sich in Annas kleiner Wohnung stundenlang. Pablo trug sie auf Händen, bekochte sie, liebte sie, erforschte ihren Körper und gab ihr das Gefühl, etwas ganz Besonderes zu sein. Eine Partnerin auf Augenhöhe.

Eines Tages, es war ein Pablo-Wochenende, kam mal wieder eine Nachricht von Rafael. Er meldete sich nur sporadisch, denn es gab bisher nichts Neues. Manchmal klangen seine Nachrichten etwas sehnsüchtig, aber Anna ging nie auf seinen Flirtton ein.

»Meine Mutter hat einen Hinweis bekommen«, stand da. Annas Herz raste augenblicklich. »Pablo, Lori! Rafael schreibt, es gebe eine Spur!«

Pablo sah Anna an, nahm sie in den Arm, drückte sie ganz fest. Anna löste sich, wollte Rafael sofort anrufen. Während sie wartete, bis abgenommen wurde, ging ihr so vieles durch den

Kopf. Sie hatte ihre DNA-Information mittlerweile in mehreren Laboren und Organisationen hinterlassen, noch kein einziges Mal hatte sie etwas gehört. Vermutlich, weil Lori nicht nach ihr suchte. Pablo nahm ihre freie Hand, hielt sie.

Jetzt meldete sich Rafael, seine Stimme wirkte ruhig. »Es ist nur ein Hinweis, Anna, ich weiß nicht, ob er zu etwas führt. Aber ich dachte, ich sage es dir.«

»Ich gehe jedem Hinweis nach«, erklärte sie fest. »Was hat deine Mutter herausgefunden?«

»Sie hat herausgefunden, dass Schwester Magdalena gestorben ist.«

»Oh.«

»Aber es gibt Notizen von ihr, die in einem Kirchenarchiv aufgetaucht sind.«

»Notizen?«

»In Krankenhäusern wurde so etwas natürlich nicht dokumentiert, aber die Kirche, die ja meinte, zum Wohle des Kindes zu agieren, hat öfter Eintragungen im Kirchenarchiv vorgenommen. Und inzwischen will die Kirche ja helfen, Fälle wie diesen aufzudecken. Es gab tatsächlich eine illegale Adoption in der Zeit, in der sie uns Lori weggenommen haben, in diesem Krankenhaus. Ein genaues Datum steht da wohl nicht, nur der Monat. März.«

Anna bekam kaum noch Luft.

Rafael fuhr fort: »Und es war ein Mädchen.«

Anna sah Pablo an, rief ins Telefon: »Ich komme nach Barcelona, so schnell es geht.«

»Ja? Gut, treffen wir uns, sobald du da bist, dann erzähle ich dir mehr, viel ist es nicht. Ich bin gerade im Auto, habe gleich einen Termin.«

»Alles klar.«

Sie verabredeten, dass sich Anna bei Rafael melden würde, sobald sie wusste, wann ihr Flieger ankam.

Aufgewühlt legte sie auf, umarmte Pablo, löste sich, strich sich die Haare zurück. »Sie könnte es wirklich sein. Ist das nicht verrückt?«

Pablo lächelte, aber in seiner Miene spiegelte sich auch Sorge. »Anna, ich freue mich unendlich mit dir, wenn es so ist, das weißt du. Aber noch ist es nicht zu hundert Prozent sicher. Und selbst wenn es ein Test beweist, bitte erinnere dich auch an die Worte dieser Frau aus der Organisation …«

»Dass Lori mir nicht sofort in die Arme fallen wird, das ist mir klar. Wir sind uns fremd, müssen uns erst einmal kennenlernen.«

»Vielleicht will sie das auch gar nicht, dich kennenlernen.«

Sie spürte einen Stich im Magen. »Wieso redest du mir jetzt alles schlecht?«

»Das tue ich nicht, ich will nur nicht, dass du verletzt wirst.«

»Noch mehr verletzt werden kann ich nicht. Ich habe geglaubt, meine Tochter wäre tot. Jetzt lebt sie. Irgendwo. Und vielleicht ist sie es, diese junge Frau.« Sie lachte auf. Glücklich, aufgeregt, und insgeheim voller Angst, enttäuscht zu werden. Sie sah Pablo an und plötzlich wurde ihr klar, wovor *er* Angst hatte. Davor, dass Rafael und sie als Eltern doch wieder zusammenfinden könnten, wenn es wirklich Lori sein sollte.

»Pablo, bitte, mach dir keine Gedanken. Ich liebe *dich*. Daran wird sich nichts ändern.«

Er lächelte sie an. »Und ich dich. Und ich bin für dich da, egal was passiert. Ich sehe gleich nach, ob in meiner Maschine nach Barcelona morgen noch ein Platz frei ist.«

»Danke.« Sie sah ihn an, diesen Mann, der zu ihr stand, in jeder Lebenslage.

26. Kapitel

2019, Barcelona

Die Sonne schien so heiß im August, die Stadt war voller Leben und Anna wischte sich über die feuchte Stirn, ihr Herz raste wie nie zuvor. Pablo und sie saßen in einem Café, er hielt die ganze Zeit ihre Hand, was gut war, denn sonst wäre sie vermutlich umgekippt vor Aufregung.

Sie hatten sich mit Rafael im Café Alsur direkt am Parc de la Ciutadella in der Carrer de la Ribera verabredet. Der Park war eine der größten und beliebtesten Parkanlagen der Stadt, zentral gelegen. Hier gab es eine schöne große Wiese, um sich hinzusetzen, Skulpturen, historische Gebäude, einen Springbrunnen, einen See, auf dem man Boot fahren konnte, und einen Wasserfall. Anna und Pablo waren etwas zu früh da gewesen und deshalb durch den Park spaziert. Die Natur ringsum hatte Anna wieder etwas zur Ruhe gebracht. Aber jetzt, da Rafael gleich eintreffen musste, stieg ihre Nervosität wieder. Ihr Handy piepte. Rasch sah Anna darauf. Carina schickte ihr aus München eine Nachricht: Denke an Dich, Süße, drücke die Daumen!

Sie blickte auf und da kam Rafael auf sie zu, die Hände lässig in den Hosentaschen. Anna sah ihn inzwischen mit anderen Augen. Er wirkte cool, das hatte sie damals angezogen. Inzwischen fand sie es fast schon arrogant. Er begrüßte Anna mit Küsschen rechts und links, gab Pablo die Hand.

»Lang nicht gesehen«, sagte Rafael und taxierte Pablo.

»Ja, nachdem du damals so schnell weg warst«, konnte sich Pablo nicht verkneifen zu erwidern. Die beiden sahen sich an wie Hähne kurz vorm Hahnenkampf. Dann wandte sich Rafael Anna zu und wie er mit ihr umging, zeigte deutlich, dass er wieder Interesse an ihr hatte, vielleicht auch nur, weil sie jetzt mit Pablo zusammen war. Männer. Auf jeden Fall versetzte es Pablo in Alarmbereitschaft, das konnte sie sehen. Rafael setzte sich, bestellte beim Ober einen Café solo.

Anna hatte jetzt keinen Kopf für die Rivalitäten der beiden Männer.

»Also, erzähl bitte, was hat deine Mutter genau über diese illegale Adoption herausgefunden, wieso denkt sie, es könnte Lori sein?«

»Weil im März 1999 sicher nicht mehrere Mädchen aus genau diesem Krankenhaus gestohlen worden sind.«

»Das ist wahr. Was weißt du über sie?«

»Diese junge Frau ist jetzt zwanzig Jahre alt, lebt offenbar in Sitges, südlich von Barcelona. Eine Adresse habe ich nicht. Der Kirchenmann, der meine Mutter in die Archivunterlagen blicken ließ, ist zwiegespalten, will die Adoptiveltern schützen, aber auch uns helfen.«

Anna ging nicht weiter darauf ein, sie wollte jetzt nur ihre Lori.

»Wie weit ist Sitges entfernt?«

»Nicht weit von hier, nur vierzig Minuten.«

Anna warf Pablo einen erleichterten Blick zu. »Und einen Namen der Adoptiveltern? Irgendwas noch?«

Rafael fuhr fort: »Nein, weder deren Namen noch die Adresse rückt der Informant heraus. Nur den Vornamen des Mädchens. Der jungen Frau. Sie heißt nicht Lori, das ist dir schon klar, oder, Anna?«

»Natürlich.« Das war ihr klar gewesen, aber in ihren innerlichen Zwiegesprächen hatte sie weiter Lori geheißen, wie auch sonst, wenn sie keinen anderen Namen kannte. »Wie heißt sie?«

»Mara.«

»Mara?« Anna wiederholte es laut, ließ den Namen nachklingen.

»Ein sehr schöner spanischer Name«, sagte Pablo.

»Ja, das ist er. Sehr schön.« Lori gefiel ihr zwar besser, aber wenn sie ihre Tochter war, musste und wollte sie sich rasch an Mara gewöhnen. »Und was noch? Hat er noch irgendetwas gesagt, das uns weiterbringt?«

»Er hat mir einen Tipp gegeben, wo man Mara treffen kann.«

»Wo?« Atemlos wartete Anna auf seine Antwort.

»In einem Café am Meer. Dort jobbt sie.«

»In welchem?«

Pablo schaltete sich verärgert ein. »Rafael, jetzt mach dich nicht so wichtig, merkst du nicht, wie das für Anna ist? Sag endlich, was du weißt!«

»Was mischst du dich überhaupt ein?«

»Ich habe Pablo gebeten, mitzukommen.«

Wieder funkelten sich die Männer an. Pablo legte seinen Arm um sie, gab ihr Halt. Sofort verfinsterte sich Rafaels Gesicht. Hätte sie das Treffen ohne Pablo planen sollen? Einfach, um nicht auch noch dieses Männergebaren zwischen den beiden zu haben?

Nein, Pablo war ihr Partner.

»In welchem Café arbeitet sie?«, fragte sie erneut.

»Im Makamaka, einer Beach-Bar.«

* * *

Anna ging aufgeregt den Strand entlang. Gleich musste das Makamaka auftauchen. Die Wahrscheinlichkeit war gering, dass Mara ausgerechnet jetzt Schicht hatte, versuchte Anna, sich zu beruhigen. Sie hielt kurz inne, sah auf das Meer, atmete durch. Sie versuchte sich vorzustellen, wie eine Begegnung mit ihr sein würde. Aber solange sie nicht einmal wusste, welche Haarfarbe sie hatte, fiel es ihr schwer.

Anna hatte auf dem Weg beschlossen, sich der jungen Frau vorsichtig zu nähern, erst einmal inkognito. Entschlossen ging sie weiter durch den Sand auf die Beach-Bar zu. Es herrschte reger Betrieb, zwei junge Kellner bedienten hinter der Bar, drei junge Frauen kellnerten. Anna musterte sie alle drei nacheinander. Zwei von ihnen konnten es dem Äußeren nach kaum sein, sie sahen ihr oder Rafael so gar nicht ähnlich. Die Dritte aber, eine hübsche Frau mit langen dunklen Locken und einer schlanken Figur durchaus. Sie trug Hotpants, ein Sonnentop, große Kreolenohrringe, hatte Locken wie Rafael, ein schmales Gesicht, besaß eine Figur ähnlich wie Anna damals, zumindest konnte man sich das einbilden. Anna schluckte. Sie ging zur Bar, fragte einen der Kellner möglichst leise nach »Mara«. Er war gerade dabei, einen Smoothie zuzubereiten, deutete auf die Frau mit den langen dunklen Locken. Annas Herz schlug schneller. Sie bedankte sich, ging in den Bereich, in dem Mara bediente, setzte sich. Anna beobachtete Mara, wie sie mit den Gästen sprach. Sie sah wunderhübsch aus, selbstbewusst, stark.

Mara kam auf sie zu. »Was darf es sein?«, fragte sie auf Englisch.

Anna antwortete auf Spanisch: »Gern einen Maracuja-Smoothie.« Den hatte sie am Nebentisch gesehen.

»Okay.« Mara drehte sich wieder um und ging. Anna beobachtete sie weiter. Als Mara mit dem Getränk wiederkam, fragte

Anna wie beiläufig: »Entschuldigung, studieren Sie zufällig hier?«

»Ja, wieso?«

»Ach, wie gut. Ich wollte nämlich zur Universitat de Barcelona und würde gern den schönsten Weg nehmen. Können Sie mir da vielleicht helfen?«

Mara nickte. »Ich hab gleich Schluss, muss eh da hin.«

»Ach, das trifft sich ja wunderbar. Könnte ich Sie begleiten? Also ich will nicht aufdringlich sein. Aber ich habe so einen schlechten Orientierungssinn, ich bin immer froh, wenn ich mich nicht mit dem Handynavi anlegen muss.« Anna lachte.

»Klar. Mir geht es zwar ähnlich. Aber *den* Weg kenne ich. Dauert eine gute halbe Stunde von hier zu Fuß.«

»Kein Problem, vielen Dank, dann warte ich.«

Ein warmes Gefühl durchströmte Anna. Mara schien unkompliziert zu sein wie sie. Und sie hatte auch so einen schlechten Orientierungssinn. Vielleicht war sie es wirklich?

»Gern. Ich sag dann Bescheid, wenn es losgeht.«

Als ihre Schicht zu Ende war, holte Mara Anna ab und gemeinsam liefen sie in Richtung Universität, kamen am Museu Picasso Barcelona und anderen schönen Gebäuden vorbei. Anna versuchte möglichst unauffällig, mehr über Mara zu erfahren. Mara erzählte aber nur wenig über sich, dafür viel über die Stadt, die sie liebte.

Annas Gedanken rasten. Es gab definitiv eine Wellenlänge zwischen ihnen. Anna war sich fast sicher. Wie sollte sie es ansprechen, wie etwas erklären, was kein Mensch verstand? Dass es Menschen gab, die Müttern ihre Babys wegnahmen, dass es sein konnte, dass Mara bei Adoptiveltern großgeworden war, die vermutlich gar nicht wussten, dass sie ihrer leiblichen Mutter sofort nach der Geburt gestohlen worden war. Ihren leiblichen Eltern. Die Zeit schien stillzustehen, die Wolken am Himmel anzuhalten, die Vögel hörten auf zu zwitschern und lauschten mit offenem Schnabel, als Anna doch irgendwann zu reden begann und das alles sagte. Mara sah sie immer befremdeter an, wurde immer distanzierter zu ihr, schüttelte den Kopf, blieb stehen. Und dann flüsterte Anna: »Mara, ich bin vielleicht deine Mutter.«

* * *

Anna hätte nicht gedacht, dass ihr diese Worte über die Lippen kommen würden, aber sie hatte sich dieser jungen Frau so schnell so nah gefühlt, hatte es einfach nicht mehr für sich behalten können. Mara hatte wütend reagiert. Diese souverän wirkende junge Frau hatte Anna angefaucht, ob sie aus irgendeiner Klapse entsprungen sei. Sie habe eine Mutter, eine gute Mutter, die solche Lügengeschichten nicht verdient habe. Anna entschuldigte sich, aber Mara war sauer, genervt, wollte nichts mehr mit Anna zu tun haben. Sie hatte sich umgedreht, wollte davongehen, aber Anna reichte ihr noch ihre Visitenkarte, auf der ihre Handynummer stand. Mara nahm sie, ließ Anna dann aber stehen.

Passanten eilten an Anna vorbei. Hatte sie alles falsch gemacht? Tränen drängten sich hervor, Anna spürte nichts, eine Leere, eine Art Trance, stand da wie ein begossener Pudel. Sie rief Pablo an, erzählte ihm alles. »Ich hätte es ihr anders sagen sollen«, schalt sie sich aufgewühlt. »Ich hätte noch mal mit Bernarda oder Alberta reden sollen … Ich hätte mich erkundigen sollen, wie man es am besten sagt.«

»Ich denke, so etwas ist immer schwer«, sagte Pablo.

»Ich hätte klarer machen müssen, dass es ja noch nicht sicher ist, dass ich ihre Mutter bin, dass wir erst alle Gewissheit haben, wenn wir einen DNA-Test gemacht haben.«

»Egal wie«, versuchte Pablo zu beruhigen. »Sie wird jetzt bestimmt ihre Eltern fragen. Und wenn sie die Richtige ist, wird alles ans Licht kommen, glaube mir, Anna. Komm nach Hause, bitte.«

Nach Hause. Pablos Wohnung, die einst Inez, ihrer damaligen Hebamme, gehört hatte, sollte tatsächlich ihr neues Zuhause sein? Anna lag auf dem Sofa, eine Tasse Tee neben sich, und starrte an die Decke. Pablo befand sich im Schlafzimmer, führte ein Telefonat. War es ein Fehler gewesen, sich auf Pablo einzulassen, der damals mit ihrer Hebamme, die ihr all das angetan hatte, zusammen gewesen war? Ihre Gedanken rasten. Nein, schalt sie sich innerlich, so ein Unsinn. Er hatte damit eindeutig nichts zu tun gehabt, war mehr für sie da, als es Rafael je gewesen war. Meine Lori, meine Mara. Sie war es bestimmt. Oder nicht? Sie war so hübsch. Viel hübscher als ich damals, dachte sie, aber sie sah ihr schon auch ähnlich. Zumindest konnte man es sich einbilden. Eine perfekte Mischung aus Rafael und ihr. Und dennoch blieb ein Restzweifel. Vielleicht verrannte sie sich in etwas?

Sie mussten diesen verdammten DNA-Test unbedingt bald durchführen. Wenn Mara es zuließ, diese leidenschaftliche Frau, die zumindest im ersten Moment nichts mehr von ihr hatte wissen wollen. Wer konnte es ihr verdenken. Aber wie hätte Anna sie darauf vorbereiten können? Anna überlegte, Bernarda anzurufen, aber sie fühlte sich momentan zu schwach dazu. Jetzt war es eh schon zu spät, das Kind bereits in den Brunnen gefallen, so sagte man ja. Und diesmal passte es.

Anna hoffte so sehr, dass alles gut werden würde, dass sich Mara beruhigen und sich erneut mit ihr treffen würde. Pablo trat aus dem Schlafzimmer, er hatte sein Telefonat beendet, sein Hemd in der Hitze geöffnet. »Noch einen Tee?«

»Nein, danke.«

»Einen Café solo? Etwas zu essen? Fischsuppe? Pablos Fischsuppe ist die beste.«

»Das glaube ich. Nein, danke, lieb von dir. Komm einfach her.«

Er ging zu ihr, setzte sich auf die Sofakante. Sie roch seinen Duft, strich über seine Brust. So ein wundervoller Mann, sie konnte sich so glücklich schätzen, zufrieden und dankbar sein. Nicht jeder fand sie, die große Liebe. Und sie hatte das Glück bereits zum zweiten Mal. Damals war es Rafael gewesen, heute war es Pablo. Sie hatte sich verändert, war stärker geworden, reifer. Inzwischen wusste sie, auf was es im Leben ankam und wie es sich anfühlte, zu lieben. Er beugte sich zu ihr, küsste sie sanft auf den Mund. Dann löste er sich, betrachtete sie fasziniert. »Wie sieht sie aus?«

Anna lächelte. »Sie ist perfekt. Ich bin es nicht, aber ich will es auch gar nicht sein.«

»Gute Einsicht«, scherzte er. »Sonst wird man nur unglücklich.«

»Ja, das weiß ich.« Anna atmete durch. »Meinst du, sie gibt mir noch mal eine Chance?«

»Auf jeden Fall. Sie kann das nicht so stehen lassen. Es wird sie beschäftigen. Sie wird wissen wollen, ob du ihre Mutter bist. Oder eine Irre.« Er lachte.

Anna lachte mit. »Du hast recht.« Hoffnung keimte in ihr auf.

* * *

Pablo arbeitete seit Längerem in der neuen Klinik und hatte heute Dienst, in der Zeit saß Anna am Laptop auf dem Balkon und schrieb Bewerbungen. Sie wollte nicht zurück zu ihrem alten Chef in die Agentur. Sie wollte bei Pablo bleiben, herausfinden, ob Mara wirklich Lori war. In den letzten Wochen war ihr bewusst geworden, dass der Job für sie an zweiter Stelle stand, dass es ihr wichtiger war, privat glücklich zu sein. Mit den Menschen zusammen zu sein, die sie berührten. Nur Carina fehlte ihr hier. Ihre Eltern hatte sie eh immer nur zweimal im Jahr, an Ostern und Weihnachten, besucht, das würde sie von Spanien aus auch schaffen. Carina und sie hatten regen Telefonkontakt. Ihre Freundin hatte sich vorgenommen, Anna bald zu besuchen, solange es mit der Schwangerschaft und dem Fliegen ging. Und danach würde man sehen. Anna hatte die letzten Wochen und Monate noch etwas gelernt: Die Zukunft konnte man nicht komplett planen. Das Leben schlug oft andere Wege ein, veränderte sich ständig, und wenn man es schaffte, sich auf Veränderungen einzulassen, konnten diese auch gut sein.

Sie ging in die Küche, machte sich einen Tee. Da klingelte ihr Handy. Eine unbekannte Nummer. »Hola?«

»Hi, hier ist Mara.«

Ihr stockte das Herz. »Mara.« Sie zwang sich, weiterzuatmen. »Wie schön.«

Stille am Ende der Leitung. »Du bist nicht meine Mutter. Ich hab es meiner Mutter erzählt, sie hat mir gesagt, dass ich … adoptiert bin. Aber ganz legal.«

Anna hörte ihr an, dass sie dies neu herausgefunden haben musste. Aber es verstärkte ihre Hoffnung. Mara war adoptiert! Und sie duzte sie plötzlich ganz selbstverständlich. Glücklich darüber beschloss Anna, stillschweigend darauf einzugehen.

»Mara, es tut mir leid, dass ich einfach so in dein Leben geplatzt bin und alles durcheinandergebracht habe. Wirklich. Und ich glaube auch, dass deine Eltern alles legal gemacht haben. Aber vielleicht die anderen nicht.«

»Welche anderen?«

»Die im Krankenhaus, der Arzt, die Schwester, meine Hebamme, die mir dich weggenommen haben. Das erkläre ich dir aber gern alles in Ruhe. Falls ich deine Mutter bin, glaube mir bitte, ich wollte dich ganz sicher nicht weggeben, sie haben mir dich gestohlen und behauptet, du seist gestorben!«

Mara atmete schwer. »Was?«

»Ja, es ist unfassbar, aber es gibt diese Fälle in Spanien, sehr viele sogar. So viele Mütter suchen immer noch ihre Kinder. Ich habe es erst jetzt erfahren, dass meine Tochter lebt. Dass es sein kann, dass du es bist. Bitte, lass uns sichergehen, lass uns einen Test machen. Wenn wir uns getäuscht haben, tut es mir sehr leid, dass ich dich damit überfallen habe, dann lasse ich dich in Ruhe. Aber wenn es so ist, willst du es doch sicher auch wissen, oder nicht?«

Mara schwieg eine Weile. »Also gut. Wir machen diesen Test.«

»Danke, ich danke dir. Oh, mein Gott.«

»Aber ich hasse Spritzen.«

»Was? Ja. Das kann ich verstehen. Es geht auch ohne Blut abnehmen.« Anna war so aufgeregt, dass sie kurz innehielt. »Ich habe darüber nachgelesen.«

»Und wie?«

»Es ist ein DNA-Test, wenn du mir zum Beispiel eine Haarbürste mit deinen Haaren gibst, kann ich diese einschicken.«

»Okay.«

»Okay?« Annas Herz hüpfte. Hoffentlich würde Mara keinen Rückzieher machen. »Hast du zufällig eine in deiner Handtasche?«

»Nein.«

»Schade. Ich möchte dich gern so schnell wie möglich wieder treffen und du bringst deine Bürste mit, was meinst du? Ich denke, wir wollen beide Gewissheit.«

»Mhhm.«

»Können wir uns gleich morgen treffen?«

»Morgen?«

»Ja?« Anna fuhr sich mit der freien Hand durchs Haar.

Mara schien zu überlegen. »Also gut. Und dann lässt du mich in Frieden? Auch wenn du meine Mutter bist?«

Anna schluckte.

»Ja, natürlich. Wenn du das willst.«

»Gut«, erwiderte Mara knapp. »Morgen Vormittag um 11 Uhr am Mercat de la Boqueria, das ist in der Nähe der Ramblas. An dem Tor an der Halle.«

»Gern. Vielen Dank! Ich bin da.«

Anna hatte zwei Café solo getrunken, ihre Hände zitterten leicht. Sie stand viel zu früh vor dem eindrucksvollen schmiedeeisernen Tor, durch das man in die Halle des Mercat de la Boqueria gelangte. Einem Markt, der Anna mit den unterschiedlichsten mediterranen Aromen und Düften umfing, als sie eintrat. Hier boten Fischer ihren frischen Fang an, um diese Uhrzeit hatten sie schon einen großen Teil verkauft. Tote Fischaugen glotzten Anna an. Sie ging weiter. Metzger präsentierten ihre katalonischen Fleisch- und Wurstwaren, große Serranoschinken hingen an Haken. Aber auch Gemüse und Obst, Nüsse und Mandeln und nicht zuletzt die mediterranen Kräuter der Region konnte man hier kaufen und trugen zu einem farbenfrohen Bild bei. Doch so verlockend all das aussah, hatte Anna kaum ein Auge dafür. Sie ging einfach weiter. Süßigkeiten, Kaffee, frisch gepresster Obstsaft oder kleine Imbisse, hier konnte man jede köstliche Leckerei der Region kaufen. Endlich war der Zeiger der Uhr so weit vorgerückt, dass Anna wieder zum Tor ging.

Mara ließ auf sich warten, kam aber schließlich auf sie zu, in anderen Hotpants, einem offenherzigen Top und, wie zum Schutz, der Sonnenbrille auf der Nase. Bunte Ketten hingen um ihren Hals, erinnerten ein bisschen an den Look der Hippie-Bewegung. Anna mochte es, wie sie sich anzog.

Mara lächelte nicht, sagte nur kurz »Hola«, kramte in ihrem Beutel, den sie über die Schulter trug, und reichte Anna eine Haarbürste in einer durchsichtigen Tüte.

»Zufrieden?«

Anna nahm sie, schüttelte irritiert den Kopf. »Mara, ich habe dich mit all dem überfahren, das verstehe ich, das tut mir sehr leid. Glaube mir, ich wäre der glücklichste Mensch auf der Welt, wenn du wirklich meine, *unsere* Tochter wärst.«

»Ich nicht.«

Das saß.

»Nein?«

»Nein. Ich habe Eltern. Sehr gute Eltern. Ich habe ein Leben. Und ich kenne dich nicht. Und diesen Mann auch nicht, der meint, vielleicht mein Vater zu sein.«

Anna hatte ihr auch kurz von Rafael erzählt, erklärt, dass er gerade viel zu tun hatte.

»Natürlich, das verstehe ich.«

»Verstehst du immer alles?« Es klang schroff.

Anna zuckte zusammen. »Nein, nicht immer.«

»Ich auch nicht.« Mit diesen Worten drehte sie sich um und ging, ließ Anna stehen. Der Geruch von Fisch strömte in ihre Nase. Die Schreie der Marktverkäufer hallten in ihren Ohren. Touristen drängten sich an ihr vorbei.

Am Abend fand Pablo sie auf dem Sofa vor. In eine Decke gemummelt, obwohl draußen die Sonne schien und es bestimmt über dreißig Grad hatte. Mit einem Tee und Schokolade.

»Mi amor, was ist geschehen?« Pablo eilte zu ihr, setzte sich, strich ihr über das Gesicht. Sie hatte ihn bei der Arbeit nicht erreicht, weil er auf der Intensivstation arbeitete.

Anna berichtete ihm alles, erzählte, dass sie die Bürste bereits eingeschickt habe. Mit Rafael hatte sie auch schon telefoniert. Er interessierte sich erstaunlich wenig für ihre Recherche. »Erst, wenn es sicher ist, dann«, hatte er gesagt.

»Jetzt heißt es warten«, erklärte Anna. »Ich bin mir sicher, dass sie mich nicht sehen will, bis das Ergebnis da ist.«

»Wann kommt das Ergebnis?«

»In ein paar Tagen. Ich habe extra einen Expressaufschlag bezahlt. Sie melden sich.«

»Sehr gut. Dann machen wir uns bis dahin eine schöne Zeit.«

Anna musste lächeln. »Das machen wir doch eh.«

Sie reckte sich hoch zu ihm und küsste ihn. »Ich liebe dich so sehr. Auch wenn ich meine Tochter nie näher kennenlernen kann, durch sie habe ich dich gefunden.«

Zärtlich nahm er sie hoch, trug sie in Richtung Schlafzimmer, legte sie sanft auf das Bett und streifte ihr, immer leidenschaftlicher, ihre Kleidung ab. Sie tat es ihm gleich, sog seinen Duft ein, spürte, wie sich ihr Körper nach ihm sehnte. Umfing ihn, genoss seine nackte Haut, seine Stärke, seine Hände, die ihr das Gefühl gaben, begehrenswert und wunderschön zu sein. Sie liebten sich zärtlich, dann wieder leidenschaftlich, wurden eins und blieben erschöpft in den zerwühlten Laken liegen.

Die Tage vergingen. Rafael schrieb, er wolle sie treffen, aber Anna hatte keine Lust. Sie liebte es, während Pablo arbeitete, allein durch Barcelona zu streifen, die kleinen Läden und die Stadt zu erkunden, und sie dachte die ganze Zeit an Lori. Sie dachte an ihre letzte Begegnung mit Mara, dieser jungen, eigenwilligen Frau. War sie auch so forsch gewesen? Nein, auf keinen Fall. Aber es gefiel ihr, sie wäre gern damals auch schon selbstbewusster gewesen.

Anna schlenderte durch die Gassen Barcelonas, sog die Düfte dort ein, gönnte sich eine köstliche Kleinigkeit, hoffte so sehr, dass der Test positiv ausfallen würde.

Ein paar Tage später lag endlich Post im Briefkasten. Pablo hatte ihr extra den Schlüssel gegeben, sie nahm den Brief heraus, drückte ihn an ihr Herz, das spürbar klopfte. Pablo war noch im Krankenhaus und sie wollte auf jeden Fall warten, bis er zurückkam.

In der Wohnung bereitete sie sich erst mal einen Tee, sah immer wieder zu dem Brief, der auf dem Küchentisch lag. Sollte sie Rafael schreiben? Den Brief zusammen mit ihm öffnen? Anna setzte sich, schrieb ihm, ob sie sich heute Abend auf einen Wein in einer kleinen Tapasbar um die Ecke treffen könnten. Das Ergebnis sei da und sie wolle es gemeinsam mit ihm und Pablo öffnen.

Rafael sagte zu.

Wieder hieß es warten. Ihre Nerven lagen blank. Anna legte sich aufs Bett, versuchte es mit autogenem Training, das sie einmal erlernt hatte, aber auch das half im Moment so gar nichts. Sie machte Musik an und das beruhigte endlich. Mara besaß ihre Nase, Rafaels Augen und Haare. Sie musste ihre Tochter sein.

Die Tapasbar war gut gefüllt. Pablo ging vor, Anna und Rafael folgten. Sie stellten sich an ein Weinfass, Rafael bestellte Cava für alle. »Zur Feier des Tages«, sagte er zuversichtlich.

Erst als der Ober den spanischen Sekt brachte, nahm Anna den Brief zur Hand und öffnete ihn vorsichtig.

Rafael beugte sich sofort zu ihr, sah ihr über die Schulter und las. »Nicht verwandt« stand da, schwarz auf weiß. Anna traten Tränen in die Augen. Pablo nahm sie sofort in ihre Arme.

Mara war nicht ihre Tochter, nicht ihre Lori, dabei hatte sie es so sehr gehofft.

Anna trank den Cava in einem Zug aus, stürmte aus der Bar, gefolgt von Pablo. Rafael blieb zurück.

Pablo holte sie auf dem Platz vor der Bar ein. »Anna, warte!«

»Ich war mir so sicher.« Sie schluchzte. »Ich halte das nicht mehr aus, dieses Hin und Her. Ich habe gedacht, sie ist meine Tochter.«

Er zog sie zu sich, drückte sie fest. »Dann suchen wir weiter.«

Anna löste sich, atmete durch. »Es kann Jahre dauern. Vielleicht finde ich sie nie. So wie Bernarda oder Alberta und all die anderen Frauen.«

»Denk bitte positiv. Einige durften ihre Kinder kennenlernen.«

»Ja.« Anna presste die Lippen zusammen. »Es tut so verdammt weh. Erst diese Hoffnung, dann die riesige Enttäuschung. Ich kann nicht mehr, ich möchte das nicht erneut erleben. Weißt du was, ich suche nicht weiter. Wenn Lori nicht nach mir forscht, hat es eh keinen Zweck. Ich bin in den Datenbanken registriert. Ich warte jetzt ab.«

»In Ordnung.« Er küsste sie. »Komm, wir gehen etwas spazieren, essen ein paar Tapas, trinken ganz viel *vino*. Und nachher zu Hause mache ich dir noch ein Pfirsichkonfitürenbrot mit Naias Konfitüre.«

Anna sah ihn dankbar an. Auch das hatte er sich gemerkt, was sie ihm einmal erzählt hatte: dass ihre Mutter sie früher immer mit einem Konfitürenbrot getröstet hatte, wenn ihre kleine Welt am Untergehen gewesen war. Was für ein aufmerksamer Mann! Wie glücklich konnte sie sich schätzen, so einen Partner zu haben. Arm in Arm schlenderten sie durch die Gassen von Barcelona. Stimmengewirr und Musik drang dumpf an ihr Ohr, Anna hörte alles, als wäre sie von Watte ummantelt.

* * *

Der Duft und die Geräusche des Meeres beruhigten Anna ein wenig, so wie es das Meer immer geschafft hatte. Sie saß im kühlen Sand, ließ eine Handvoll davon zwischen ihren Fingern hindurchrieseln, der Sternenhimmel über ihr glitzerte. Pablo bereitete gerade ein kleines Picknick vor. Er hatte in einer Bar verschiedene köstliche Tapas zusammenstellen und einpacken lassen, einen *vino tinto* gekauft, entkorken lassen, dazu Pappbecher. Es gab Pimientos de Padron, in Olivenöl angebratene Paprikaschoten, mit Meersalz bestreut, Tomaten mit Thunfischfüllung, Chorizo-Garnelen am Spieß, marinierten Ziegenkäse mit Estragon und Petersilie. Sie aßen alles mit den Fingern, fütterten sich gegenseitig, tranken dazu Vino, saßen Schulter an Schulter, sahen auf das Meer.

»Ich bin so froh, dass wenigstens wir uns gefunden haben«, flüsterte Anna.

Er legte seinen Arm um sie, sah sie ernst an. »Wirst du denn überhaupt bei mir bleiben?«

Sie sah ihn überrascht an. »Was? Wieso denn nicht?«

»Jetzt, wo sie nicht deine Tochter ist.«

»Natürlich. Ich liebe dich. Ich liebe dieses Land. Es gibt doch nichts Schöneres, als dort zu leben, wo andere Urlaub machen.«

Er küsste sie sanft, dann sahen sie wieder aufs Meer. Die leichten Wellen spülten sanft die Gischt an den Strand. Eine Weile beobachtete Anna dieses Kommen und Gehen.

»Weißt du«, fuhr Anna fort. »Ich bin sehr, sehr glücklich mit dir. Und ich weiß, dass nicht alle Menschen das Glück haben, den richtigen Menschen zu treffen. Bei mir hat es ja auch nur etwa zwanzig Jahre gebraucht, bis ich es erkannt habe«, setzte sie lächelnd hinzu.

Er lachte. »Ja, aber immerhin hast du es erkannt.«

»Lori hat uns zusammengeführt, dafür bin ich ihr sehr dankbar. Und auch wenn ich sie nie kennenlernen werde, wird sie immer in meinem Herzen sein.«

»In meinem auch.«

Liebevoll sah sie ihn an. »Lass uns nach Hause gehen.«

»Nach Hause?«

Sie nickte und lächelte.

* * *

Am nächsten Tag, nach einer leidenschaftlichen und zärtlichen Liebesnacht, saß Anna im Pyjama am Küchentisch, trank einen Café con leche und schrieb weiter Bewerbungen. Pablo musste arbeiten und so langsam langweilte sie sich, wenn er in der Klinik war. Außerdem wollte sie endlich wieder selbst verdienen, ihr Erspartes ging bald zur Neige, so viel hatte sie nicht zurücklegen können. Bisher hatte sich aber noch nicht einmal ein Vorstellungsgespräch ergeben. Die Arbeitslosigkeit in Spanien forderte ihren Tribut. Anna sah aus dem Fenster. Ein kleiner Vogel setzte sich auf den Fenstersims. Sie dachte an Mara, diese tolle junge Frau. Die so frei und ungestüm wirkte. So gern wäre sie ihre Mutter gewesen. So gern hätte sie sie kennengelernt. Als Anna sie treffen wollte, um das Ergebnis mit ihr zu besprechen, hatte Mara darauf bestanden, es am Telefon zu erfahren. Sie habe es geahnt, hatte sie gesagt, aber es klang betroffen.

Traurig hatte Anna eben Carina angerufen und ihr alles erzählt. Carina hatte versucht, sie aufzubauen, wie gestern auch Pablo, aber in ihrem tiefsten Inneren spürte Anna eine große Verletzung. Und Scham. Was hatte sie dieser jungen Frau angetan! Sie musste das nächste Mal vorsichtiger mit solchen Mutmaßungen umgehen, nicht so vorpreschen. Falls es ein nächstes Mal geben würde. Was musste Mara gelitten haben, die Arme. Plötzlich zu erfahren, dass sie adoptiert war, und damit konfrontiert zu werden, man habe sie ihren echten Eltern geraubt. Am liebsten hätte Anna sie jetzt angerufen, sich bei ihr entschuldigt. Zögerlich nahm sie ihr Handy. In dem Moment kam eine Nachricht von Mara. Gedankenübertragung!

Anna las: Können wir uns treffen? Mara

Verblüfft antwortete sie sofort: Gern. Wo?

Am Strand, im Makamaka Beach. 12 Uhr?

Perfekt, ich werde da sein. LG Anna

Nachdenklich sah Anna vor sich hin, trank ihren letzten Schluck Kaffee. Was wollte Mara ihr sagen? Rasch ging sie duschen, zog sich an und machte sich schon mal auf den Weg zur Beach-Bar.

Die Zeit schien stillzustehen. Anna stand am Meer, betrachtete das sanfte Schaukeln der Wasseroberfläche. Was konnte Mara dazu bewogen haben, sich bei ihr zu melden? Anna dachte an Lori, die irgendwo lebte, ohne zu wissen, dass es sie gab. Hatte Mara diese Geschichte doch mehr bewegt, als sie zugeben wollte? Wollte sie ihr helfen, Lori zu suchen? Das konnte es sein. Eine so entschlossene junge Frau, wie Mara zu sein schien. Anna beschloss, sich als Erstes bei ihr zu entschuldigen.

Sie atmete die Meeresluft tief ein und langsam wieder aus, beobachtete Mütter mit ihren Kindern. Ihr Leben war auch ohne Kind ausgefüllt und schön gewesen, aber eine Tochter hätte es sicher bereichert. Dafür hatte sie das Schicksal zu Pablo geführt und dafür war Anna so dankbar.

Endlich war es Zeit, zur Beach-Bar zu gehen. Annas Blick schweifte über die Menschen an den Tischen. Sie konnte Mara nirgends sehen. Da tippte ihr jemand auf die Schulter. Anna drehte sich um, lächelte Mara an, die aber nicht zurücklächelte.

Irritiert entschuldigte sich Anna sofort, dass sie Mara so in Unruhe versetzt hatte, und das ohne Grund.

Mara zögerte, suchte nach Worten. »Meine Schicht ist gerade zu Ende.«

Anna schlug vor, sich zu setzen und etwas zu trinken. »Ich lade dich ein. Was möchtest du?«

»Eine frische Limonade. Die schmeckt klasse hier.«

»Nehme ich auch.« Sie orderte bei dem jungen, hippen Ober, sah dann Mara an, die blass und unwohl wirkte.

»Also, was wolltest du mir sagen?«

»Ich … es war nicht meine Bürste.«

»Was?«

»Die Haarbürste. Es war die Bürste einer Freundin.«

Anna starrte Mara an, langsam, ganz langsam sickerte zu ihr durch, was Mara ihr sagen wollte.

Mara fuhr mit belegter Stimme fort. »Ich wollte mit dir nichts zu tun haben, das will ich immer noch nicht. Aber ich hatte jetzt doch ein schlechtes Gefühl dabei.«

»Du meinst, es kann sein, dass du doch meine Tochter bist?«

Mara nickte.

Annas Herz schlug schnell.

Mara nestelte in ihrem Beutel herum, zog eine andere Haarbürste in einer Plastiktüte aus ihrer Handtasche und reichte sie Anna.

»Können wir den Test noch mal machen? Ich zahl auch die Unkosten.«

»Was? Nein, das übernehme ich.« Anna wusste nicht, ob sie lachen oder weinen sollte. Wieder diese Ungewissheit, vielleicht wieder eine Enttäuschung. Aber vielleicht saß ihr jetzt auch Lori gegenüber. Sie schlug die Hände vors Gesicht.

Maras Stimme klang dünn. »Weinst du?«

Anna nahm die Hände herunter, lachte auf. »Nein, ich bin nur … so durcheinander. Es wäre wunderschön.«

Mara zuckte die Schultern. »Weiß ich noch nicht.«

»Aber ich.«

Mara stand abrupt auf. »Schick mir eine Nachricht, wenn du das Ergebnis hast.«

»Warte, deine Limonade.«

»Egal.« Mara schnappte ihren Beutel, ging rasch davon.

Anna sah ihr überfordert nach.

Der Ober brachte die beiden Limonaden, mit *crushed ice*, frischer Pfefferminze und einer Scheibe Zitrone, stellte sie hin.

»Gracias«, sagte Anna, starrte auf die Zitrone und wurde sich bewusst, dass sie lächelte.

27. Kapitel

Anna hatte das Warten so satt. Aber selbst mit Expresszuschlag dauerte es, bis das Testergebnis kam. Sie hatte sich mittlerweile mit Rafael telefonisch kurzgeschlossen, der es unmöglich von Mara gefunden hatte, sie so an der Nase herumzuführen. Aber Anna verstand sie. Wer wollte schon aus einem gut funktionierenden Leben und Elternhaus herausgerissen werden? Dieses Kopf-in-den-Sand-Stecken kannte sie von sich selbst sehr gut. So ganz hatte sie Maras Sinneswandel zwar nicht verstanden, aber sie hoffte, noch mal in Ruhe mit ihr reden zu können. Bis das Testergebnis einging, hatte Mara das aber auf Nachfrage verweigert.

Pablo versuchte, Anna die Tage bis dahin so schön wie möglich zu gestalten. Er tauschte seine Dienste, sodass sie zusammen wundervolle Ausflüge ins Umland von Barcelona unternehmen konnten.

Anna überlegte sogar, zu Naia auf die Pfirsichfarm zu fahren, verwarf den Gedanken dann aber wieder. Solange nichts geklärt war, wollte sie nicht darüber reden, hatte sie beschlossen.

Endlich kam der langersehnte Brief. Anna, die jeden Morgen den Briefkasten leerte, zog ihn heraus und öffnete ihn sofort, noch unten im Hausflur. Das hatte sie mit Rafael und

Pablo so besprochen, ihn länger mit sich herumzutragen, hielt sie nicht aus.

Anna faltete den Brief auf, starrte darauf. Die Schrift verschwamm vor ihren Augen, Tränen hatten sich hervorgedrängt, sodass sie kaum noch etwas lesen konnte. Aber eines hatte sie sofort gesehen. Mara war mit ihr verwandt, war ihre Tochter. Sie war Lori, ihre Lori!

Annas Beine zitterten, in der nächsten Sekunde fühlten sie sich wie Pudding an, sie lehnte sich an die gekachelte Wand des Hausflures, sackte in sich zusammen, Tränen liefen ihr übers Gesicht. Sie lachte auf, ihre Emotionen schwankten zwischen Schluchzen und riesiger Freude. Eine alte Nachbarin von Pablo kam mit Einkaufstaschen auf sie zu, eilte dann besorgt zu ihr, beugte sich mit ihrem krummen Rücken zu ihr und fragte auf Spanisch, ob sie ihr helfen könne.

»Nein, *gracias*, mir geht es wunderbar!«

»Aber warum weinen Sie denn dann, Kindchen?«

Anna lachte auf, wischte sich die Tränen aus dem Gesicht. »Weil ich überüberglücklich bin.«

Die alte Dame lächelte. »So ging es mir auch einmal. Als mein Sohn einen Herzinfarkt überlebt hat. Ich dachte schon, er sei tot, und dann wurde er wieder lebendig.«

Sie nahm Annas Hand, drückte sie. Eine zarte, faltige Hand. Anna drückte sie auch, lächelte die Frau dankbar an. Dann löste sie sich, stand auf, umarmte die fremde Spanierin überschwänglich. »Ja, genau so fühlt es sich an. Genau so.«

Pablo war extra früher aus der Klinik zurückgekommen, schloss sie in seine Arme, wirbelte sie herum. Er freute sich, als ob es seine Tochter wäre, und das machte Anna glücklich. »Mara ist wundervoll, wie du«, sagte er strahlend. »Ich meine, so wie du sie mir beschrieben hast. Ich glaube, sie ist ganz besonders.«

»Das ist sie. Ich hätte sie mir nicht toller malen können.« Anna lächelte nur noch, bekam ihr Honigkuchenpferdgrinsen gar nicht mehr aus dem Gesicht. »Ich bin so gespannt, wie sie es aufnimmt.«

»Sie ahnt es schon, sonst hätte sie sich nicht gemeldet.«

»Das kann sein. Ich muss jetzt Rafael anrufen und überlegen, wie wir es Mara sagen. Ach, und Naia und ihre Cousine Alberta, Bernarda … meine Eltern. Mein Gott, es werden sich so viele mitfreuen.«

»Deine Eltern wissen aber immer noch nicht, dass sie eine Enkelin haben, richtig?«

»Richtig. Damals in meinem Schmerz konnte ich es nicht sagen und mit den Jahren erst recht nicht mehr. Ich hoffe, sie sind nicht sauer.«

»Dann wären sie sehr dumm. Kurz sind sie vielleicht gekränkt, aber hey, sie haben eine Enkelin, was gibt es Schöneres auf der Welt? Meine *mamá* würde sich sehr freuen.«

Er sah sie mit diesem Blick an, den sie schon einmal bei ihm gesehen hatte. Wollte er etwa ein Kind von ihr? Auf keinen Fall! Dafür fühlte sie sich zu alt. Es wäre zwar noch gegangen, aber nein, sie hatte jetzt eine Tochter, wollte sich ganz auf sie konzentrieren.

»Pablo?«

»Was?«

»Ich möchte kein Baby mehr bekommen, ist das in Ordnung für dich?«

Er schluckte kurz, nickte dann. »Natürlich, das habe ich mir schon gedacht. Ich habe ja jetzt auch eine Tochter. Und das ganz ohne Windeln wechseln und Schreinächte«, scherzte er. Sie ging zu ihm, umarmte ihn, küsste ihn. »Du bist einfach wundervoll.«

»Deshalb passen wir so gut zusammen.«

Sie lachte. »Mensch, hab ich einen Hunger.«

»Ich koche dir jetzt eine mediterrane Fischsuppe, meine Lieblingssuppe.«

»Klingt großartig. Ich rufe solange erst mal Rafael an und dann die anderen.«

Die Wohnung roch nach Fischsuppe und Kaffee. Sie saßen am Esstisch und Anna genoss die Suppe, die ihr jetzt wirklich guttat. Pablo konnte sogar kochen, gab es irgendetwas, was dieser Mann nicht konnte? Sie erzählte ihm von Rafaels Reaktion. Er hatte sich gefreut, aber er war nicht so aus dem Häuschen gewesen wie Pablo. Er hatte zugegeben, dass es für ihn schwierig werden würde, ein enges Verhältnis zu Mara aufzubauen, er schätzte sie nach Annas Erzählung als sehr sprunghaft und launisch ein.

»Wir werden sie kennenlernen, die Zeit wird alles richten«, hatte Anna geantwortet. »Du kennst sie doch noch gar nicht.«

Naia und die anderen beiden Frauen hatten sich so für sie gefreut, gaben ihr am Telefon Ratschläge, wie sie es Mara beibringen solle, was sie ihr alles sagen könne, damit sie das Ganze verstehe. Dass ihre Mutter sie immer geliebt habe, das müsse Anna ganz oft wiederholen. Naia hatte sie eingeladen, mit ihrer Tochter bald einmal zur Pfirsichfarm zu kommen, »hierher, wo alles begonnen hat«. Sie werde einen Pfirsichkuchen backen, ihnen frische Konfitüre mitgeben, sie wolle Mara so gern kennenlernen. Anna hatte Naia eingebremst, aber sie komme gern bald mal wieder vorbei.

Nach dem Essen tranken Pablo und sie noch einen Café solo. Rafael hatte Anna den Vortritt gelassen, meinte, es sei vielleicht besser, wenn sie erst einmal von Frau zu Frau mit Mara spreche. Und er hatte zugegeben, dass er wegen eines wichtigen Jobs ohnehin gerade keine Zeit habe.

Anna hatte sich mit Mara wieder an der Beach-Bar am Meer verabredet. Mara hatte erst gar nicht und nach Stunden dann knapp geantwortet. »Okay. Sechzehn Uhr.«

Das Meer sah heute ruhig aus. Schaumkrönchen tanzten lustig auf der Wasseroberfläche, wurden an Land gespült. Die Sonne schien heller als sonst, der Himmel wirkte blauer. Oder kam das Anna nur so vor? Sie sah dankbar nach oben. »Danke, Universum, dass du mir meine Tochter zurückgegeben hast.«

Ein kleines Mädchen spielte mit seiner Sandschaufel im Sand, backte einen Kuchen. Sie sah niedlich aus, hatte dunkle Löckchen. Vermutlich hatte Mara ähnlich ausgesehen. Anna blickte sich immer wieder nach ihr um. Endlich sah sie Mara von Weitem auf sich zukommen. In Hotpants, einem Top, dazu die langen Ketten und Kreolenohrringe, die Anna schon an ihr kannte, und mit ihren wilden Locken. Über die Schulter trug sie ihren Beutel. Ihr Gesicht sah ernst aus.

»Hallo«, sagte Anna und ihre Stimme klang nervös.

»Hi. Du bist es?«, fragte Mara geradeheraus.

Anna nickte, lächelte sie vorsichtig an, wollte sie in den Arm nehmen, an sich drücken, aber es kam ihr falsch vor. Mara stand abweisend da, nicht glücklich wie Anna.

»Wir werden uns Zeit lassen, um uns kennenzulernen«, schlug Anna vor. »Ich ziehe nach Barcelona.«

»Wegen mir?«

»Auch.«

»Verstehe. Wegen eines Kerls.«

»Du warst der Grund, warum ich wiedergekommen bin. Ich dachte all die Jahre, du seist gestorben, wie sie es mir gesagt hatten. Ich wollte nie wieder in dieses Land kommen. Erst als ich von den *bebés robados*, den geraubten Babys, gehört habe, wollte ich doch, und dann habe ich sofort nach dir gesucht.«

»Ich glaube dir nicht, das hast du dir jetzt zurechtgelegt. Als ob du vorher nie davon gehört hast.«

»Nein, wirklich nicht. In Deutschland ist das nicht so bekannt. Zumindest ich kannte es nicht. Und in Spanien wurde es auch sehr lange totgeschwiegen. Selbst wenn jemand es wusste, für Ende der 90er hat man das nicht mehr vermutet. Es muss einer der letzten Fälle gewesen sein. Ausgerechnet.«

»Glaub ich dir nicht. Du warst jung, hattest keinen Bock auf ein Baby, gib's doch zu.«

»Was?« Entsetzt sah Anna sie an. »Nein, ich habe mich so auf dich gefreut. Sicher, es war nicht geplant, wir waren jung, aber als klar war, dass ich schwanger bin, war ich überglücklich.«

Mara sah sie missmutig an. »Meine Eltern haben mir noch mal versichert, dass sie nichts davon wissen, dass ich geraubt wurde. Das hätten sie niemals mitgemacht, niemals einer Frau angetan. Meine leibliche Mutter wollte mich nicht, haben sie gesagt. Das ist die Wahrheit. Und ihnen glaube ich.«

»Das … das verstehe ich, dass du ihnen glaubst. Und es war ja auch vermutlich fast immer so, dass die Adoptiveltern von dem Verbrechen nichts wussten. Dass ihnen gesagt wurde, die Mutter habe das Kind nicht gewollt. Insofern sagen sie ganz sicher die Wahrheit, die sie kennen. Und ich bin so dankbar, dass du wundervolle Eltern hast. Ich möchte deiner Mutter auch nichts streitig machen, sie hat dich großgezogen, sie wird immer deine Mutter bleiben, das ist in Ordnung. Ich möchte dich niemandem wegnehmen. Ich würde mich aber riesig freuen, wenn wir mit der Zeit auch ein inniges Verhältnis aufbauen könnten.«

Mara sah sie immer noch finster an. »Und was ist mit meinem leiblichen Vater? Also mit diesem Rafael? Wo ist er? Freut er sich nicht auf mich? Also, daran siehst du doch, dass ihr mich damals nicht wolltet.«

»Mara«, flehte Anna sie an. »Er dachte, es ist besser, wenn *wir* erst mal reden. Er hat gerade viel zu tun. Aber er hat dich genauso vermisst all die Jahre wie ich.«

»Dann wäre er jetzt da.«

Anna atmete durch. Diese junge Frau schien wirklich verletzt zu sein, kein Wunder. Anna verstand es gut. Sie war auch enttäuscht von Rafael. Erneut. »Lass uns heute Abend essen gehen, uns zu dritt treffen, was hältst du davon?«

»Nichts.«

Überfordert sah Anna sie an. Dann drehte sich Mara einfach um und ging am Wasser entlang davon, ihr Beutel wippte auf ihrem Rücken, genauso wie ihre Locken.

Anna starrte auf ihre Spuren im Sand. Sollte das alles gewesen sein, was ihr von ihrer Tochter geblieben war? Sie sah auf das Meer, das ihr so oft geholfen hatte, wenn sie nicht weiterwusste. Ihr wurde ihre Kraft wieder bewusst, ihr Kampfgeist erwachte. Nein, sie würde um eine gute Beziehung zu ihrer Tochter kämpfen, auch wenn es Jahre dauern würde, bis sie sich annäherten. Die heutige Anna würde nicht aufgeben. Sie ließ nicht mehr alles mit sich machen wie früher.

* * *

Zurück in Pablos Appartement sehnte sie sich so sehr nach ihrer besten Freundin. Hoffentlich war Carina zu Hause und konnte videotelefonieren. Pablo hatte wieder in die Klinik gemusst, ihr aber am Telefon angeboten, so schnell wie möglich zu kommen.

Anna hatte Glück. Carina und Fynn waren gerade vom Kauf eines Babybetts zurück. Fynn verkrümelte sich in sein Büro, in Carinas Schlafzimmer hatte er einen Schreibtisch aufgebaut, und Carina nahm sich online Zeit für Anna. Nachdem diese alles berichtet hatte, stützte Carina ihr Gesicht in die

Hände. »Oh, Anna, das tut mir so leid. Ich kann mir gut vorstellen, wie es dir jetzt geht. Soll ich kommen?«

»Nein, brüte du mal schön zu Hause weiter. Wenn das Kleine da ist, dann besuche ich dich, wie versprochen. Ich gebe nicht auf. Mara muss sich erst einmal damit auseinandersetzen, jetzt plötzlich zwei Elternpaare zu haben.«

»Wie geht Rafael damit um?«

»Ehrlich gesagt, hab ich das Gefühl, er hat kein so großes Interesse an ihr wie ich. Erst recht nicht, seit er weiß, wie sich ihre Stimmung gewandelt hat, als ich ihr erzählt habe, vielleicht ihre Mutter zu sein.«

»Puh. Kann ich aber auch irgendwie verstehen. Sie ist eine Fremde für ihn. Und auf anstrengende Frauen haben Männer ja eh nie Bock.« Sie lachte. »Hey, du kriegst das schon noch hin, Anna. Lass nicht locker, nerv sie aber nicht zu sehr.«

»Klingt ja total einfach«, erwiderte Anna ironisch. »Aber wenigstens lebt sie. Und scheint gesund zu sein. Ob glücklich, werde ich noch herausfinden.«

»Ja, das wirst du. Du hast sie gefunden, das schaffen die wenigsten Frauen in deiner Situation.«

Anna lächelte ihre Freundin an. »Du hast recht. Du fehlst mir.«

»Du mir auch.«

»Ist Fynn immer noch super?«

»Jepp, ist er. Ich meine, jeder hat seine Macken. Ich ja leider auch. Aber wir akzeptieren sie beide vom anderen.«

»Klingt toll.«

»Und bei euch?«

»So eine respektvolle Beziehung auf Augenhöhe wie mit Pablo hatte ich noch nie.«

»Wow. Das freut mich sehr!«

Die Freundinnen tauschten noch den neuesten Bürotratsch aus, aber Anna merkte, wie fern das alles für sie war. Wie unwichtig. Dabei hatte sie früher immer gedacht, es sei ihr Leben. War es ja auch gewesen, aber jetzt zählten andere Werte für sie. Die Menschen, die sie liebte, denen sie nahe sein wollte.

Nachdem sie sich verabschiedet hatten, rief Anna noch einmal bei Rafael an. Wenn er sich um Mara bemühte, vielleicht glaubte sie ihnen dann?

Anna bat ihn eindringlich, sie zu treffen. Er willigte ein, schlug vor, sich im Parc del Laberint d'Horta zu treffen. Anna googelte danach. Es war einer der ältesten Parks Barcelonas. Das Gelände lag an einem Hang, es gab einen klassizistischen Garten aus dem 18. Jahrhundert, auch Elemente eines romantischen Gartens aus dem 19. Jahrhundert. Außerdem ein Heckenlabyrinth, das zu den kunstvollsten der Gartenlabyrinthe in Europa gezählt werden konnte. Dass Rafael sie ausgerechnet dorthin bestellte, wunderte Anna zwar, aber sie freute sich, etwas Neues in Barcelona zu entdecken. Viel mehr von der Welt wollte sie in Zukunft in sich aufsaugen.

Sie trafen sich am Pavillon am großen Wasserbecken. Rafael sah gut aus, trug eine Jeans und ein weißes T-Shirt. Er kam lächelnd auf Anna zu, küsste sie rechts und links, sodass sie sofort sein Aftershave und seinen Geruch wahrnahm. Wie damals. Dass einem Gerüche in Erinnerung blieben, wunderte Anna.

»Hola. Wie lief es mit Mara?«

»Nicht gut.«

Er nickte bestätigt, strich sich durchs Haar. »Habe ich mir fast schon gedacht.«

»Ach ja? Wieso?«

»Was du erzählt hast, klang nicht gerade so, als ob sie einfach wäre.«

»So ein Unsinn. Das ist doch kein Wunder bei dem, was sie gerade verarbeiten muss.« Anna merkte, dass sie Mara verteidigte.

»Lass uns ein wenig gehen«, schlug Rafael vor. Sie schlenderten am Wasser entlang, weiter in den Park hinein, kamen zum Labyrinth, Rafael ging gefolgt von Anna hinein.

»Was willst du denn *hier*?«

Das Labyrinth bestand aus hochgewachsenen Hecken. Eine Familie kam ihnen entgegen, die Kinder liefen juchzend durch die Gänge des Labyrinths, lachten.

»Was willst du hier?«, wiederholte Anna, folgte Rafael jedoch weiter.

»Es tut gut, um die eigenen Gedanken zu entwirren«, entgegnete er lächelnd. Aber Anna hielt ihn am Arm auf, stoppte.

»Rafael, ich möchte das jetzt mit dir in Ruhe besprechen, geht das?«

Er seufzte. »Also gut. Komm.« Sie suchten nach einem Ausgang, fanden ihn aber nicht sofort.

Endlich waren sie wieder draußen.

Anna stellte sich vor ihn. »Weil du kein Interesse an ihr zeigst, glaubt Mara uns nicht. Sie meint, wir wollten sie damals nicht, und findet, das sieht man daran, dass es dir auch heute nicht wichtig ist.«

Er seufzte. »Ich hatte Termine. Im Moment ist gerade wirklich viel los in unserem Laden.«

»Das habe ich ihr nicht gesagt, das hätte sie nur noch mehr verletzt. Dass der Job wichtiger ist als sie in diesem Moment.«

»Mein Gott«, brauste Rafael auf. »Wir haben sie so viele Jahre nicht gehabt. Da kommt es auf ein paar Stunden mehr doch auch nicht an.«

Anna sah ihn von der Seite an. »Mir schon. Ich bin froh um jede Minute mit ihr.«

Rafael schüttelte den Kopf. »Da sind Männer und Frauen vielleicht verschieden.«

»Mag sein. Pablo freut sich mehr, dass wir sie gefunden haben, als du.«

Angepikt sah er sie an. »Ich freue mich, sehr sogar. Sie ist meine Tochter. Natürlich will ich sie kennenlernen. Der Hauptstress im Laden ist jetzt auch vorbei.«

»Schön.«

»Anna, bitte, du weißt doch bestimmt auch, wie es ist, wenn im Job die Hütte brennt.«

»Ich erinnere mich dunkel.«

Er lächelte. »Ich werde mich bessern, versprochen.«

»Danke.«

»Komm, ich möchte dir noch etwas zeigen«, schlug er vor.

Er führte sie in den Jardí romàntic, den romantischen Garten des Parks.

Dort standen Lorbeerbäume, Kiefern und Steineichen, die dem Ganzen einen schattigen und kühlen Charakter verliehen. Sie kamen zu einer Kaskade, einem künstlichen Felsen, über dessen Steine kleine Wasserfälle flossen. Von hier führte ein Bach hinab, der in zwei Teichen mündete.

Rafael bedeutete Anna, sich auf einen Stein zu setzen. Sie tat es und er setzte sich neben sie, sah sie an. »Anna, ich habe nachgedacht.«

Was kommt jetzt, fragte sie sich.

»Ich war ein Idiot.«

»Das stimmt.«

»In mehrfacher Hinsicht. Ich zeige jetzt mehr Interesse an ihr, versprochen. Aber vor allem, was damals angeht: Ich kam mit dem Tod von Lori nicht klar. Überhaupt nicht. Wie ich mich verhalten habe, war wirklich das Letzte. Ich hoffe sehr, dass du mir irgendwann verzeihen kannst.«

Sie sagte nichts. Er hob die Hand an seine Lippen, um klarzumachen, dass sie nicht antworten musste. »Und dann war ich noch ein Idiot, weil ich nicht um unsere Liebe gekämpft habe. Weil ich auf meine Mutter gehört habe, dich gehen lassen habe. Anna, seit wir uns wiedergesehen haben, ist mir klar geworden, wie sehr du mir gefehlt hast. Dass du die bist, die mich *ganz* macht.«

Er sah sie an mit seinen schönen Augen. Anna hatte mit diesem Geständnis nicht gerechnet, fühlte sich überfahren, wollte das alles nicht. Sie stand auf. »Rafael, ich wollte mit dir über Mara sprechen, nicht über das hier.«

Er stand ebenfalls auf, blieb dicht vor ihr stehen, als wollte er sie gleich küssen. Sie wich zurück. »Ich bin mit Pablo zusammen.«

»Ich weiß. Und das macht mich rasend. Ich sage ja, ich bin ein Idiot. Ich habe erst jetzt so richtig kapiert, was ich für dich empfinde. Anna, wir haben Lori, ich meine Mara, jetzt endlich gefunden. Wir sind jetzt eine kleine Familie. Das wäre für Mara auch viel einfacher. Gib uns eine Chance, bitte, um Maras willen.«

Fassungslos sah Anna ihn an. Er setzte sie unter Druck, denn natürlich wollte sie nur das Beste für Mara. Für ihr Verhältnis zu ihrer Tochter.

Rafael legte seine Hand auf ihren Arm, aber Anna zuckte zurück. »Lass mich. Ich möchte, dass du für Mara da bist, ihr das Gefühl gibst, gewünscht gewesen zu sein, mehr möchte ich von dir nicht.«

»Das werde ich.« Er steckte die Hände in die Hosentaschen, wie er es gern tat. »Aber das kann ich ihr viel besser geben, wenn wir als Eltern zusammen für sie da sind. Anna, du bist noch faszinierender als damals. Du bist eine starke Frau geworden, du bist selbstbewusst, bist sexy …«

»Hör auf!«, fuhr sie ihn an. Ihr Puls raste. Er hatte immer noch eine Wirkung auf sie und genau das wollte sie nicht. Sie liebte Pablo, über alles. Sie wollte jetzt auf keinen Fall schwach werden und sich wieder verletzen lassen.

»Rafael, wenn ich dir das je vergeben soll, dass du mich damals allein gelassen hast, dann sei jetzt für Mara da und hör auf, mich zu bedrängen.«

Rafael sah sie sehnsüchtig an. »Anna, wenn du das Gefühl hast, ich bedränge dich, dann empfindest du eindeutig noch etwas für mich, ist dir das klar?«

»Nein!« Sie klang sauer und aufgewühlt. Zwei Passanten drehten sich zu ihnen um. Anna starrte das Paar an. Die beiden gingen weiter. Anna wandte sich wieder an Rafael.

»Nein«, wiederholte sie jetzt ruhiger. »Ich gehe jetzt zu Pablo und ich bitte dich, sobald Mara es möchte, dich mit mir und ihr zu treffen. Mehr nicht. Kriegst du das hin?«

Er sah sie zögerlich an, nickte dann. »Ich warte auf dich, Anna. Ich habe zwanzig Jahre auf dich gewartet, auch wenn mir das nicht klar war. Ich bin da, wenn du zu mir zurückkommst.«

Anna schnaubte nur durch, sagte nichts mehr darauf, verabschiedete sich knapp und ging aus dem romantischen Teil des Parks eilig hinaus.

* * *

Auf dem Weg zur Wohnung kaufte sie in kleinen Läden ein paar Zutaten für eine Gazpacho, die spanische kalte Gemüsesuppe, die sie so mochte.

Sie stellte sich in Pablos Küche und begann sie zuzubereiten, schnippelte rote Paprika, Knoblauch und Zwiebeln. Der Duft von Basilikum kitzelte ihre Nase. Auch wenn Rafaels Bekenntnis sie durcheinandergebracht hatte, so wusste sie in ihrem Herzen, zu wem sie gehörte. Zu dem Mann, der sie nie verletzt hatte. Zu dem Mann, der sie all die Jahre geliebt hatte. Ob als schüchterne oder als inzwischen selbstbewusste Frau. Pablo liebte alles an ihr, nahm sie, wie sie war. Nachdenklich schnitt sie die Tomaten klein. Dabei rutschte ihr Messer ab und sie schnitt sich in den Finger. »Autsch!« Ein Blutstropfen quoll heraus. Die Verletzung, die Rafael ihr zugefügt hatte, würde nie heilen, das wusste sie.

In Pablos Armen gemütlich auf dem Sofa, erzählte sie ihm von ihrem Tag. Von der wenig erfreulichen Begegnung mit Mara, die ihr immer noch nicht glaubte, von ihrem Treffen mit Rafael, aber nicht von seinem Geständnis. Sie wollte Pablo nicht in Unruhe versetzen.

Pablo streichelte ihr über ihre nackten Arme, wirkte schweigsam. Musik lief im Hintergrund, die Gazpacho hatten sie bereits gegessen und Anna musste zugeben, dass sie ihr gelungen war. Die spanische Küche schmeckte köstlich und war gar nicht so schwer nachzukochen.

»Wir müssen etwas finden, damit Mara uns glaubt«, sagte Pablo jetzt.

»Uns?« Sie lächelte ihn an.

»Uns. Für mich ist sie jetzt auch wie eine Tochter. Oder gefällt dir das nicht?«

»Doch, sehr sogar.« Sie schmiegte sich an ihn. »Aber was können wir tun?« Anna wusste nicht weiter, Rafael hatte auch keine Idee gehabt. Sie sehnte sich so sehr nach ihrer Tochter, nach einem offenen, freundschaftlichen Verhältnis. Würde es jemals zustandekommen? Oder hatte sie Mara zwar gefunden, aber dennoch verloren?

28. Kapitel

Am nächsten Tag kam Pablo früher von der Arbeit. Anna hatte den ganzen Tag nichts zustande gebracht, nicht einmal eine neue Bewerbung. Sie hatte die ganze Zeit gegrübelt, ob und was sie Mara schreiben konnte, ob sie sie besser anrufen sollte oder was sie tun konnte. Vielleicht wartete Mara ja auch auf einen Anruf von ihr. Oder würde sie sich gestört fühlen? Diese junge Frau war wirklich schwer einzuschätzen. Anna wollte es jetzt auch nicht ganz kaputt machen. Ihr ging es schlecht, sie hatte noch nicht einmal geduscht, trug ihre gemütlichen Hausklamotten. Eigentlich hatte sie sich für Pablo umziehen wollen. Aber plötzlich stand er in der Tür.

»*Mi amor*, Anna. Wie geht es dir?«

Er ging zu ihr, küsste sie zärtlich.

»Nicht gut«, flüsterte sie. »Es ist so eine verzwickte Situation. Ich kenne Mara nicht, weiß nicht, was sie auf die Palme bringt oder nicht. Aber ich will sie endlich kennenlernen.«

»Pschscht.« Er legte ihr seinen Finger auf den Mund, lächelte. »Ich weiß jetzt, wie wir sie davon überzeugen können, dir zu glauben, dass du sie damals nicht weggegeben hast.«

»Ach, und wie?«

»Ich habe Inez angerufen.«

»Inez?« Natürlich, wieso war sie selbst nicht darauf gekommen. »Du bist ein Schatz, Pablo, das ist es. Dabei wolltest du sie nie mehr in deinem Leben sehen.«

»Das muss ich ja auch nicht. Aber sie muss Mara sehen. Den Menschen, dem sie das alles angetan hat. Und um Verzeihung bitten und alles erzählen.«

Überwältigt sah Anna ihn an. Das hatte er für sie getan! Tränen stiegen ihr in die Augen. Sie umarmte ihn, drückte ihn fest an sich. Diesen Mann, den sie über alles liebte. Wie hatte sie nur jemals an ihm zweifeln können? Er besaß die einfühlsamste Seele, die sie kannte. Ihr Seelenverwandter, eindeutig.

»Wieso bin ich nicht selbst darauf gekommen?«

»Weil du zu viel gegrübelt hast, *amor*, dann fallen einem die einfachsten Lösungen nicht ein.«

»Das stimmt.« Aber Rafael hatte diese Idee auch nicht gehabt. Rafael, der überhaupt nichts dafür tat, Mara kennenzulernen, auch nicht nach ihrem Gespräch.

Für ihn schien die junge Frau eine Fremde zu sein und dabei beließ er es. Oder tat sie ihm unrecht?

»Wann kann Inez kommen?«

»Wenn Mara zusagt, innerhalb weniger Stunden. Sie scheint sehr reumütig zu sein und hofft vor allem sehr, dass du sie nicht doch noch anzeigst.«

»Ich habe ihr versprochen, davon abzusehen, und wenn sie mir jetzt wirklich hilft, einen Zugang zu Mara zu finden …«

Anna nahm rasch ihr Handy, schrieb Mara eine Nachricht, ob sie heute Abend Zeit habe, ihre damalige Hebamme und sie zu treffen. Damit sie ihr hoffentlich bald glauben könne. Während sie auf eine Antwort wartete, sagte sie zu Pablo: »Ich springe unter die Dusche und ziehe mich an, sag mir, wenn mein Handy piept.«

Er lächelte. »Kann ich nicht.«
»Wieso das denn nicht?«
»Weil ich mit dir dusche.«

Das Wasser rann über ihre beiden nackten Körper, er strich ihr über die Hüften, zog sie zu sich. Anna fühlte, wie sich die Erregung in ihrem Körper ausbreitete, wie sie ihn begehrte, eins sein wollte mit ihm. Nie hatte ein Mann ihr das Gefühl gegeben, für ihn perfekt zu sein, nie hatte sie sich beim Sex so gut und frei gefühlt. Er hatte sie hochgehoben, als würde sie kaum etwas wiegen, sie hatte ihre Beine um seine Hüften geschlungen. Sie spürte ihn in sich, genoss die Lust, die Leidenschaft und seine Stärke. Alles um sie herum verschwamm, als gäbe es nur sie beide auf der Welt.

Nachdem sie sich mit weißen Frotteehandtüchern abgetrocknet hatten, lief Anna zu ihrem Handy. Mara. Sie gehörte nun auch zu ihrem Leben. Da sie schon erwachsen war, würde sie es in Zukunft höchstens bereichern, aber nicht ausfüllen. Nicht so wie Pablo.

Mara hatte geschrieben: »Von mir aus. Wo?«

Es klang immer noch bockig, aber Anna hoffte sehr, dass diese junge Frau nach Inez' Bericht ihr gegenüber endlich auftauen würde.

Anna hatte Rafael eine Nachricht geschickt, in der sie noch einmal klarstellte, dass es mit ihnen nichts werden würde. Dass sie es aber wichtig finde, wenn er heute Abend bei dem Treffen mit Inez und Mara dabei sein könnte.

Aber ihm passe es heute nicht, antwortete er. Enttäuscht legte Anna ihr Smartphone weg. Was konnte sie schon von diesem Mann erwarten?

Hoffentlich würde Mara das nicht wieder zu sehr enttäuschen.

Sie hatten sich in einer Bar in der Altstadt verabredet. Es war für spanische Verhältnisse recht früh, sodass kaum andere Gäste anwesend waren und man sich gut unterhalten konnte.

Inez war bereits da. Sie sah blass aus, senkte immer wieder den Blick, konnte Anna fast nicht in die Augen sehen. Aber sie freute sich für sie, dass sie Mara gefunden hatte. »Es tut mir so unendlich leid, Anna«, wiederholte sie gerade, als Mara die Bar betrat. Heute trug sie ein kurzes Sommerkleid, das ihre langen Beine betonte. Große Kreolenohrringe, mehrere Ketten, eine Sonnenbrille in ihrem tollen Haar. Stolz betrachtete Anna ihre Tochter. Dann stellte sie Inez und Mara einander vor. Mara gab Inez nicht die Hand, was Anna gut verstehen konnte. Was für eine absurde Situation! Die Hebamme, die das Baby gestohlen hatte, stand ihrem Opfer gegenüber. Die Stimmung war angespannt und je mehr Inez von damals erzählte, desto düsterer wurde Maras Blick. Sie sah Anna immer wieder an, hörte Inez, die unter Tränen gestand, fassungslos zu. Als Inez am Ende angekommen war, ging Mara einen Schritt auf sie zu und klatschte ihr eine saftige Ohrfeige ins Gesicht. Das, was Anna am liebsten auch schon getan hätte, was sie sich aber nicht getraut hatte. Ihre Tochter tat es einfach. Dann spuckte sie auch noch vor Inez aus, packte Anna an der Hand und zog sie aus der Bar.

Anna stolperte Mara hinterher, war an einem Stuhlbein hängen geblieben, aber Mara packte sie fester und zog sie mit sich. Ihre Tochter hatte Kraft, war stark, zog sie mit sich nach draußen. Dort stoppte sie, drehte sich zu Anna, sah sie aufgewühlt an und nahm sie aufschluchzend in ihre Arme.

Überwältigt drückte Anna Mara ganz fest, spürte diesen schlanken Körper das erste Mal an sich, das erste Mal seit zwanzig Jahren spürte sie ihr Baby, schloss die Augen und sog diesen wundervollen Duft ein. Anna streichelte über das lockige Haar, versuchte Mara, die sich jetzt löste, zu beruhigen, aber die kriegte sich gar nicht mehr ein. Sie fluchte über diese Hebamme, über die Ärzte und Schwestern, die so etwas getan hatten. Und erst recht über die Diktatur unter Franco damals, die so etwas ins Laufen gebracht hatte.

»Mara, bitte, lass uns nicht zu sehr über die Vergangenheit zermürben. Du kannst sie nicht mehr ändern. Ich musste das sehr schmerzhaft und lange lernen. Aber mittlerweile habe ich es gelernt und möchte das gern an dich weitergeben. Wenn ich dir schon sonst nicht viel mitgeben durfte bisher.«

Mara schniefte. »Doch, hast du. Du bist meine *mamá*, nur durch dich lebe ich. Und du hast recht. Scheiß auf diese miesen Leute, sie haben es nicht verdient, auch nur einen weiteren Gedanken an sie zu verschwenden.«

Anna lächelte. »Genau. Dafür ist unsere Zeit, die wir ab jetzt zusammen haben, zu kostbar. Ich freue mich so, Mara, das glaubst du gar nicht, auf unsere gemeinsame Zukunft.«

»Ich jetzt auch. Ehrlich. Und welche Ausrede hat mein Vater heute wieder?«

Sie zwinkerte Anna zu, schien Rafaels Charakter schneller durchschaut zu haben als Anna. Wie sehr hatte sie Rafael damals angehimmelt, aber ganz offenbar hatte sie dabei übersehen, dass er mehr an sich dachte als an andere Menschen.

Mara hakte sich bei Anna ein und so schlenderten sie durch die abendlich bestrahlten Gassen Barcelonas. »Meine *mamá*, also meine andere *mamá*, wird sich sicher auch freuen, dich kennenzulernen.«

»Wirklich?«

»Ja, meine Eltern sind beide cool. So wie du.«

Anna lachte. »Das weißt du doch noch gar nicht, wie ich bin.«

»Doch, sieht man doch. Außerdem hast du so ein offenes Lachen.«

Anna freute sich und ein warmes Gefühl durchströmte ihren Körper. Eine erwachsene Tochter geschenkt zu bekommen, noch dazu so eine taffe, mutige Tochter, nie hätte sie damit gerechnet. Es fühlte sich so gut an. Wie Mara Inez die Ohrfeige gegeben hatte! Warum hatte Anna das nicht getan? Aber sie wollte jetzt nicht mehr über Inez nachdenken, sondern nur noch positive Gedanken zulassen. Denn dies konnte man selbst lenken, das hatte Anna in den letzten Jahren gelernt.

»Und du musst Pablo kennenlernen, er hat das heutige Treffen mit Inez arrangiert, damit du mir glaubst. Er war damals mit ihr zusammen, wusste aber nichts davon, und als er davon erfahren hat, wollte er sie nie wiedersehen.«

»Seine Ex, wirklich?«

»Das ist eine lange Geschichte, die erzähle ich dir irgendwann einmal.«

»Gern. Dann muss er dich sehr lieben. *Wow!*«

»Das tut er. Und ich ihn. Er ist ein toller Mann. Ehrlich, einfühlsam, immer für einen da.«

»Hat er einen Sohn?«, scherzte Mara. »Ich bin gerade Single.«

Anna lachte. »Leider nicht.« Sie drückte Mara enger an sich und spürte, wie ihre Tochter es zuließ und sich an sie schmiegte.

Epilog

Zwei Jahre später

Anna hatte einen Kuchen gebacken, einen katalonischen Pfirsichkuchen nach Naias Rezept. Er stand auf dem Tisch in der gemütlichen Wohnküche, sie löste ihn gerade aus der Backform und stellte ihn auf eine Kuchenplatte. Gewürze hingen griffbereit über dem Herd, im Regal standen Einmachgläser mit Nudeln und getrockneten Tomaten. Anna hatte nicht weiter in Inez' ehemaliger Wohnung leben wollen und Pablo hatte das gut verstanden. Sie hatten ein Häuschen in der Nähe vom Meer gefunden, südlich von Barcelona, ganz nah an Sitges, dem Ort, in dem Mara wohnte. Anna hatte ein Fernstudium zur Werbetexterin begonnen, nachdem Pablo sie darin sehr bestärkt hatte. Auch in ihrem Alter konnte man noch einmal neu durchstarten, sich weiterbilden, ein neues Leben anfangen. Ihre frühere Agentur in München wollte ihr ab und zu Aufträge zukommen lassen, man würde sehen, ob ihr Chef Wort hielt. Carina, die dort wieder als Textchefin arbeitete, aber nur dreißig Stunden die Woche, wollte sich dafür einsetzen. Um so lange selbst etwas zu verdienen, half Anna halbtags in einem kleinen Gemüseladen im Ort aus, lieh ihr Ohr den alten Leuten aus dem Dorf und machte sie damit glücklich. Von Rafael dagegen hörte sie selten.

Anna sah nachdenklich aus dem Küchenfenster. In ihrem kleinen Garten hatte sie ein Kräuterbeet angelegt und Tomaten gepflanzt, außerdem einen Pfirsichbaum, der gerade in voller Blüte stand. Anna hatte eine Idee, nahm den Kuchen, den sie mit eingemachten Pfirsichen gebacken hatte, ging durch die geöffnete Terrassentür hinaus auf die Terrasse, die mit Weinreben überdacht war. Dort stellte sie den Kuchen auf den Tisch, den sie bereits liebevoll für vier Personen gedeckt hatte. Dann ging sie weiter in den Garten. Die roséfarbenen Pfirsichblüten leuchteten vor strahlend blauem Himmel. Anna trat zum Baum, pflückte vier Blüten ab, hielt sie andächtig in der Hand. Mit ihnen verband sie so viel. Sie sah auf die Uhr, ging wieder zum Tisch auf der Terrasse, legte je eine Pfirsichblüte auf die weißen Teller, sah ihr Werk, den festlich gedeckten Tisch, an. Sie überlegte, was fehlte. Servietten. Sie holte roséfarbene Servietten mit weißen Punkten, die sie extra gekauft hatte, aus der Küche. Sie trat wieder auf die Terrasse und legte die Servietten zu den vier Tellern.

Es klingelte. Voll Vorfreude eilte Anna durchs Haus zur Tür, öffnete und dort standen Mara und ihre Freundin Carina aus München, mit der zweijährigen Lori auf dem Arm. Anna und Carina juchzten auf, sich endlich wiederzusehen, die Freundinnen nahmen sich überglücklich in den Arm, natürlich darauf bedacht, die kleine Lori nicht zu erdrücken. Die lachte nur. Anna hatte sich gefreut, als Carina sie gefragt hatte, was sie davon halten würde, ihr Baby Lori zu nennen, und Anna war überglücklich gewesen. Jetzt lebte Lori doppelt, was gab es Schöneres? Mara hatte die beiden vom Flughafen abgeholt, weil sie in Barcelona studierte. »Mein Gott, bist du groß geworden«, entfuhr es Anna und sie sah Lori an. Sie hatte sie schon ein halbes Jahr nicht mehr gesehen. »Ja, sie wird bestimmt so groß wie der Papa«, lachte Carina.

»So große Füße«, sagte Lori mit ihrer niedlichen Stimme. Carina lachte und erklärte den beiden, dass Fynn so große Füße habe, dass Lori immer spielte, sie fahre in seinen Schuhen Boot.

Die Stimmung war ausgelassen wie immer, wenn sich die drei Frauen trafen. Anna bat die beiden anderen herein, führte sie auf die Terrasse, servierte Café con leche und Pfirsichkuchen und genoss das Geschnatter ihrer besten Freundin und ihrer Tochter, die sich mit Carina auch bestens verstand. Mara war mittlerweile eine Art Freundin geworden. Mehr als das. Anna liebte sie über alles, war für sie da, gab ihr Ratschläge, wenn sie welche benötigte, und manchmal trafen sie sich sogar in Annas Garten, um zusammen für ihr jeweiliges Studium zu lernen. Pablo ließ sie dann immer in Ruhe, bekochte sie oder verwöhnte sie mit einem Pfirsichkonfitürenbrot, wenn sie sich über den Lernstoff aufregten. Anna und Mara verstanden sich sehr gut, auch wenn Mara viel aufbrausender war als Anna.

Ein Streichholz entflammte. Anna zündete eine Kerze an. Lori saß jetzt auf Maras Schoß, sah die Kerze mit großen Augen an und pustete in die Luft. Mara lachte, flüsterte ihr ins Ohr, dass sie jetzt ganz, ganz doll pusten solle. Anna betrachtete die beiden überglücklich und mit einem Tränchen in den Augen. Lori pustete erneut und Mara half ihr heimlich. So gern hätte sie Mara als Kleinkind auf ihrem Schoß gehabt. Aber sie wollte nicht in die Vergangenheit sehen, sondern in der Gegenwart leben, jeden Tag, jede Sekunde und diese mit ihren Liebsten genießen.

Anmerkung

Die Handlung und einige Orte dieses Romans sind frei erfunden, ebenso die darin vorkommenden Personen. Eventuelle Ähnlichkeiten oder Namensgleichheiten mit lebenden oder verstorbenen Personen wären rein zufällig.

Die Geschichte der *bebés robados*, der unter dem spanischen Diktator Franco und bis in die 90er-Jahre gestohlenen Babys ist aber nicht erfunden, der Roman basiert auf wahren Begebenheiten. Ich hoffe für alle Mütter und Väter, die ihre geraubten Kinder noch nicht gefunden haben, und für alle Kinder, die ihre leiblichen Mütter und Väter suchen, dass sie sich irgendwann in die Arme schließen dürfen.

Barcelona und die Gegend um Barcelona sind wunderschön und die Menschen herzlich und offen. Beim Schreiben wäre ich am liebsten sofort wieder dorthin gereist. Die Pfirsichblüte im Februar und März ist ein Traum und ich freue mich, dass ich meine Leser in diesem Roman zu dieser Besonderheit Spaniens mitnehmen durfte.

Danksagung

Liebe Leserinnen und Leser,
ich danke euch, dass ihr mich auf dieser Reise begleitet habt. Einige von euch haben das ja schon auf anderen Reisen in meinen Büchern zuvor getan. Ich danke euch für euer Vertrauen und eure Treue. Ich freue mich immer, wenn ich meine Leser berühren und unterhalten kann, ihnen etwas mitgeben kann für ihr eigenes Leben. Zum Beispiel etwas über die Stärke von Frauen, etwas über die Geschichte eines Landes, denn sie kann auch unsere eigene Geschichte beeinflussen. Ich danke meinem Verlag Tinte & Feder und dem ganzen Team sehr, allen voran Jenny Brodski, meiner Editorin.

Außerdem danke ich meinen Freundinnen, besonders meiner Freundin und Drehbuch-Kollegin Christine Otto und meiner Freundin und Roman-Kollegin Sabine Landgraeber, (auch bekannt als Sabine Lay), die mich schon so wundervoll unterstützt haben, wir hatten auf Recherchereisen eine tolle Zeit.

Meine größte Dankbarkeit gebührt meiner kleinen Familie, meinem Mann und meinen beiden Söhnen. Auch unserer Hündin Bonnie, die mich vom Schreibtisch wegholt, um an die frische Luft zu kommen und den Kopf durchpusten zu lassen.

Die Liebe meines Mannes, seine Unterstützung und seine Anmerkungen als Erstleser sind für mich so wichtig, um für euch einen möglichst spannenden, emotionalen Roman zu schreiben. Wenn euch die Geschichte gefallen hat, schreibt gerne eine kurze Bewertung, ich würde mich über Feedback riesig freuen.

Jetzt habe ich noch sommerliche spanische Rezepte für euch, genießt sie und träumt euch erneut nach Barcelona.

Eure Anja Saskia Beyer

Sommerliche spanische Rezepte

Pablos mediterrane Fischsuppe

Portionen: 4–5
Zubereitungszeit: 30 Minuten

Zutaten
500 g Fischfilet
800 g Pizzatomaten
300 g rote Paprikaschoten
300 g grüne Paprikaschoten
300 g Zwiebeln
2 Knoblauchzehen
3 EL Olivenöl
100 g Naturreis
1 000 ml Gemüsebrühe
3 EL Zitronensaft
1 EL getrockneter Rosmarin
3 EL klein geschnittener Schnittlauch
3 EL gehackte Petersilie
Je 1 Prise Salz und Pfeffer

Zubereitung

Die Zwiebeln und die Knoblauchzehen schälen und klein schneiden. In einen großen Topf etwas Olivenöl hineingeben und die Zwiebeln und den Knoblauch glasig anbraten. Den Reis mit den Pizzatomaten ungekocht dazugeben. Dann alles circa 5–10 Minuten bei starker Hitze schmoren lassen. Die Gemüsebrühe aufgießen und die Suppe circa 20 Minuten bei geringer Hitze köcheln lassen. Währenddessen die roten und grünen Paprika in Streifen schneiden.

Nach circa 15 Minuten die Paprika dazugeben, das Ganze weiterköcheln lassen. Das Fischfilet in mundgerechte Stücke schneiden und diese zusammen mit dem Rosmarin in die Suppe geben. Weitere fünf Minuten köcheln und dann mit Salz, Pfeffer und Zitrone abschmecken. Zuletzt die vorbereiteten Kräuter einstreuen und die Konsistenz überprüfen. Ist die Fischsuppe zu dünn, mit etwas Mehl eindicken, ist sie zu dick, einfach etwas Wasser hinzugeben.

Annas spanische Gazpacho (kalte Gemüsesuppe)

Zutaten
400 g rote und gelbe Paprikaschoten
1 Salatgurke
6 Tomaten
1 Zwiebel
1 Knoblauchzehe
4 Scheiben Vollkorntoast
500 ml Tomatensaft
50 ml Olivenöl
1 Zitrone

1 EL Paprikapulver
Salz
½ TL Honig
Pfeffer aus der Mühle
Frischer Oregano für die Garnitur

Zubereitung

Die Paprikaschoten waschen und klein schneiden. Die Gurke schälen, längs halbieren, entkernen und klein würfeln. Die Tomaten in kochendem Wasser kurz blanchieren. In Eiswasser abschrecken, häuten, vierteln und entkernen. Die Zwiebel und den Knoblauch schälen und würfeln. Das Toastbrot entrinden und in 4–5 EL lauwarmem Wasser einweichen.

Die Zitrone auspressen. Das grob gewürfelte Gemüse, die Zwiebel, den Knoblauch, die Tomatenviertel, den Tomatensaft, das ausgedrückte Toastbrot zusammen mit dem Zitronensaft, Paprikapulver und Olivenöl fein pürieren. Sollte die Suppe zu dick sein, etwas Wasser zugeben. Bis zum Servieren kalt stellen (am besten mindestens 1 Stunde).

Mit Salz, Honig und Pfeffer abschmecken, mit Oregano garnieren und servieren.

Naias Pfirsichkonfitüre

Zutaten für circa drei Gläser Pfirsichkonfitüre:
1 Kilo Pfirsiche
1 Zitrone
1 Packung Vanillezucker
500 g Gelierzucker

Benötigte Küchenutensilien:
Gemüsemesser
Kochtopf
3 Einmachgläser
Pürierstab

Zubereitung

Die Einmachgläser mit heißem Wasser auswaschen.

Pfirsiche waschen, entkernen, in kleine Stücke schneiden.

Zusammen mit dem Gelier- und Vanillezucker in einen Kochtopf geben.

Pürieren, die Masse aufkochen, 4–5 Minuten köcheln lassen.

Die fertige Konfitüre in die Einmachgläser geben und diese zuschrauben.

Die Einmachgläser auf den Kopf stellen und sie erst nach 10 Minuten wieder umdrehen.

Eventuell die Konfitüre mit 2–3 Zweigen frischem Thymian verfeinern. Die Blätter gibst du zu Beginn einfach dazu. Auch mit Chili kann man der Konfitüre einen besonderen Geschmack verleihen.

Naias katalonischer Pfirsichkuchen mit Mandeln und Rosmarin

Zutaten für 1 Kuchen (ca. 20 cm Durchmesser)

100 ml Sahne
70 g Zucker
1/2 Pckg. Vanillezucker
geriebene Schale einer halben Zitrone
1 Prise Salz
1 Ei
100 g glattes Mehl
1/2 TL Backpulver
5 reife Pfirsiche

Für den Guss:
50 g Butter
40 g Zucker
1 Zweig Rosmarin
2 EL Milch
30 g Mandelblättchen

Zubereitung

Den Backofen auf 200 Grad Celsius vorheizen.

Sahne, Zucker, Vanillezucker, Salz und Zitronenschale in eine Schüssel geben und halbsteif schlagen, dann das Ei unterrühren.

Mehl und Backpulver sieben und vorsichtig unter die Masse heben.

Pfirsiche waschen, halbieren, Kerne entfernen und die Früchte vierteln.

Den Teig in eine Tortenform füllen und dicht mit den Pfirsichen belegen. Bei 200 Grad Celsius im Backofen circa 15 Minuten backen.

Für den Guss: Butter, Zucker, Rosmarin und Milch in einem Topf aufkochen, die Mandelblättchen dazugeben.

Anschließend den Rosmarinzweig entfernen. Die Mandelmasse auf dem Kuchen verteilen und weitere 25 Minuten backen.

Buen provecho, guten Appetit!

Printed in Poland
by Amazon Fulfillment
Poland Sp. z o.o., Wrocław

70734449R00171